풍경 속 돈의 민낯

풍경 속 돈의 민낯

———

회계사가 바라본
돈의 본질

정재흠 지음

돈의 민낯을 추적하다

돈이란 무엇인가

도시를 벗어나 시골 한적한 길을 걸어다닐 때, 나는 한때 돈의 욕망에서, 또 돈의 자장 권역에서 벗어나 있다고 생각했다. 그도 그럴 것이 시골 자연풍경은 도시에서 흐르는 가치와 시간을 허락하지 않았다. 허물어버렸다. 거대한 자연 속에 서 있는 나는 작은 미물微物에 불과했다. 이 미물은 이곳 시골에서의 계절 변화를 온몸으로 직접 느껴야 했고, 그래야 온전히 자연이 연출하는 온갖 축제에 참가할 수 있었다.

흔히들 축제가 일상을 위반하는 행위라고 말한다. 자연이 봄, 여름, 가을, 겨울마다 펼치는 이 축제 기간에 나는 요새 열풍이 불고 있는 힐링healing을 맛보았고 그럴 적마다 일상을 탈출한 것처럼 느껴졌다. 그러나 축제 기간은 짧고 일상의 시간은 길었다. 축제가 끝나더니 일상은 어김없이 내 앞에 다시 찾아왔고, 나는 그 삶 속으로 들어가 돈과 치열하게 부딪쳐야 했다. 돈은 어떻게 벌며 어느 곳에 사용해야 하는가. 나는 무엇을 위해 살아야 하는가.

돈은 단순히 인간의 삶을 편하게 해주는 경제적 도구의 역할에만 그치지 않고 있다. 돈은 형이상학적 세계에도 드나들고 있다. 인간이라면 누구나 돈을 욕망하고 필요로 하기 때문이다. 돈에 대한 탐욕과 욕망이 인간의 본성에 깊이 관여하고 있다는 사실을 그 누가 부인할 수 있으랴. 돈은 인간에게 강력한 파워를 휘두르고 있다. 돈은 인간에게 강렬하고 극단적인 감정을 불러일으킨다. 그러고 보면 돈에 영혼이 존재한다는 말도 결코 허튼소리가 아니다.

이렇듯 인간 삶 속에 스며 있는 돈의 민낯을 자연이 펼친 풍경과 함께 추적해보기로 마음을 먹고 펜을 들었다. 그러나 그러한 작업이 형이상학적 측면, 곧 인간의 불가해한 심리를 자신 있게 추적해나가겠노라고 외치는 소리와 다를 바 없다는 깨우침이 들기 시작했다. 돈의 영혼은 나를 비웃는 듯했고 나의 손은 부끄러워 펜을 놓아야 했다. '돈이란 무엇인가'라는 황당한 회의懷疑는 '인간의 삶이란 무엇인가'라는 당혹스러운 물음과 크게 다를 바 없었다.

결국 나는 교실에서 익힌 경제 경영 서적을 내려놓을 수밖에 없었다. 수학으로 증명된 경제 경영 수치, 학문적·관념론적 언어, 또 도구적 이성으로 돈의 민낯을 쫓을 수는 없는 노릇이었다. 돈의 영혼이나 본질을 증명하기 위해선 오로지 사람들의 삶 속으로 들어가야만 했고 인간을 에워싼 문화와 역사, 사유의 세계뿐만 아니라 인간의 심리가 분출한 사회적 현상을 따라가봐야 했다. 특히 현재는 물론이고 과거 고려, 조선시대 사람들, 혹은 중세, 근대 역사 속의 사람들이 돈 때문에 겪은 사건이나 서사, 사유 모두 내겐 현재적 사건이요, 오늘날 맞닥뜨리는 문제와 하등의 차이가 없다는 인식도 한몫했다.

인간과 돈은 화해 가능한가

이러한 작업은 애초부터 나의 능력 밖의 일이었고 나에겐 무모한 일이었다. 벽에 부딪혀 가슴을 쓸어내려야 했다. 다만 인간과 자연이 조화를 이룰 때 인간에게 안락감이 깃들듯, 인간과 돈이 화해를 모색할 때, 인간이 돈의 위세에 억눌리지 않고 사이가 좋을 때, 비로소 인간이 평화를 느낄 수 있고, 인간의 삶은 더 정직해지고 또한 우리의 문화는 더욱 다양해지고 풍성해진다는 진리를 쫓는다는 일념으로 글을 써나갔다.

이 시도는 이제 시작점에 불과할 뿐이다. 수천수만 가지의 삶과 돈의 민낯 중 극히 일부분만 끄집어냈기 때문이다. 나머지는 나와 이 글을 읽는 그대가 함께 더 써나갈 것을 나는 기대한다. 사랑이라는 묘약으로 인간과 돈의 화해가 모색되기를 바라면서.

이 글을 쓰는 동안 아내 박미이 님은 항상 나를 사랑과 헌신으로 도왔다. 이 글의 첫 독자 역시 아내였고 많은 지적과 질책을 아낌없이 해주었다. 사랑하는 아내와 나의 아이들, 꿈퍼나 눔마을 친구들에게 감사하는 마음을 담아 오롯이 이 책을 바친다. 아울러 휴먼큐브 출판사 편집부의 수고에도 깊은 사의를 전한다.

2014년 이른 봄에
정재흠 씀

차례

1

생명이 깨어나는 풍경

생명이 깨어나는
풍경

자연이 개발 분양한 초대형 전원단지

백두대간에서 갈라져나온 한남정맥은 안성 칠현산에서 발원하여 쌍령산을 품고 수원 광교산으로 내달음친 뒤 거친 숨소리를 토한다. 이 정맥은 서북쪽으로 더 달려가다 김포 문수산에서 멈추어 서서 이내 서해와 마주한다. 안성의 최북단에 자리를 튼 쌍령산은 한남정맥의 줄기에서 흘러나와 쌍령, 골말, 절골을 휘돌며 쌍지마을을 포근히 감싸안는다. 마을 아래 잔잔히 흐르는 고삼호수는 인간과 자연이 빚어낸 추억을 간직하며 사람과 산과 들과 논밭과 수풀과 마을을 지그시 내다본다.

쌍지마을에서도 겨우내 굳게 얼었던 흙이 강렬한 봄 햇살에 부풀어오르기 시작했다. 얼어 있던 시간들이 깨어나고 생물들이 출렁인다. 농토를 따라 길게 뻗어 있는 논두렁과 논도랑에도 봄기

| 석양녘의 고삼호수 |
해가 고삼호수 너머 서산으로 뉘엇뉘엇 기울고 있다. 호수는 석양의 빛깔을 받아들이되 적막하다. 이 아늑한 석
양빛은 산야에 깃든 어둠을 뚫고 수평선을 따라 내달리고 있다. 물결은 자신의 내면을 성찰해보려는 듯 마음의
깊은 세계로 가라앉고 있다. 잠시 후면 호수는 사람과 수풀과 쌍지마을을 품고 고요히 잠에 묻힐 것이다.

운이 완연하다. 말라 있던 물길과 여울 바닥에 물방울이 피어나 햇볕에 반짝거린다. 이제 만물은 새로 피어나고 봄은 이 생명을 향해 출생의 시간을 알린다.

자전거를 탄 늙은 농부와 마주쳤다. 잔주름 많은 검게 탄 얼굴이며 선한 눈망울은 이곳 농부들이 하나같이 지니고 있는 특징이다. 거짓 없는 이 자연의 정기와 닮아 있다. 반갑게 눈인사를 나눈다. 며칠 전부터 논흙을 살피는 농부들의 발길이 무척 늘었다.

마을로 들어가는 버스의 요란한 경적소리가 울려퍼진다. 논두렁에서 찻길로 뛰어가던 고라니가 버스를 보고 놀란 듯 야산 숲속으로 황급히 뛰어들어간다. 마을버스는 너른 도로에서 느릿느릿 기어가는 농기계와 들짐승을 만나면 으레 소리를 질러 조심을 키운다. 버스가 내뿜는 흙먼지 속으로 뒤따르던 농부의 자전거가 들어간다.

올해도 심술궂은 꽃샘추위로 다소 늦었지만 쌍지골 들녘에 산벚꽃과 철쭉이 군락을 이루고 진달래도 피고 개나리도 만개했다. 백당나무도 수수꽃다리^{라일락}도 하얀 꽃잎을 이내 피워냈다. 조팝나무에 하얗게 피어난 꽃숭어리는 우산 모양으로 주렁주렁 열려 있다. 매자나무에 돋은 노란 꽃잎은 포도송이처럼 줄기에 오밀조밀 매달려 있고, 복사나무는 분홍 꽃을 화사하게 드리우며 벌써부터 복숭아 열매를 열망하게 한다. 해당화는 아직 연두색 잎만 늘이고 있다. 화려한 꽃잎은 아마 한두 달 후에 만발할 것이다.

배밭에서 펼치는 배꽃의 향연은 봄의 흥과 운치를 한층 더 충동질하게 만든다. 더욱이 봄날 밤, 달빛 아래 희디흰 배꽃에서 흐르는 흥취는 진해시와 서울 여의도에서 펼치는 벚꽃축제의 감흥과는 완연히 다르다. 화려함으로 치자면 배꽃이 벚꽃을 따르지 못할 것이나, 그 청조淸操함에는 벚꽃이 배꽃에 가히 범접하지 못한다. 게다가 옛 시인의 노래처럼 이화梨花에 월백月白하는 야경을 걷노라면 일지춘심一枝春心으로 말미암아 다정多情이 병病인 양하여 그날 밤 잠 못 이룰 각오를 해야 한다.

열흘이 흘렀다. 배나무 몸뚱어리에서 가느다란 새싹이 돋아나기 시작했다. 미처 초록의 엽록소를 생성하지 못한 새싹은 붉은색을 띠며 하얀 배꽃을 바라보고 있다. 이미 활발한 광합성 작용으로 연두색 엽록소를 얻은 새싹은 흰 꽃잎을 나무 몸통 밖으로 밀어내느라 부산하다. 춘흥을 한껏 끌어올린 하얀 배꽃은 이렇게 한 잎 두 잎 땅으로 추락하고는 새로운 존재에게 자리를 비켜준다. 이는 단순한 소멸이 아니고 생명을 잉태한 죽음이다. 그래서 존재와 무無는 문득 하나가 된다. 열매의 새싹이 이미 소멸해버린 배꽃에 개입되어 있는 까닭이다. 이렇듯 봄의 시간은 생명을 잉태하고 꽃을 피워 생령을 찬란한 절정으로 유도하고는 마침내 그 정상에서 그것을 그만 추락시켜버린다. 마침내 봄은 삶과 죽음 사이의 다양한 양상을 이렇게 일거에 껴안는다.

일찍이 고려 시인 이규보는 봄이 펼치는 생명의 생성과 절정,

소멸의 향연에 애간장을 태운 적이 있다. 현란하게 꽃대궐을 이룬 봄꽃이 움츠러들며 땅으로 후드득 떨어지자 이규보는 이를 지켜본 끝에 시 몇 구절을 읊조렸다.

꾀꼬리 우는 봄날 애끊는 마음	腸斷啼鶯春
진 꽃은 떨어져 온 땅을 붉게 덮었구나	落花紅簇地
이불 속 새벽잠은 외롭기만 하고	香衾曉枕孤
고운 뺨에 두 줄기 눈물 흐르네	玉臉雙流淚

이규보, 「미인원美人怨」 중

(정민의 『한시미학산책』에서 발췌)

찬란한 봄꽃의 경연을 연출했던 꽃잎이 그만 흙에 추락하고 꾀꼬리는 몇 날 며칠 울어대어 마침내 꽃잎이 머물었던 자리에 새 싹이 돋아났으니, 생명의 변신을 지켜보던 시인의 영민한 심사가 말이 아니었을 것이다. 봄날이 펼치는 파격과 모순의 풍경에 시인은 봄나물 캐는 처녀처럼 정체불명의 신열身熱을 앓았던 게 분명하다.

봄이면 의당 기승을 부리던 황사가 올해는 이상하리만치 조용하다. 예년 같지 않은 봄날임엔 틀림없다. 그래서인지 산뜻한 나물을 캐러 오는 사람들의 발길이 올해는 무척 많은 편이다. 휴일 등

산객과 나들이하는 외지인들도 부쩍 늘었다. 승용차를 산길에 세워두고 차에서 걸어나오는 노부부를 만났다. 등산복 차림으로 보아 도회지에서 봄나물을 캐러 온 사람인 듯하다. 노부부에게 인사를 건네고 나물 좀 뜯었느냐고 묻자 할머니는 이곳이 당신이 태어난 곳이라며 휴일에 자주 찾는다고 말을 받는다. 개발과 도시화로 고향을 잃은 지 오래라며 서울이 고향인 노신사도 한마디 거든다. 요샌 미나리 캐기가 쉽지 않다는 말을 남긴 노부부는 나와 헤어지며 멀찌감치 앞서 걸어나갔다. 쑥이며 냉이며 두릅, 그리고 향수鄕愁를 비닐봉지에 듬뿍 담은 그들은 산속으로 들어가 자연의 품에 더 깊이 안겨갔다.

대지는
희망의 리듬을 타고

경제행위이자 생산적인 놀이, 노동

　겨울잠에 취해 있던 흙은 한바탕 논갈이를 거친 후 헐거워졌다. 초벌갈이를 끝내자 두터웠던 흙이 성글게 엷어졌다. 얼었던 흙이 깨어나고 날빛과 공기가 그 속으로 스며들며 생명의 땅으로 변한 것이다. 초벌 때 이루어진 두둑을 쪼개어 또다시 흙을 뒤집어엎었다. 그리고 한 번 더 생땅을 뒤엎어 햇볕을 골고루 쬐게 했다. 흙이 살갑게 더 가벼워지며 토실토실해졌다. 논갈이를 반기며 모여든 봄 손님이 보인다. 백로다. 그니는 트랙터 뒤를 졸졸 따라가며 먹이를 쪼아 먹고 있다. 대지를 진동시키는 엔진의 굉음에도 아랑곳하지 않고 뒤집어놓은 논바닥에 흩어진 풍부한 먹잇감을 쫓아 부산히 움직인다. 기름져 보이는 흙이 매우 살쪄 있다. 배를 어지간히 채운 녀석들은 소나무 가지 위에 걸터앉아 살가운 바람을 맞으며 농부들이 펼치는 세벌갈이 풍광을 지그시 내려다보고 있다.

호수에서 흘러온 관개수로의 물발이 터지기 시작하자 논갈이를 막 끝낸 논두렁은 물에 잠기어 삽시간에 갯벌로 변했다. 논에 저수되어 있는 물은 흙이 생명을 오롯이 품을 수 있도록 돕는다. '봄비는 기름처럼 곡식에 귀하다[穀雨]'라는 옛말처럼 예전엔 못비가 와야 비로소 씨앗을 뿌려 농사를 지을 수 있었다. 곡우절 무렵이면 대개 가뭄을 해갈하는 단비가 내리고 그 물에 볍씨를 담가 모내기를 할 수 있었다. 풍년을 기원하기 위해 집집마다 불을 피우고 그 불에 부정한 손을 쬐어 손에 묻은 온갖 악귀를 태웠다. 그리고 물로 정성껏 손을 씻은 후에야 볍씨를 논에 담글 수 있었다. 농부들에게 곡식은 자본이나 돈이라는 개념을 뛰어넘어 생명 그 자체였다.

농부들에게 모내기는 매우 고단한 노동이었다. 그래서 그들은 단조로우면서 빠르고 경쾌한 가락을 앞소리와 뒷소리로 주고받으며 고달픈 노역을 녹여냈다.

앞소리: 어럴럴 상사디야 어하 농부들 잘들 매네
뒷소리: 무정세월 가지를 마라 아까운 청춘 다 늙어가네
앞소리: 초롱아 초롱아 청사초롱 님의 방에 불 밝혀라
뒷소리: 님도 눕고 나도 눕고 저 불 끌 이가 누길런가
앞소리: 모시야 적삼 반적삼에 분통 같은 저 젖 보소

뒷소리: 많이야 보면 병날러라 쌀알만큼만 보고 가소
앞소리: 방실방실 해바라기 해를 안고 돌아서네
뒷소리: 어젯밤에 우리 님은 나를 안고 돌아서네

국어국문학회, 『민요·무가·탈춤 연구』에서 발췌

중부와 남쪽 지방에서 전해오는 이 벼농사 소리의 사설은 모내기라는 노동에만 한정되지 않았다. 세상만사 모든 이야기를 끄집어와 그들의 온갖 감정을 실어 노래로 풀어냈다. 당시 그들에게 농사는 단순한 곡식의 생산활동만이 아니었다. 모내기는 그들의 삶에 새로운 시작을 알리는 서곡이었다. 그래서 고단한 노동에 들떠 있는 희망이 뒤섞였고, 마침내 이 가락은 생명의 리듬을 타고 흙과 모와 인간을 한데 묶어놓았다. 그런 까닭에 그들은 생명을 흙에 묻으며 부모와 가족과 사랑하는 이를 떠올릴 수 있었고, 마침내 흥에 겨워 마음껏 노래를 부를 수 있었으리라.

요즘 시골의 모내기는 예전과 달리 조용히 치러진다. 쌍지골 역시 여느 시골과 크게 다르지 않다. 볍씨를 손수 논에 심고 이웃끼리 품앗이하던 옛 습속은 찾아보기 힘들다. 직사각형 모양의 모판에 볍씨를 심어놓고, 못자리판을 짊어진 이앙기가 사람 손을 대신해 모내기를 한다. 까무잡잡한 얼굴에 새하얀 이를 드러낸 농부가 수 익은 솜씨로 이앙기를 운전하며 모를 흙에 묻고 있다. 심은 모는 사름(모가 생생한 푸른빛을 띤 상태)이 무척 잘되고 있다. 그는 흙이 동면에 들었을 때 먼동이 틀 적마다 땅의 잠자리를 살펴러 나오던 그 늙은 농부였고, 논갈이로 흙을 주물러 굳은 땅을 생명의 대지로 만든 그 농부였다. 그에게 농사는 유일하게 돈을 버는 경제행위이며 삶이고 희망이고 때론 생산적인 놀이가 되기도 한다.

그의 아내는 양상추밭에서 김을 맨다. 양상추는 대개 샐러드로 섭취하는 상추의 일종이다. 다들 쌉싸래하면서도 시원하고 아삭한 맛이 입안에서 맴돌던 기억이 있을 것이다. 양상추에는 비타민, 칼슘이 풍부하고 요오드, 이온, 나트륨 등 각종 무기질이 들어 있어 혈액에 좋다는 효능 때문에 수요층이 꾸준히 늘고 있다고 한다. 게다가 재배 기간이 비교적 짧아 파종에서 수확까지 대개 2개월이면 족하다. 봄과 가을 두 차례 수확물을 거두니 이곳에선 밭농사치고 수지타산이 꽤 좋다고 소문나 있다.

하루 종일 이랑을 쌓고 거름을 주고 볏짚을 이랑 사이에 깔고 잡초를 뽑고 있는 그녀에게 다가가 양상추 수요처를 물으니 햄버거 체인점이나 에버랜드 같은 판매점에서 받아간다고 했다. 이 밭농사가 도시에 사는 사람들의 호주머니 사정에 대단히 민감하다는 얘기였다. 몇 해 전 미국발 금융위기가 터졌을 때 도회지에서 수요가 급작스럽게 감소했던 일이 있었다. 그로 인해 농작물 출하를 할 수 없는 처지에 놓였고, 양상추를 밭에 내버려두어 썩혀야 했던 기억이 아직도 이곳 농부들의 경계심을 바짝 붙들고 있었다.

"우리가 직접 씨앗을 가지고 냉장실에서 싹을 틔워요. 그걸로 파종한 게 이래요."

그런데 출하를 앞둔 그녀의 표정이 꽤 무거워 보였다. 5월 평균 기온이 27, 28도를 웃도는 여름 날씨인 데다 가뭄까지 겹친 탓이다.

"상추 잎이 우아하게 커서 잎이 넓어져야 하는데, 이거 봐요, 양파처럼 자꾸 안으로 쪼그라들어 잎이 오그라들고 있잖아요."

심지어 뿌리가 썩어 들어간 상추를 보여주며 발을 동동 굴렀다. 상추는 서늘한 기후에서 생장이 잘되는 호냉성 채소로, 내서성이 약하다는 사실을 집에서 백과사전을 뒤져본 후에야 알게 되었다.

며칠 후 상추밭에서 건장한 젊은 사내들이 상추를 몽땅 트럭에 싣는 모습이 보였다. 고온으로 상추 발아가 극히 나빠져 밭떼기로 도매상에게 모두 넘긴 듯했다. 농부의 상심은 이만저만이 아니었는데, 거래로 건네받은 돈은 너무도 가벼워 시비 용비나 겨우 채울 지경이었다. 이문은 둘째치고 그녀가 두 달 동안 애썼던 품에 대한 삯도 생각하지 못할 지경이었다. 뙤약볕은 여전히 아무 일 없었던 것처럼 그녀와 대지를 강렬하게 내리쬐고 있었다.

고운 해야
솟아라

사람 잡는 돈

안성에서 진천으로 넘어가는 길은 크게 세 갈래로 나뉜다. 하나는 죽산면에서 진천 광혜원으로 넘어가는 왕복 2차선 도로이고, 다른 하나는 금광호수를 끼고 무티고개를 넘어 진천군 이월면으로 넘어가는 고갯길이다. 그리고 나머지 하나는 마둔호수를 따라 배티고개를 넘어 진천군 백곡면으로 이어지는 잿길이다. 이 중 산세가 험하고 산림과 수풀이 두텁게 우거져 있는 곳을 꼽으라면 단연코 배티고개로 통하는 꼬불꼬불한 배티잿길이다. 수려함으로 치자면 굳이 멀리 배티고개까지 넘어갈 필요도 없다. 마둔호수를 지나 상중리 마을이 끝날 무렵에 바로 산길로 접어들면 겹겹으로 우거진 수림樹林이 하늘을 가려, 마치 강원도 산간 오지에 온 듯한 생각이 들 정도로 수려한 산수가 잔뜩 멋을 부린다.

| 배티잿길 |
배티잿길을 품고 있는 이 산림이 안성에서 산세가 험하고 수림과 수풀이 두텁게 우거져 있는 곳으로 유명하다. 배티고개 옆 산길로 바로 접어들면 겹겹으로 우거진 수림이 하늘을 가려 마치 강원도 산간 오지에 온 듯한 생각이 들 정도로 수려한 산수가 잔뜩 멋을 부린다.

그런데 이곳의 화려한 산수는 안성에서 보자면 보여줌의 끝부분일 뿐이고, 풍객들은 배티고개에 한참 못 미친 곳에서 이미 자연의 심미深味와 도道에 흠뻑 취해 배티고개를 향할 엄두를 내지 못한다. 마둔호수 때문이다.

마둔호수는 조용하고 고요하다. 호수 입구라고 해보았자 동네 양어장 아닌가 하는 생각이 들 정도로 호수는 자신의 모습을 좀처럼 드러내지 않는다. 보는 이의 마음을 가볍게 한다. 초입이 지대가 낮고 옴폭 들어간 데다 호수 둘레길에 미루나무, 단풍나무, 플라타너스의 묵직한 몸체가 호수의 속살을 가리고 있어서다. 덕분에 주위에 펼쳐진 잎갈나무, 소나무, 밤나무, 미루나무, 벚나무, 단풍나무, 플라타너스가 잎새를 흔들어대며 기뻐하는 소리를 만끽할 수 있다. 산림에서 메아리쳐오는 뜸북새의 울음소리가 강가를 더욱 아늑하게 만든다. 한낮에 호수의 고요함은 도시에서 흐르는 시간을 허물어버린다. 호숫가를 따른 에움길을 한참 들어가 호수 끝자락이 보일 무렵에야 은은하게 흐르는 호수가 아련히 다가오며 그 맵시를 드러내기 시작한다. 이내 호수는 은자隱者가 강호에서 배를 타고 유유히 건너올 것 같은 풍치를 내보이며 풍객을 놀라게 한다. 그것도 잠깐이고 호수는 더 이상 자신의 아름다움을 자랑하지 않는다. 논과 밭과 살여울과 산림에게 자신의 지위를 양보하며 이내 자리에서 일어선다.

그런데 이 마둔호수와 배티고개를 만나기 전에 반드시 들러야

| 마둔호수 |
한낮에 호수의 고요함은 도시에서 흐르는 시간을 허물어버린다. 호숫가를 따른 에움길을 한참 들어
가 호수 끝자락이 보일 무렵에야 은은하게 흐르는 호수가 아련히 다가오며 그 맵시를 드러내기 시
작한다. 이내 호수는 은자가 강호에서 배를 타고 유유히 건너올 것 같은 풍치를 내보이며 풍객을 맞
이한다.

할 곳이 있다. 그래야 호수와 고개와 노래라는 3개의 미감을 상통하면서 유람할 수 있기 때문이다. 호수 입구에 잠시 멈추어 서서 주위를 유심히 살펴보아야 한다. 멀지 않은 곳에 예사롭지 않은 옛 집이 눈에 들어오리라. 이곳이 청록파 시인으로 우리에게 잘 알려진 시인 혜산 박두진 선생[1916-1998]이 어린 시절 뛰어놀던 생가이다.

시인은 이 생가에서 한남정맥의 봉우리에서 빨갛게 솟는 해돋이를 바라보았을 것이고, 배티고개 상공에서 절정을 이루고 안성 읍내 방향으로 저물어가는 석양을 지켜보았을 것이다. 그리고 마침내 노을이 남긴 아름다운 안성 고을의 청산을 감탄한 끝에 이 노래를 불렀으리라. 해가 저물어 달밤이 들라치면 한낮에 함께 뛰어놀던 벗들, 느리(큰 종의 짐승)와 토록(작은 종의 짐승)과 나무와 꽃과 수풀은 그만 어둠 속에 사라져버리고 시인만이 홀로 남게 되었을 것이니, 이 산골 오지에 서 있는 소년의 외로움은 한층 더 시렸을 것이다.

해야 솟아라, 해야 솟아라, 말갛게 씻은 얼굴 고운 해야 솟아라.
산 넘어 산 넘어서 어둠을 살라 먹고, 산 넘어서 밤새도록 어둠을 살라 먹고,
이글이글 앳된 얼굴 고운 해야 솟아라.

달밤이 싫여, 달밤이 싫여, 눈물 같은 골짜기에 달밤이 싫여, 아무도 없는 뜰에 달밤이 나는 싫여……

해야, 고운 해야. 늬가 오면 늬가사 오면, 나는 나는 청산이 좋아라.

훨훨훨 깃을 치는 청산이 좋아라. 청산이 있으면 홀로래도 좋아라.

사슴을 따라 사슴을 따라, 양지로 양지로 사슴을 따라 사슴을 만나면 사슴과 놀고,

칡범을 따라 칡범을 따라, 칡범을 만나면 칡범과 놀고……

해야, 고운 해야, 해야 솟아라. 꿈이 아니래도 너를 만나면, 꽃도 새도 짐승도 한 자리에 앉아, 워어이 워어이 모두 불러 한 자리 앉아, 앳되고 고운 날을 누려 보리라.

박두진, 「해」

이 마을에 사는 아흔 넘은 K노인이 가끔 시내에 있는 내 사무실에 들르곤 한다. 그 연세에도 청력과 시력이 아직 좋다. 걸음 걸이도 괜찮은 편이다. 신문에 가끔 실리는 내 글을 읽고 찾아와

| 박두진 생가 |

박두진 시인은 이 생가에서 한남정맥의 봉우리에서 빨갛게 솟는 해돋이를 바라보며 '말갛게 솟은 해야' 노래를 불렀을 것이다. 위 흑백사진은 1974년 2월 17일 박 시인이 고향인 안성 생가를 방문해 어린 시절을 회고하는 장면이다. 사진 안성문화원 제공.

내 글에 대한 당신의 평가와 견해를 아주 유창하게 이야기하곤 한다. 시인 박두진 선생이 당신 동네 형님이었고 함께 수학했다는 말은 나와 헤어지기 전에 마지막 인사와 더불어 매번 반복하는 말이다. 박두진 선생을 배출한 이 동네 사람들의 선생에 대한 식지 않는 애정과 자랑스러움을 지금까지 여실히 보여주는 것이리라.

그러던 어느 날, K노인이 아들뻘 정도 되어 보이는 60대 후반의 P농부를 데리고 내 사무실에 들렀다. P농부는 떠듬떠듬한 말투로 가지고 있는 전답을 모조리 팔아야 할 것인지, 아니면 자식들에게 증여를 해야 할 것인지, 그리고 그와 관련 세금은 어떻게 되는지 내게 물어왔다. P의 어눌한 말투가 신경 쓰였던지 알심 있는 K노인이 나서서 한마디 거들었다.

"이 사람 가련한 사람이야. 마누라한테도 버림받고 자식들도 애비가 잘 사는지 병들어 고생하진 않는지 한 번 찾아오지도 않으면서, 마지막 남은 재산이라고 해봐야 코딱지만 한 전답뿐인데 그것마저 달라고 이 난리들이야."

"예."

내가 대꾸하자 K노인이 한마디 더 거들었다.

"이 친구 지금 어디서 자는 줄이나 알아? 컨…… 뭐시라."

"컨테이너 박스 말인가요?"

"맞아, 동네에 누가 설치해두고 간 컨 뭐신가 박신가에서 비참하게 사는 사람이야. 마누라는 서울 가서 아예 안 내려와."

이 농부 말고도 이렇게 외지에 거주하고 있는 자녀가 임야, 전답을 달라고 통사정하는 바람에, 증여와 매매 관련 세금 문제에 대해 상담하러 사무실에 찾아오는 시골 농부들이 아주 많다. 그러면서 그들은 자식 문제, 재산 문제로 내게 하소연을 늘어놓는다. 그럴 때마다 나 역시 노후자금이 걱정되어 말리는 경우가 많다.

"시골에 같이 사는 것도 아니고 서울에 있는 자식에게 전답을 모두 넘기는 것은…… 한 번 더 생각해보시고 결정하세요. 이 전답, 할아버지 노후를 지탱해줄 수 있는 연금이라 생각하시고……"

"이 사람 내 자식 친구야. 자식 같은 사람이야. 아직도 시퍼렇게 젊은 사람이 병도 몇 가지 있어. 매일 콜록콜록해. 병원 가라고 해도 가보질 않고, 또 착하기는 오라질라게 착해가지고 자식들이 달라는 대로 다 해주는 사람이라니까. 우리 젊은 선생께서 어떻게 만류 좀 해봐! 전답 넘기면 이 사람 당장 죽어! 자기가 죽어도 넘길 사람이라니까. 그래서 이 사람을 선생한테 데리고 온 거야."

아흔 넘은 노인은 쇠하지 않는 목소리로 내게 말을 계속해왔다.

"쥐꼬리만 한 돈이 사람 잡는다니까, 사람 잡아. 요놈의 돈이 웬수지, 웬수!"

K노인 말마따나 P농부에게는 자식도 자식이거니와 더 따져보면 돈이 가해자란 말이 더 어울린다는 생각이 들었다. 그 상황에선 돈이 도움을 주긴커녕 오히려 무기가 되어 P농부의 가슴을 후려친다는 게 결코 틀린 말이 아니었다.

그리고 몇 달이 흘러, 드맑은 태양이 높디높은 겨울하늘에 걸려 있던 어느 날, 꿈펴친구를 만나러 가는 길에 마둔호수 입구에 서 있는 박두진 선생 생가를 지나치게 되었다. 눈이 녹지 않아 생가 지붕과 마당과 나무와 풀은 아직 하얀 눈으로 덮여 있었다. 몇 달 전 사무실에 들른 P농부의 모습이 눈에 아른거렸다. 여러 가지가 궁금했다. 그리고 돈이 사람 잡는다는 K노인의 말도 자꾸 떠올랐다. 돈이 자칫 흉기가 될 수 있다는 말도.

새파란 하늘에 태양은 여전히 말갛게 씻은 얼굴로 눈 덮인 대지를, 박두진 선생의 생가를 비추고 있었다. 불어 스치는 손돌바람이 한바탕 세차게 내 귓가를 할퀴고 지나갔다.

야생화의
구수한 맛

돈, 부부의 성을 억압하다

태풍이 몰고 온 소낙비가 한바탕 쏟아진 뒤, 대지 위의 식물은 몰라보게 자란다. 중복 더위가 며칠째 온 대지를 뜨겁게 달군다. 벼도 실하게 잘 자라고 있다. 벼 줄기가 길게 뻗어나고 이삭도 되알지게 생장해 벼 잎사귀에서 제 몸통을 드러낸다. 논두렁에서 우렁을 찾는 백로는 성큼 자란 볏잎에 가려 겨우 흰 대가리와 노란 부리로만 존재를 보인다. 밭에서 자라고 있는 풋고추, 오이, 깻잎, 콩, 가지나물도 성장 속도가 여간 아니다. 포도나무, 배나무, 복숭아나무에 주렁주렁 열려 있는 열매가 실팍하게 영글어가고 있다. 이 열매는 종이와 비닐을 씌워 보호된다. 당도를 최상으로 만들기 위한 수고이기도 하고, 무엇보다 새들에게 쪼이지 않으려면 조심을 바짝 키워야 한다.

산자락은 강아지풀, 쇠뜨기풀, 말똥가리풀, 여우각시풀, 엉겅퀴, 족두리꽃, 칡넝쿨의 세상이다. 인간의 관심을 벗어난 탓인지 생김새도 거칠어 보이고 피워낸 군락도 제각각이다. 이 들풀은 인간이 만든 질서와 문화를 도통 따르지 않는다. 그러함에도 들풀은 자신들의 생존을 위해 다른 풀의 성장을 크게 방해하지 않는다. 적절한 터에 뿌리를 두고 적당한 공간에 자신의 몸을 키워나간다. 번식력도 여간 센 게 아니다. 이들은 하늘과 땅과 바람과 물과 쉼 없이 교류하고 자연과 조화를 이루며 그들만의 생활방식을 이끌어낸다.

들풀의 이 매력에 함몰되면 누구든지 헤어나오기가 쉽지 않다. 인간과 자연의 화해를 애써 공부하지 않아도 된다. 그들의 생활방식을 곁에서 관찰하면 된다. 이러한 들풀의 야성에 탄복한 시인 류시화는 못내 펜을 들어야만 했던 모양이다. 시인은 이런 시구를 읊조렸다.

들풀처럼 살라
마음 가득 바람이 부는
무한 허공의 세상
맨몸으로 눕고
맨몸으로 일어서라
함께 있되 홀로 존재하라
과거를 기억하지 말고
미래를 갈망하지 말고

오직 현재에 머물라
언제나 빈 마음으로 남으라
슬픔은 슬픔대로 오게 하고
기쁨은 기쁨대로 가게 하라
그리고는 침묵하라
다만 무언의 언어로
노래부르라
언제나 들풀처럼
무소유한 영혼으로 남으라

류시화, 「들풀」

인간의 번식력 쇠퇴를 두고 말들이 많다. 나이는 찼으되 결혼하지 않는 청춘남녀가 늘고 있다는 현실뿐만 아니라, 불임부부가 늘어 출산이 급격히 줄고 있다는 소식이 사회적 이슈로 등장한 지도 오래다. 인구가 줄어들면 경제활동 가능인구가 감소해 아무리 기업이나 개인이 생산성 증대와 경제적 효율을 확보해본들 국가 총체의 경제적 부는 줄어들기 마련이다. 부랴부랴 국가는 원인 분석을 해봤다. 그리고 고심 끝에 청춘남녀가 가정을 꾸리는 비용이 만만치 않다는 사실에 동의하기에 이른다. 부부가 버는 돈은 아이들을 키우는 데 드는 보육비와 가르치는 데 드는 사교육비에 모두 소모하고도 부족하다는 결론에 이의를 달지 못한다. 부부가 소비해야 할 생활비는 또 어떻고. 허리가 휘게 생겼으니 결혼 적령기를 훌쩍 넘은 남녀 청춘들이 짝은 있으되 가정을 꾸릴 엄두는 내지 못한다.

불임 때문에 아이를 낳지 못하는 부부도 상당하다. 일터에서 얻은 극심한 스트레스와 피로로 인하여 부부관계를 기피하거나 제대로 수행하지 못하는, 이른바 섹스리스 부부 문제도 심심치 않게 언론에서 보인다. 지독한 경쟁 시스템이 급기야 행복하고 단란한 가정을 방해하는 아이러니가 연출되고 있다. 부부의 성이란 무엇이던가. 인류의 원초적인 에너지요, 신비요, 사랑이요, 생명이요, 아름다움이며 행복의 극치가 아니던가. 그런 인간의 근본 에너지가 변용되거나 사라지고 있으니 안타까운 일이 아닐 수 없다. 따지고 보면 이 모두 막대한 경제적 부담이 사개를 어긋나게 해 인간 생태계를 교란한 까닭이다. 결국 돈이 인간과 자연의 교감을 방해하고 심지어 배반까지 부추기고 있는 꼴이다.

열대야를 부르는 폭염도 아랑곳하지 않고 옹기종기 모여 있는 야생화로 산자락에는 생동감이 흠뻑 흐른다. 달맞이꽃, 나팔꽃, 도라지꽃이 화려한 자태를 뽐낸다. 형형색색을 띤 이들 야생화의 멋스러움은 화려하되 어색함이 없고 억지를 부리지 않으며 적당한 자기주장이 느껴진다. 그래서 일찍이 미술사학자 우현 고유섭 선생1905-1944께서는 우리 고유의 야생화를 보고 '구수한 큰 맛'이라고 했던가. 논길과 밭길 양 길섶엔 번식력이 강한 흰 개망초와 노란 코스모스가 긴 목을 내밀며 이열횡대로 나를 반기며 서 있다.

가을 들녘
풍경

고향땅에 귀농한 부부의 깊은 시름

일주일 사이로 대형 태풍 두 개가 우리나라를 관통하더니 폭염을 뿌리던 더위가 꼬리를 완전히 감추어버렸다. 그덫에 가을은 불쑥 우리 곁으로 다가왔다. 가을녘 푸른 하늘은 더 높아져 있고 날은 조석으로 꽤 쌀쌀하다. 코끝을 살포시 스치고 지나가는 바람이 제법 매섭다. 절기節氣는 거짓말을 하지 않는다는 고사故事에 어긋남이 없다. 그러고 보니 한가위 명절도 이제 보름밖에 남지 않았다. 논에는 벼 줄기와 볏잎과 이삭의 성장이 절정을 이루어 서로 바싹 껴안고 있다. 백로가 노닐 공간적 틈을 일절 허락하지 않는다. 백로는 논둑으로 쫓겨나 겨우 먹이를 쪼아 먹고 있다. 고스러진 황금색 벼 이삭은 제 무게를 이기지 못하고 땅을 향해 축 처져 있다. 잠자리가 앉기만 해도 땅으로 내려앉을 기세다. 벼가 제대로 익어가고 있다.

| 벼 이삭 |

논에는 벼 줄기와 볏잎과 이삭의 성장이 절정을 이루어 서로 바싹 껴안고 있다. 고스러진 황금색 벼 이삭은 제 무게를 이기지 못하고 땅을 향해 축 처져 있다. 잠자리가 앉기만 해도 땅으로 내려앉을 기세다. 벼가 제대로 익어가고 있다.

호숫가에 걸쳐 있는 논은 말이 아니다. 곧추서 있어야 할 벼가 통째로 쓰러져 있다. 그것도 물속에 잠겨 수몰되어버렸다. 9월 들어 처음 들이닥친 태풍은 바람은 거셌으나 비를 몰고 오지는 않아 벼의 피해가 그리 심하지 않았다. 그런데 한반도를 관통해버린 두 번째 태풍이 문제였다. 거세게 불던 태풍이 고개 숙인 벼 이삭에게 잽을 날리더니 폭우를 동반한 소낙비가 농작물을 연타로 때려 완전히 땅에 눕혀버렸다. 성숙기에 접어든 벼 이삭은 매서운 바람은 견딜 수 있어도 무거운 중량의 소나기엔 맥없이 쓰러질 수 있다며 근심하던 늙은 농부의 얘기가 현실로 드러난 것이다. 놀고 있는 땅만 보면 뭔가 심을 궁리로 욕심난다, 흙이 얼마나 정직한지, 라고 말하던 늙은 농부의 농심農心이 많이 상했을까 심려된다.

늙은 농부의 아내는 젊은 아낙과 함께 밭일을 보고 있다. 애젊은 아낙은 올봄 늙은 농부의 아들과 함께 서울에서 귀농한 며느리다. 아들 내외는 서울에서 문구점을 15여 년간 운영했다. 그런데 2년 전쯤 문구점이 속한 상가와 그 일대가 재개발에 들어가면서 상가를 비워주어야 했다. 다른 지역으로 옮겨 문방구 사업을 계속할까 했으나 그 지역 경기 사정도 여의치 않았다. 몇 해 전 미국발 금융위기 때는 물론이고 IMF 시절보다 최근의 경제불황이 더 심하게 느껴졌다고 했다. 돈을 벌기는커녕 사업으로 오히려 적자가 누적되자 고향에 내려가기로 결심했다. 연로한 부모를 도와 논농사, 밭농사도 하고 공사판 잡부로 일하기로 마음먹은 것이다.

아들 내외는 문방구 사업 적자로 진 빚이 상당하다. 매달 원금과 이자를 은행에 갚기가 여전히 버겁다. 태연히 농사일에만 전념할 수가 없다. 하여 아들은 안성에 짓고 있는 골프장과 건설공사 노동현장에서 일용직으로 정신없이 뛰어다니고 있다. 아들은 안성에 입주한 공업공단, 혹은 가까운 지역 사업체에서 정규직으로 일할 날을 손꼽아 기다리고 있다.

요즈음은 이 아들 내외뿐만 아니라 이곳 시골로 귀농한 젊은층이 꾸준히 늘고 있다고 한다. 그런데 대개 귀농 후 이삼 년이 고비라고 한다. 그들이 가장 큰 어려움으로 꼽은 것은 역시 아이들의 교육 문제였다. 아이들이 사설학원을 가려면 멀리 시내까지 나가야 한다. 게다가 도회지 사람이 시골의 자연환경에 적응하기도 쉽지 않은 듯하다. 도회지와는 달리 시골은 호수와 산과 들과 풀과 나무와 골짜기와 냇물과 논과 밭이 전부다. 학교 시설물을 제외하면 아이들이 즐길 만한 인공적인 시설물은 별반 없다는 얘기다. 어른들에게도 이용할 문화시설이 없는 것은 매한가지다. 편의시설이나 문화공간이 너무 열악하다 보니 부인들이 먼저 두 손을 들고 시골을 떠나자고 말하는 경우가 많다고 한다. 자연환경에 마음을 붙이기가 쉽지 않다는 것이다.

며느리는 가지와 풋고추를 살피고 있다. 늙은 농부의 아내는 농약을 치느라 정신이 없다. 뜯겨나간 콩잎 몇 뭉치가 보였다. 농부의 아내에게 이유를 물었다. 아마 고라니 소행일 것이라고 대답

했다. 야산에서 서식하고 있는 고라니는 입이 어린아이같이 짧아서 들깨처럼 쓰고 신맛 나는 나물은 잘 먹지 못한다고 한다. 또 비록 부드러운 콩잎이라고 하더라도 이렇게 불이 난 잎마른 잎은 역시 절대로 입에 대질 않는다고 한다. 고라니는 주로 사람들의 발걸음이 끊긴 밤에 몰래 밭으로 내려와 콩잎이며 팥잎을 가리지 않고 먹어치운다고 한다. 나를 보며 괴덕스럽게 고추잎을 만지는 그녀의 표정으로 보아 고라니를 원망하는 심사는 아닌 듯하다. 안타까움은 차치하고 오히려 용인해주는 표정이 나에겐 퍽 인상적으로 느껴졌다.

논에서는 쓰러진 벼를 세우는 작업이 한창이다. 이 마을 사람들 모두가 팔을 걷고 나섰다. 늙은 농부는 물론이고 그날은 아들도 공사판 일을 나가지 않았다. 앞으로 며칠간은 아들도 벼농사에 전념해야 한다. 자칫 누워 있는 벼에 싹이 트면 수발아穗發芽 현상이 나타나 농사를 망칠 수 있기 때문이다.

늙은 농부는 말할 것도 없고 덧없이 고향을 찾아온 아들내외의 황그리는 심정은 말이 아닐 듯하다. 도회지에서 상한 마음을 안고 돌아왔건만 기껏 고향의 흙은 이렇듯 푸대접해주고 있으니 그럴 만도 한 것이다. 고향땅을 밟자마자 겪어야 하는 아들 내외의 시련이 참 시리게 자극해 들어온다. 타지도 아니고 마음을 포근히 감싸주어야 하는 고향땅이라서 더욱 그렇다.

생멸이 공존하는
가을 시간

가을이 깊어간다. 강렬했던 여름햇살은 이미 바스러지고 부서지고 빠개지고 스러져 가느다란 광선을 띤 가을빛으로 변해 있다. 부서져 헐거워진 빛은 산야를 온통 붉게 타오르게 하고 들녘을 누렇게 익힌다. 마을 앞 정자나무에도 짜개진 가을빛은 짙게 빨간 물을 드리우고 있다.

해마다 이맘때면 시골에서는 으레 가을걷이로 황금들판이 들썩거린다. 콤바인이 엔진 소리를 지르며 농부의 낫질을 대신해 나락을 거두고 있다. 황금색 나락은 고스란히 뽑혀 탈곡까지 되고 볏짚은 논두렁에 쌓여간다. 소 먹이를 위해 볏단을 묶어 공기가 들어가지 않도록 흰색 테이프로 감싸놓는다. 볏짚이 썩지 않고 오래 보관되게 하려는 것이다.

황금물결을 이룬 거대한 벼 이삭을 농기계로 한나절 만에 추수하는 광경은 도회지 사람들의 눈엔 다소 삭막해 보이는 모양이다. 옛날 옛적의 가을 추수 풍경을 되새기다 보니 눈앞에 보인 기계적인 추수가 허탈하고 영 생소해 보일 것이다. 게다가 황금물결이 순식간에 검붉은 흙덩이만 가득한 겨울 땅으로 둔갑해버리고 나니 황량한 느낌이 드는 것은 당연하리라.

지금처럼 예전에도 여름철 소나기로, 또 태풍으로 벼가 쓰러지는 경우는 허다했던 모양이다. 옛사람들은 베어라 소리가락을 흥얼거리며 쓰러진 벼를 일으켜 세워 나락을 베었고 한 단씩 한 단씩 볏단을 묶었다. 타작 소리가락을 중얼거리며 그들은 고달픈 노동을 녹여냈다. 그런데 풍성한 열매를 거두어 즐거워하고 감격해야 할 벼 베는 소리에 처량한 가락이 웬 말일까. 어사용 구전 노동요 가락이 심상치 않다.

구 시 월 새단풍으는 해마두루 드는데
내가슴에 속단풍으는 시시루마 든다

최남선의 『세시풍속 상식사전』 중

해마다 산과 들녘에 찾아오는 9, 10월 단풍은 올해도 분명 빨갛게 절정을 이루어 가을걷이를 하는 사람들의 마음을 녹여주어야 하건만, 속단풍(근심)으로 말미암아 추수하는 농심은 오히려 속이 검게 타들어가 있는 게 아닌가. 모내기와 달리 벼 베기는 수

| 침묵의 땅 |
들녘은 고요함으로 가득 차 있다. 동면에 들어간 땅은 적막한 시간을 가없이 흘려보낸다. 대지는 지쳐 있는 생명과 흙을 포근히 감싸 안는다. 그 안에는 생명의 미립자가 끊임없이 꿈틀거리고 있다. 생명을 잉태할 시간과 터를 마련하기 위해 부단히 애를 쓴다.

확의 기쁨과 보람으로 긴장보다는 들뜬 정서가 정상일 텐데 말이다. 그것은 벼와 밭작물을 수확해봐야 조선시대 소작농민들은 그 열매를 지주들에게 갖다바치고 무거운 세금으로 관아에 모두 빼앗겼고 오히려 그들에게 먹을 곡식을 빌려와야 할 처지에 놓이는 일이 허다했던 까닭이다. 풍요로운 추수는 지주들과 고관들의 잔치일 뿐 소작농부들은 언감생심 기쁨과 감격은 고사하고 오히려 빚만 늘어나는 처지였으니, 벼 베기 작업은 농부에게 고된 노동에 지나지 않았던 아픔이 우리의 역사와 구전 노래에 고스란히 서려 있다.

밭에서도 부녀자들이 추수하느라 여념이 없다. 대부분 봄에 심은 것들이다. 팍신한 맛이 잔뜩 들어 있는 고구마가 자주색 빛깔을 뿜어내며 탐스럽게 모양을 뽐내고 있다. 검은색 들깨도 고소하게 익은 게 틀림없다. 빨갛게 익은 고추는 이미 거두어 마을 어귀 너른 마당에서 햇볕을 쬐고 있다. 두렁콩(논두렁에 심는 콩)과 팥과 땅콩은 타작을 마쳤다. 참깨는 무더위가 한창 기승을 부리던 날에 이미 모두 거둬들였다. 낫으로 베어낸 메밀 역시 도리깨로 타작을 끝냈다. 수수와 박도 무르익을 대로 익어 있어 농부들의 손길을 애타게 기다리는 듯하다.

가을비가 며칠 동안 뿌려 대지를 식히더니 아침저녁으로 불어오는 바람에 제법 날이 서 있다. 벼와 밭작물 수확이 거개 마무리

되어가고 있다. 이제 마을 사람들은 본격적으로 겨울채비를 서두르는 모습이다.

가을산도 겨울나기를 위해 몸부림을 친다. 산은 여름 내내 보듬고 있던 수분을 하염없이 땅 밖으로 흘려보낸다. 그래서 가을산은 홀쭉히 말라 있고 가을호수는 물이 철철 흘러넘친다. 그러고 보니 백로가 보이지 않는다. 언제부터인가 모습을 감추어버렸다. 따뜻한 남쪽나라로 훌쩍 떠나버렸다. 가을볕뉘를 쬔 개구리가 느럭느럭 논도랑 아래로 내려간다. 철겹게 나타난 꽃뱀이 나와 눈이 마주치자 수풀 속으로 기어들어간다. 제 계절을 놓친 탓인지 민첩했던 기운은 사라지고 몸통과 꼬리를 휘돌리는 동작이 무척 슬렁슬렁하다.

가을나무도 겨울준비에 한창이다. 붉게 무르익은 가을 단풍잎은 죽음을 초연히 받아들일 준비를 하고 있다. 가지에 대롱대롱 걸려 있는 잎사귀가 이내 너울너울 춤을 추며 땅에 떨어진다. 떨어지는 나뭇잎은 처절하도록 고독해 보인다. 이렇듯 생멸生滅이 함께 공존하는 묘한 가을 시간이 가을빛 입자에 반짝거린다.

들녘은 고요함으로 가득 차 있다. 침묵에 들어간 땅은 적막한 시간을 가없이 흘려보낸다. 대지는 지쳐 있는 생명과 흙을 포근히 감싸안는다. 그 안에는 생명의 미립자가 끊임없이 꿈틀거리고 있다. 생명을 잉태할 시간과 터를 마련하기 위해 부단히 애를 쓴다.

차가운 대지 위에 자전거를 탄 늙은 농부가 지나간다. 강아지가 꼬리를 연신 흔들며 자전거 뒤를 따르고 있다. 해는 야산으로 뉘엿뉘엿 기울며 까치놀을 그리고 있다. 석양의 거망빛은 잘게 쪼개져 앙상한 서리가을의 산하를 고되게 비추고 있다.

2

풍경 둘.

세상을 역류하는 그대에게

나의 눈은 너의 눈을
만지고 있어

빈곤이 훑고 간 아이들의 미래

기현이의 아픈 미래의 꿈

어느 사회복지사의 소개로 기현이를 처음 보았을 때가 아마 영하 10도를 넘어서는 맹추위가 보름 가까이 휘몰아치던 1월 하순경이었을 것이다. 시베리아에서 건너온 세찬 바람이 거리에 쌓여 있던 눈들을 흩날려 거리는 온통 눈안개에 휩싸여 있었다. 휘몰아치는 바람소리는 요란하였으되 시내(구 읍내)에 있는 중앙로 거리에는 생명이 얼씬거리지 않았고 한가롭다 못해 적막해 보였다. 버스와 승용차가 지나치는 모습이 간혹 한두 대 보일 뿐이었다. 그날 중앙로 한복판에 끼어 있는 내 사무실에서 마주한 기현이와 내 몸이 어찌나 얼어버렸던지 그 녀석과 길게 이야기를 나누지 못했다.

까마득히 잊고 있었는데, 봄꽃이 만발한 봄날 기현이가 책을 읽고 감명 깊은 구절을 적은 노트를 가지고 나를 찾아왔다. 앞으로 학교 선생님이 되겠다는 포부도 함께 가져왔다. 나와 긴 포옹을 마치고 돌아가는 녀석의 발걸음이 튀듯이 가벼웠다. 이 아이의 가정환경을 자세히 알아볼 양으로 녀석을 소개해준 사회복지사에게 전화를 걸었다. 친절한 목소리가 수화기를 타고 들려왔고 얼마 안 가 내 가슴은 요동치기 시작했다. 그리고 이내 심장은 물밀듯이 시렸다.

"제 할머니랑 두 식구가 같이 살아요. 엄마 아빠 이혼한 지 한참 되었나 봐요. 기현이가 부모와 떨어져 산 지 꽤 됩니다. 할머니의 보호를 받고 있는 기현이 이 녀석, 급성백혈병으로 2년여의 시한부 인생을 살고 있어요."

승완이를 에워싼 모순과 비극

안성은 수도권 지역에 위치하고 있으면서도 몇몇 공장지역을 제외하면 농업과 축산업이 주를 이루고 있는 도농복합도시이다. 안성 시내와 공도읍은 도회지의 면모를 띠고 있지만, 두 지역을 뺀 대부분의 면 지역에는 여전히 논농사, 밭농사, 과수농사와 축산업에 종사하는 농민들이 상당하다.

안성에 내려와 꿈퍼나눔마을을 운영하던 초기에 내가 오해한 부분이, 기초생활수급대상 가정이 도회지보다는 면 단위의 농업지역에 다수 거주할 것이라고 판단한 것이었다. 그래서 주로 면사무소 복지과를 찾아가 해당 가정을 알아내고 그 가정에 거주하는 청소년들을 방문하여 도움을 주고자 했다. 그런데 면사무소에서 확인해준 기초수급 가정은 아주 미미했다. 서너 달이 흐를 즈음, 나를 몇 번 만나본 면사무소 직원이 조심스레 말문을 열었다.

"촌장님, 여긴 못 먹고 못 배우는 아이들이 별로 없어요."

"그렇습니까? 농업지역이라 가난해도 먹고사는 것은 지장이 없어서 그런가요? 그래도 이곳이 도회지보다 교육 면에서 열악하지 않을까요? 도회지 아이들이 받는 사교육이며 문화혜택이며 학원 등등을 따져볼 때 말이죠."

나는 그 직원의 입에서 이곳 아이들의 사정 얘기를 더 끄집어낼 요량으로 질문을 계속 던졌다.

"이곳에 계신 분 중 가장 젊으신 분들이 60대입니다."

마을에 아이들이 거의 없다는 이야기였다.

"면 지역 아이들 해봐야 손으로 꼽을 정도입니다. 꿈퍼나눔마을에서 도울 청소년들은 오히려 안성 시내에 수두룩할 겁니다. 안성 시내 동사무소에 가서 도움을 요청하시는 게 더 빠를 것 같습니다."

틀린 말이 아니었다. 아니나 다를까 도회지에 거주하는 아이들의 환경이 면 지역 아이들의 그것보다 훨씬 열악했다. 동네 이웃들과의 관심도와 커뮤니케이션 면에서도 안성 시내는 면 지역과 비교되지 않을 정도로 벌어졌다. 식량이 떨어지면 면 지역 아이들과 달리 이곳 아이들은 굶어야 할 정도로 면 지역보다 정보 네트워크면에서나 사회적 도움 면에서 폐쇄적이었다. 물론 동사무소에서 관리되어 금전적 지원이 이루어지고 있는 가정은 겨우 입에 풀칠을 하는 정도였다.

안성 시내에 중학교 2학년인 승완이라는 아이가 있었다. 그 아이의 보호자는 일흔 중반으로 보이는 늙은 노인으로 승완이의 조부였다. 4년 전 부모가 이혼한 뒤 승완이는 조부에게 의탁되었고, 그의 부친은 지방의 건설현장을 전전하며 일당을 번다고 했다. 조부는 당뇨에 고혈압을 앓고 있었으며, 내가 승완이를 만나러 집을 방문할 때마다 매번 방 한편에 드러누워 있었다. 먹고 남은 술병이 방 구석구석에 굴러다녔고 담배꽁초가 재떨이에 즐비하게 꽂혀 있었다. 방 안은 온통 담배와 술 냄새에 찌들어 있었다.

내가 방문을 열고 들어서면 승완이의 조부는 거동이 불편한 몸을 겨우 추스르며 내게 말을 건네곤 했다.

"선상님, 죄송합니다. 이거 마셔야 제가 지탱합니다. 이해해주십시오."

'이거'는 소주를 말했다. 그리고 당신 손주에 대한 당부를 빠뜨리지 않았다.

"선상님, 선상님, 승완이 공부 잘하게 꼭 도와주세요."

승완이의 얼굴은 여느 중학생들 못지않게 무척 해맑았던 것으로 기억된다. 지금도 숫저운 승완이의 미소가 아른거린다. 가정환경이 믿기지 않을 정도로 목소리도 명랑했다. 그럼에도 승완이가 모순과 비극을 안고 이 세상에 태어났다는 애처로운 현실을 비켜설 수는 없었다. 그들은 돈 문제, 그것도 먹고사는 생존의 영역에서 몇 대째 한 발짝도 걸어나오지 못하고 있었다.

절규하는 동현이의 영혼

벌써 몇 년이 지난 일이다. 산비탈을 끼고 있는 한 달동네에 위치한 지역아동센터에서 눈빛이 초롱초롱 빛나는 아이들과 일주일에 두 번씩 데이트를 하며 행복한 시간을 보냈던 경험이 있다. 그 지역아동센터는 집안 형편이 어려운 관계로 방과 후에 돌봐줄 보호자가 없어 집에서 혹은 길에서 방황하는 초등학생들을 대상으로 했다. 센터는 아이들에게 점심과 저녁을 제공한 후 귀가할 때까지 여러 가지 프로그램을 운영하며 아이들의 지식과 감성을 키우는 교육에 심혈을 기울였다.

입실 대상은 조손가정이나 한부모 가정 아이들, 또 형편이 열악하여 가정에서 돌볼 수 없다고 판단된 아이들, 일테면 문화활동이나 심성훈련 그리고 지적교육 등에서 또래 아이들에 비해 수준이 현저히 떨어지는 아이들이었다. 당시 센터장은 서류로만 심사하지 않고 동네 구석구석을 돌아다니며 방황하는 아이들을 직접 보고 또 말을 건네본 후 학교 담임선생님과 상의를 거쳐 센터에 입실시켰을 만큼 아이들에게 지극정성이었다. 수업 시간에 나는 아이들과 함께 책을 선택해 읽고 글에 대한 느낌을 같이 나누곤 했는데, 선생이었던 내가 오히려 숟가락을 들고 생각이 푸릇푸릇하고 심성과 영혼이 맑은 아이들에게 정신적 양식을 얻어먹었던 기억이 아직도 새록새록하다.

초등학교 5학년이었던 지훈이라는 아이가 있었다. 가족이라고는 뇌경색과 당뇨로 앓아누워 있는 할머니뿐이었다. 큰 덩치에 해맑은 미소, 수줍음을 많이 탔던 그 아이. 그런데 그 아이가 1학년용 그림책에 나오는 큰 글씨를 제대로 읽어내질 못했다. 아뿔사, 순간 마음이 미어졌다. 그때부터 녀석하고 같이 책을 읽고 또 읽었다. 글씨 쓰기도 퍽 많이 했다.

3학년이었던 동현이는 천방지축에 까불까불했던 애였는데, 녀석이 센터에 들어오자 어느 정도 잡혔던 센터 아이들의 질서의식과 면학 분위기가 헝클어져버렸다. 옷에 똥을 묻히고 나타나 아이들을 기겁하게 만들기도 했다. 센터에서 아이들과 연말 공연을 마치고 동현을 바래다줄 때였다. 동현이는 부모님이 모두 있는 상태로 이 센터에서는 흔치 않은 경우였다. 동현의 아버지가 알코올중독에 가정폭력을 일삼는다는 말을 센터장을 통해 전해 들은 나는 동현의 손을 붙잡고 그의 집을 향해 걸어갔다. 그런데 동현이가 제 집으로 가는 골목으로 들어서지 않고 큰길로 빠져나가 대형 PC방으로 들어가는 게 아닌가. 이유를 물으니 어머니가 이곳에 계신다고 했다. 이 가게에서 일하시나 보다, 라고 생각할 겨를도 없이 동현이는 어색한 얼굴을 내게 내밀었다. 알고 보니 녀석의 어머니는 아버지의 폭력을 피해 PC방을 전전했고 결국 PC게임에 중독되어 하루 종일 PC방에서 보내고 있었다. 이내 가슴이 먹먹해졌고 이가 시리도록 애잔했다. 동현이를 에워싼 절망의 그늘은 짙게 드리워 있었고 절망의 덫은 동현을 꽉 붙잡고 있었다. 해맑은 동현의 영혼은 몸부림치는 듯했고 결국 유체이탈해 절규하며 내게 소리지르는 것 같았다.

"도와주세요, 도와주세요!"

역전 동네에서의 어린 시절

생각해보면 나 역시 가난이라면 신물날 정도의 어린 시절을 보냈다. 그러나 나는 기현이, 승완이, 지훈이, 동현이와는 가정환경이 좀 달랐다. 그들이 갖지 못한 가족이 있었고 더군다나 나를 지극정성 돌보아주던 어머니와 형이 있었다. 또한 가난하였으되 그 가난은 지금과 무척 달랐다. 동네에 한두 집 빼곤 내남없이 거의가 못 먹고 못 살았던 시절이었다.

그러니까 나의 어린 시절 이야기는 1970년 전후로 거슬러 올라간다. 아버지가 급작스럽게 돌아가시고 가세가 급격히 기울어 큰형과 셋째형은 외갓집에 얹혀살게 되었고, 고등학생이던 작은형은 우리를 건사하기 위해 학교를 그만두고 생업에 나서야 했던 시절이었다. 남은 형제들과 어머니는 시골에서 나와 역전 근처 달동네 판잣집으로 이사를 들어갔다. 그때 작은형은 철강공장을 다니기 시작했고, 그래서 더 이상 배움을 이어나가지 못했다.

우리 집은 역사驛舍에서 그리 멀지 않은 곳에 있었다. 새벽부터 역에서 울리는 요란한 소리가 밤의 정적을 깨뜨려놓을 즈음 우리도 흐벅진 단잠에서 깨어나곤 했다. 일어나 밖으로 나와보면 숯덩이보다 더 새까만 증기기관차의 굴뚝에서 뿜어져나오는 연기가 우리 동네 하늘을 온통 뒤덮어버리고, 푸르스름한 하늘에서 기지 개를 켜려던 먼동은 연기에 놀라 다시 몸을 숨겨버리곤 했다. 나 는 부스스한 눈을 비비고는 저 기차는 또 어디를 갔다 올까, 하며 기차가 교회 건물에 가려 사라질 때까지 눈을 떼지 못했다.

기어이 먼동이 트고 어둠이 사라지면 밤새 어둠에 가려져 있 던 악취가 역겹게 우리의 코를 찔렀다. 그 냄새의 진원지인 천변에 서 쓰레기를 뒤지려는 넝마주이들이 하나 둘씩 거리로 나와 동네 의 아침을 열곤 했다. 집집마다 식사를 준비하는 소리, 아이들의 울음소리로 동네는 분주해졌다.

아침을 먹고 어머니에게 도시락을 건네받은 작은형이 출근하 면서 손으로 내 뒤통수를 쓸어주면 나는 냉큼 형에게 "다녀오세 요"라고 인사를 했다. 그러고는 철강공장으로 나가는 형의 뒷모습 을 물끄러미 바라보며 생각에 잠기곤 했다. 그때 내가 한 생각이 란 고작 이런 것이었다.

"나도 빨리 커서 형처럼 공장에 다니면 엄마가 밥을 고봉으로 차려줄 거야."

어머니는 자식들의 식사가 항상 부족하다는 것을 알고 있었 다. 다섯 명이 두 공기의 밥으로 한 끼를 때워야 할 만큼 식량이 빠듯했다. 그중에서 한 공기는 항상 작은형의 몫이었고 나머지 한 공기가 우리 몫이었다. 어머니는 한 그릇의 밥을 솥단지에 다시 넣고 물을 부어 팔팔 끓였다. 그렇게 밥 한 그릇으로 죽 네 그릇 을 만들어 어머니는 우리의 허기를 겨우 채워주셨다.

우리 다섯 식구는 판자방에서 살았다. 판자방은 바깥과 방 안의 기온차가 거의 없어 넝마주이가 기거하는 움막집과 별로 다를 바 없었다. 다만 우리 집은 동네 한가운데 위치하고 넝마주이가 사는 집은 개천가에 있다는 것, 그래서 그들은 장마철에 주거지를 옮겨야 한다는 것이 다르다면 달랐다. 또 나는 고아가 아니고 의지할 수 있는 어머니와 작은형이 있다는 것이 넝마주이와 다른 점이었다.

어머니는 풀을 쑤어 동정을 달고 색동저고리를 재봉하는 일을 하루 종일 하셨다. 어머니의 손은 옷감을 이느라 손새봉들에서 떨어질 줄 몰랐고 동정에 풀칠하는 일은 초등학생이었던 누나가 틈틈이 도왔다.

나는 작은형이 출근하기 무섭게 집을 나와 두 살 터울의 넷째 형과 함께 유과집으로 달려갔다. 유과집 아들 종학이가 형과 같은 반이었기에 우리는 그 집으로 쫓아가 허드렛일을 자청했다. 종학이가 하는 일을 도운 것이다. 우리가 일을 자청한 데는 유과집에서 일하는 사이사이 과자 부스러기들을 입으로 집어넣을 수 있기 때문이었다. 종학이 집에서 보면 우리는 반드시 필요한 인력이 아니었다. 어쩌면 그저 귀찮은 존재였을 것이다. 그래서 형과 나는 종학이의 기분이 상하지 않도록 항상 비위를 맞추려 애썼다. 어쩌다 종학이가 할 일이 없어지기라도 하는 날엔 우리는 어찌할 도리 없이 허탕을 쳤다. 그런 날이면 뱃속의 내장들이 썰썰하다고 아우성을 치며 발길질을 마구 해댔고, 넷째형은 유과집에서 발길을 돌리면서 혼잣말로 지껄였다.

"오늘 재수 더럽게 없네, 씨팔."

"재수 더럽게 없네, 씨……"

나도 덩달아 지껄이면 형이 날카로운 눈으로 나를 쏘아보았다. 나는 형의 눈치를 보며 슬그머니 입을 다물었다.

우리 동네와 기찻길 사이로 흐르는 개천은 철로를 따라 서쪽으로 길게 뻗어 있었다. 우리는 유과집을 나와 천변을 걷곤 했다. 길게 뻗은 화물열차가 지나갈 때마다 나는 화물열차 개수를 손가락으로 세어가며 형을 졸졸 따라갔다. 어느 날인가 그렇게 화물열차가 내 앞을 모두 지나갔을 때, 나는 웅성거리는 아이들이 모여 있는 곳으로 뛰어가는 형을 발견했다. 그곳에서 어떤 아이가 선생님이 우리를 체벌할 때 주로 매 대신 교실 앞에서 액자를 보고 달달 외우게 했던 국민교육헌장을 외우고 있었다.

"……우리의 창의와 협력을 바탕으로 나라가 발전하며, 나라의 융성이 나의 발전의 근본임을 깨달아, 자유와 권리에 따르는 책임과 의무를 다하여……"

곁에 있는 또 다른 아이는 유행가를 부르고 있었다.

"바람 부는데 에 바람 부는데 비가 오는데 에 비가 오는데 우산도 없이 거니는 연인들……"

아이들이 따라 불렀다. 나는 배가 고픈 나머지 입에서 노랫소리를 내뱉지 못했다. 배를 움켜쥐고 있을 때 어디선가 아이들의 외침이 들렸다. 그 소리에 유행가를 부르던 아이들이 노래를 멈추고 일제히 고개를 돌려 소리가 나는 곳을 향했다.

"거지다, 거지!"

"아니야, 미쳤어. 돌았다니까……"

흙을 더듬고 있던 한 사내가 아이들을 향해 씩 웃어 보였다. 그 사내를 보던 아이들의 웃음소리가 한차례 늘려오고, 어떤 이이가 그 사내에게 다가가 돌았다며 손가락으로 원을 빙빙 그려 보였다. 깔깔거리는 아이들의 웃음소리가 천변을 가득 메운 역겨운 냄새와 어우러져 개천을 따라 흘렀다. 화물열차가 멀리 서쪽에서 역전으로 들어오고 있었다. 이번에도 꽤나 길게 몸통을 달고 오는 듯했다.

"와아!"

아이들의 탄성이 내 시선을 다시 그 사내에게 되돌려놓았다. 한 아이가 긴 막대기로 그 남자의 옷을 들추고 있었던 것이다.

"그래, 옷을 벗겨버려!"

아이들이 소리쳐 거들어주었고 그 아이는 막대기에 힘을 더 실었다. 사내의 옷이 이내 하나 둘씩 벗겨지기 시작했다. 막대기가 속옷에 걸려 꼼짝도 안 했을 땐 속옷과 막대기가 팽팽히 힘겨루기를 했다.

그때 사내는 저항을 하지 않았다. 아니, 저항할 생각도 못하는 듯했다. 자신이 무슨 꼴을 당하는지도 모르는 듯 여전히 우리를 향해 씩 웃고 있을 뿐이었다. 그 남자의 손이 아닌 내 손가락이 남자의 옷이 내려갈까봐 내 바지를 꽉 붙들고 있었다.

결국 잠시 후 속옷이 벗겨지고 그의 온몸이 우리 앞에 적나라하게 드러났고, 그 순간 나는 그 남자의 벌거벗은 몸뚱어리를 보고 말았다. 사내의 몸은 어른의 그것이었다. 내 눈에는 분명히 작은형과 다를 바 없는 그런 몸뚱이로 보였다. 성숙한 어른의 몸뚱이가 아이들에게 무참히 짓밟히고 있었다. 어지러웠다. 개천과 철로가 뒤죽박죽이 되어 내 주위를 맴돌았다. 시커먼 화물열차는 굉음을 내며 나를 향해 곧장 달려오고 있었다.

나의 눈은 너의 눈을 만지고 있어

이렇듯 나의 어린 시절에 겪었던 가난은 내남없이 그냥 일상이었다. 그래서 가난은 내게 깊은 상처를 주지 못했거니와 훗날 내 인생 여정에도 별다른 영향을 주지 못했다. 그런데 기현, 승완, 지훈, 동현이는 불행히도 그들 인생 도정에 버팀목 역할을 할 수 있는 방어막이나 삶의 여과장치가 전무한 실정이다. 어떻게 기대볼 언덕이 하나도 없다. 이대로라면 마냥 평생 가난하고 무기력하게 살다가 그 가난을 자식들에게 상속해주어야 할 판이다.

기현, 승완, 지훈, 동현이가 빈곤의 악순환에서 탈출할 수 있는 근본적인 대책은 없는 것일까. 이 아이들이 가난의 세습이라는 고리를 끊고 새롭게 점프할 수 있는 발판은 무엇일까. 그들이 자신의 삶을 적극적으로 긍정해가며 미래의 비전을 꿈꾸고 앞날을 기대하는 삶으로 전환할 수 있는 방안이 있기는 한 것인가. 경제적 지원은 일차적인 해법일 것이다. 궁극은 그들 내부에서 강렬한 폭발implosion을 일으킬 수 있는 자생력을 키우는 일에 달려 있다.

우선 이 아이들을 거리를 두고 보는 시선에서 거리를 두지 않고 포용하려는 혜안이 절대적으로 필요하리라. 그들과 일정한 거리를 둔 채 동정의 눈으로만 바라보는 것은 돈 몇 푼 쥐여줄 테니 알아서 살아라, 하는 방식과 다를 바 없다. 그들과 거리를 누지 않는 마음 씀씀이가 필요하다.

그런 의미에서 '빌둥'과 '컬처'라는 어휘가 각별하게 들려온다. 자기능력 형성을 뜻하는 독일어 '빌둥bildung'은 사유의 지식이라는 건자재와 건축기술을 사용해 사람됨이라는 집을 만들어간다는 의미로, 근대까지 유럽의 핵심적인 문화코드였다. 빌둥과 같은 의미의 영어 '컬처culture' 역시 머리를 경작하여 머릿속에 있는 잠재적인 능력을 발견한다는 뜻을 담고 있다. 빌둥을 이루는 교육은 기현, 승완, 지훈, 동현이가 미지의 세계에서 자신이 서 있는 좌표를 정확히 읽어내고 올바로 항해할 수 있는 힘을 키워줄 것이다. 컬처를 실현하는 교육복지가 이루어지면 아이들은 자기계발을 통해 스스로 정체성을 찾아가고 미래를 내다보는 눈을 갖게 될 것이다.

가난한 아이들이 과연 좋은 미래를 만날 수 있을까. 부조리한 현실을 개조해 이 친구들의 미래에 청신호를 밝히는 작업은 사회와 기성세대인 우리가 해야 할 몫이다. 그리고 마침내 이 땅에서 마땅히 구현되어야 할 과업이다. 먼 훗날 장성한 이 아이들이 활짝 웃을 수 있는 세상을 만드는 일 말이다. 그런데 교환경제의 틀 안에서 이 방식을 찾는다면 요원한 이야기가 될 것이다. 경제적 순환을 벗어난 순수증여, 곧 선물의 방식으로 가난한 아이들을 감싸주었을 때 그들의 밝은 미래는 앞당겨질 것이다. 경제성과 비대칭인 사랑, 이 사랑을 바탕으로 사회가 아이들과의 거리를 좁혀 이들을 바짝 껴안았으면 참 좋겠다. 지금 당장이라도 사회가 이 아이들에게 다가가 다정다감하게 속삭여주기를 간절히 바란다.

"힘내, 나의 눈은 너의 눈을 만지고 있으니까."

봄 가뭄의
호수 녘

사람을 그리워하는 아이들

올해는 유난히 봄 가뭄이 극심하다. 이상고온 날씨에 가뭄이
지속된 지도 어느덧 두 달이 넘어간다. '104년 만의 최악 가뭄'이
라는 신문기사에서도 가뭄의 심각성이 읽힌다. TV에서도 연일 이
상기후로 인한 농작물 피해와 시골 농민들이 겪는 참상을 톱뉴스
로 전하고 있다.

"내 칠십 평생에 이런 봄 가뭄은 처음 봅니다. 물이 있어야 모
를 심지요."

TV에서는 망연자실한 농민의 표정 너머로 모래사장으로 변
해버린 논밭의 모습을 보여주고, 수십 억의 예산을 들여 만든 펌
프시설이 작동하지 못하고 무용지물이 되어버렸다는 고발성 소식
도 전한다.

모내기를 끝낸 쌍지마을 논에는 호수에서 조달한 농업용수 덕에 아직 물이 홍건이 고여 있다. 이 동네 노인들도 올봄 이상기후에 놀라긴 마찬가지다.

"이런 가뭄은 나도 생전 처음이야. 예전 같았으면 춘궁기 보릿고개는 고사하고 수확기인 가을, 겨울조차도 넘기지 못하고 굶어 죽는 사람이 여럿 나왔겠지."

이제는 보릿고개란 말이 아련히 역사의 뒤안길로 사라진 지오래다. 요새 젊은 친구들은 보릿고개를 잘 이해하지 못할 것이다. 나 역시 말로만 들었지 실제 경험하지 못한 세대에 속한다.

대개 소작농부들이 가을에 수확한 곡식은 겨울이 지날 즈음 바닥난다. 하여 다가올 봄은 그 농부들에게 고난의 시기다. 그래서 이듬해 봄철을 춘궁기라 불렀고, 이 시기가 아직 보리가 여물지 않는 시기와 겹쳐 맥령기麥嶺期라고도 불렀다. 이 기간 동안 사람들은 여물지 않은 보리 대신 풀뿌리를 캐먹고 나무껍질을 벗겨먹으며 끼니를 때워야 했다. 두껍고 거친 나무껍질을 보리 이삭을 태워 만든 가루와 섞어 솥에 넣어 죽을 쑤어 먹으며 보리를 수확할 때까지 간신히 목숨을 이어갔다. 사정이 그러한 까닭에 그 시절 보릿고개는 궁핍, 도탄 등 가난한 사람들의 빈곤상을 말해주는 대명사로 불리곤 했다. 그런데 올봄처럼 가뭄이 봄철 내내 지속되는 해에는 흉년으로 이듬해 춘궁기는 고사하고 이른 겨울부터 사람들은 벼랑 끝으로 몰려 생존을 위해 몸부림을 쳐야 했다.

그러고 보면 가난은 정말이지 인간을 지독히도 괴롭히는 무시무시한 공공의 적이 아닐 수 없다. 그냥 살림살이가 부족하다는 낭만적인 표현만으로는 가난이 인간에게 미친 영향을 모두 담아낼 수 없다. 가난은 생명을 유지하는 데 필요한 최소한의 영양을 섭취할 수 없는 단계를 넘어 생명을 위협하는 질병이라고 보는 게 훨씬 현실적인 표현일 것이다. 마침 세계보건기구^{WHO}도 가난이 인간에게 가장 무서운 질병이라고 규정하여 인류에게 엄중 경고하고 있다.

　선진국 문틈에 들어선 요즈음도 우리나라에서 가난 때문에 먹을 쌀이 없어 굶고 있는 사람이 있다고 말하면 믿을지 모르겠다. 더군다나 그 가운데 무럭무럭 자라야 할 청소년들이 상당수 존재한다고 한다면 의아해할 사람이 꽤 있을 것이다. 그런데 꿈퍼나눔마을 문을 두드리는 친구들 중 일부는 그 경우에 해당한다. 다만 서로 묵언默言으로, 표정을 주고받으며 꿈과 희망에 대한 얘기로 넘어갈 뿐이다. 이들 중 그나마 초등학생인 경우는 사정이 다소 나은 편이다. 초등학생들은 사회의 보살핌과 여러 사회복지시설의 도움으로 식사도 제공받고 기초적인 학습을 익히는 기회도 중고생들보다 많은 편이기 때문이다.

　문제는 이 아이들이 사춘기로 접어들 무렵부터이다. 그러니까 이 아이들이 초등학교를 졸업하고 중학교에 입학하는 순간부터 사정과 환경은 완전히 달라져버린다. 중고등학생들을 대상으로 하는 사회복지시설은 초등학생을 대상으로 하는 시설과 비교도 할 수 없을 만큼 적다. 그러한 까닭에 자연스레 청소년들에 대한 사회적인 보살핌과 관심이 거의 끊긴다고 해도 과언이 아니다. 더군다나 이들 중고생들은 사춘기 시기를 보내고 있다. 누구나 한 번쯤은 겪어야 할 질풍노도의 시기에 그 친구들에겐 따뜻하게 품어줄 보호자도, 상담해줄 사람도, 돈도, 심지어 친구도 없는 경우가 허다하다. 평범한 또래 아이들은 사춘기 열병을 받아줄 부모와 가족과 친구들이 존재하는데 말이다. 말하자면 대개의 아이들은 사춘기라는 열병으로 탈선해 바깥으로 튕겨나가더라도 멀리 달아나지 못하도록 가족이라는 울타리 장치가 쳐져 있다. 그런데 가정형편이 열악한 아이들에게는 그러한 보호 장치가 전무한 상태이다.

이렇듯 사회가 방치하고 있는 사춘기 청소년들은 오늘도 이 땅에서 방황하며 거리를 배회하고 있다. 또래 아이들은 좋은 스펙을 쌓기 위해 학원으로 과외로 정신없이 뛰어다니는데, 이 아이들은 도통 하는 일이 없다. 그들은 금전적 지원만을 절실히 바라는 것이 아니다. 함께 생각하고 뛰고 미래를 꿈꾸는 데 조언해줄 사람을 그리워하고 있다. 꿈퍼나눔마을을 다녀간 P군, C군, L군 등이 남긴 글을 보면 이 친구들은 하나같이 따뜻한 관심과 배려와 사랑을 애타게 기다리고 있었다.

사춘기 열병을 앓은 소년 이야기

나 역시 사춘기를 보내며 거친 열병을 앓았던 기억이 있다. 아마 고등학교에 다닐 무렵이었을 것이다. 우리 가정형편은 시간이 갈수록 더욱 쪼들려 누나와 넷째형은 어머니와 함께 외갓집에 들어가고 나는 신혼살림을 꾸린 작은형한테 얹혀살게 되었다.

그때 나는 이성異性이라는 새로운 세계를 동경하며 꽃기운이 한참 밀려오던 시기를 보내고 있었다. 전파사에서 흘러나오는 유행가가 예사롭지 않게 내 가슴속으로 밀려왔다. 이글스의 〈호텔 캘리포니아〉, 최현의 〈오동잎〉, 활주로의 〈나는 세상 모르고 살았노라〉는 나의 영혼을 유혹했고 영혼은 내 육체를 건드렸다. 세상에 저항하라고, 새로운 세상에 노크하라고.

학교가 파하면 나는 같은 반 아이들과 함께 자취하고 있던 동무 집으로 몰려갔다. 우리는 기타를 치고 세숫대야를 두드리고 양철 쪼가리를 두들겨 패고 악을 쓰며 노래를 불렀다. 친구에게 입에서 입으로 전해 들은 '여자'에 대한 생소하고 신비스러운 얘기들은 그간 생경했던 세상에 눈을 뜨게 만들어주었고 나의 온몸을 두근거리게 했다.

내 눈에 비친 어른들의 피상 세계는 곧바로 모방되어 나의 신세계를 확장시켜주었다. 친구들 따라 뻐끔 담배를 피워보고, 당시 말도 많던 쌀막걸리도 입술에 묻혀보고, 누군가 그리운 척 허공을 쓸쓸하게 쳐다도 보고, 때로는 세상의 온갖 고뇌를 짊어지고 있는 도도한 수도사처럼 인상을 험상궂게 찡그려보곤 했다. YMCA에서 자주 불렀던 '그대 내 사랑 목련화야, 그대처럼 순결하게 그대처럼 강인하게……'를 흥얼거려보다가, '커피를 알았고 낭만을 찾았던 스무 살 시절에 나는 사랑했네……'로 바꾸어 부를 땐 어른으로 가는 통과의식에 빠진 듯했고, 길에서 만난 교회 친구들이 "너 요즘 교회에서 통 안 보이더라"라고 하면 "야 임마, 너희들 아직도 하나님 믿냐? 하나님, 그동안 순진한 나를 속이신 만큼 내 마음속 한 귀퉁이에 마련해둔 교도소의 철창 속에서 잘 쉬고 계세요"라고 혼자 투덜대보면서 나는 어른으로서의 내 정체성을 확인하곤 했다.

물론 나는 이러한 일련의 변화를 외갓집에 계신 어머니뿐 아니라 같이 살고 있는 작은형도 눈치채지 못하도록 행동을 무척 조심했다. 그러나 형수님은 예민한 감각으로 감지했던지 예사롭지 않은 눈초리를 내게 보내곤 했다.

"막내 도련님, 요즘 이상해!…… 성적표도 도통 볼 수 없고."

내가 시치미를 떼면 형수님은 망설이다 더 이상 묻지 않았다. 형수님이 다시 내 문제에 끼어들라치면 나는 식사 문제로 투정을 부려 내 생활에 간섭하는 것을 교묘히 피해갔다. 우리가 먹었던 식단에는 밥 세 공기와 간장이 전부인 경우가 많았다. 가끔 김과 김치가 밥상에 오르기도 했지만 우리는 간장에 밥을 자주 비벼 먹었다.

사실 작은형의 월급은 집안형편이 넉넉할 정도로 후하지 않았을 것이다. 더군다나 결혼한 이후에도 내가 얹혀살고 있어 박봉에 내 생활비와 학비까지 마련해야 했던 작은형의 형편을 눈치채지 못할 정도로 아둔한 내가 아니었을 테지만, 오히려 작은형의 어려운 사정을 은근히 이용하는 방법으로 나는 나만의 신세계를 탐닉

하고 있었다.

나는 중학교 1학년 때 형수님을 처음 보았다. 내가 내성적이어서 형수님과 친해지기까지 무척 오랜 시간이 걸렸다. 형수님이 집에 와 빨래라도 하는 날에는 나는 주로 다락방에 올라가 책을 보고는 문틈으로 형수님의 뒷모습을 쳐다보곤 했다. 일을 마친 형수님이 어머니한테 인사하고 작은형과 함께 집을 나설 때에도 나는 다락방에서 내려오질 못했다. 어머니에게 물어보고 또 문틈으로 확인한 뒤에야 나는 방으로 내려와 형수님이 사다놓은 환타와 콜라를 들이마실 수 있었다.

형수님이 집에 놀러와 청소를 해주었을 때였다. 넷째형과 내 책을 한 권씩 정리해주던 형수님이 내 성적표를 보았는지 작은형에게 말하는 소리가 들렸다.

"어머, 어떻게 전체 1, 2등을 할 수가 있어? 그런 아이가 정말 있긴 있구나!"

나는 가슴이 무척 뿌듯해졌다.

형수님은 집에 올 때마다 내가 좋아하는 맛동산, 환타, 호빵을 사들고 와 내가 다락방에서 내려오게끔 미끼를 던지곤 했다. 형수님이 집에 왔다 간 날, 내 일기에는 '누나가 너무 예쁘다. 긴 머리가 정말 곱다. 마음씨도 천사 같다. 환타 정말 맛있다'라는 말들이 자주 등장했다.

생각해보면 형수님이 신혼임에도 불구하고 나를 당신 가정에 함께 살 수 있게 흔쾌히 허락한 것은 작은형의 설득도 있었겠지만 나에 대한 형수님의 이런저런 기대도 한몫했을 것이다. 나는 형수님의 그런 기대를, 담임선생님을 만나러 학교 교무실에 들어간 형수님을 내가 부축하고 학교를 나섰던 일이 있은 뒤에야 확연하게 알 수 있었다. 설마설마했는데 시동생의 학업성적과 학교생활 태도를 알아버린 형수님이 순간 다리에 힘이 풀려 교무실 바닥에 쓰러져버린 것이다.

그 사건은 나에 대한 형수님의 마음 씀씀이가 이 정도로 컸었나 싶게 내게도 충격적이어서, 나도 며칠 동안 정신을 잃고 멍한 눈으로 학교에 다녀야 했다. 밥맛을 잃었는지, 나와 겸상을 하기가 거북했는지 형수님은 내게 밥상을 차려주고 방 안에 드러누운 채 나와 한마디도 하지 않았다. 그날 밤 나는 부엌문 쪽에서 형수님이 가느다란 목소리로 소곤거리는 말을 듣게 되었다.

"내가 도련님을 어떻게 생각해왔는데, 친동생 같이, 아니 자식이라 생각하고…… 도련님이라도 반듯하게 커줘서 당신 집안을 일으킬 줄 알았는데…… 잘난 동생이 있다고 생각하고 여태까지 살아온 당신이 참……"

가슴을 긁어내는 작은형의 깊은 한숨 소리도 벽을 뚫고 내 귀에 선명히 들려왔다. 그로부터 사나흘 지나서였을 것이다. 끙끙 앓는 듯 방 안에만 누워 있던 형수님이 작은형 퇴근 전에 나를 불렀다.

"도련님!"

분이 어느 정도 가라앉은 듯했으나 형수님의 목소리는 어느

때보다 강하고 또렷하게 돋들렸다.

"예."

"왜 그러세요?"

"……"

"뭐가 불만이에요?"

"……"

"말 좀 해보세요."

"……"

"말하기 싫으면 이 방에서, 아니 이 집에서 나가세요."

"아닙니다. 불만 없습니다."

내 목소리가 목구멍 안에서 가늘게 새어나왔다.

"형이 어떻게 도련님을 키워왔는데……"

"죄송합니다. 죄송합니다……"

분노 섞인 형수님의 말투를 일단 피해야 할 것 같았다.

"도대체 무슨 연유로 도련님이 이 지경까지 됐는지 어디 말이나 들어봅시다."

"죄송합니다."

"가만…… 혹시 내가 도련님을 서운하게 한 것 있어요? 어머니의 빈자리가 도련님한테 이렇게 컸었나?"

"아닙니다. 아닙니다. 아닙니다……"

나를 심하게 꾸중하는 말보다 자책하는 형수님의 말투가 내 심장을 더 떨게 했다.

"그럼 뭐예요?"

"……"

그때 나는 형수님을 설득시킬 만한 어떤 대답도 내놓지 못했다. 그래서 난 자세를 바꾸어 형수님 앞에 무릎을 꿇는 걸로 대답을 대신할 수밖에 없었다. 형수님은 울컥했던지 말을 잠시 멈추었다가 다시 이었다.

"형이 지금의 도련님보다 어린 나이에 왜 학업을 포기하고 공장으로 들어갔는지 한 번이라도 생각해본 적 있어요?"

"……"

그때 차마 내 입으로는 말할 염치가 없었다. 눈가에서 떨어진 물기가 대답을 대신했다.

"도련님이 언젠가 이런 말 했었죠? 어머니랑 살던 역전 동네, 역겨운 냄새밖에 생각나지 않는다고 말이에요."

나는 고개를 끄덕였다.

"지금도 도련님만 빼고 모든 세상이 역겹다고 생각하세요?"

"……"

형수님이 내게 얘기하고 있는 동안 나는 퇴근하고 집으로 돌아온 작은형을 문틈으로 보았다. 눈물을 훔친 듯 형의 손에 쥐어져 있던 손수건이 이리저리 움직이고 있었다. 사실 그때까지만 해도 나는 여전히 형이 나를 먹여 살려야 하는 존재라고 생각했다. 그런데 문틈으로 보인 형의 손수건은 그렇지 않다고 말하는 것 같았다. 아니 그 손수건은 형편을 깨우치라고, 제발 자각 좀 하라고 내게 외치고 있는 듯했다.

그날 웅숭깊은 마음속의 충격은 몇십 년이 지난 지금까지도 또렷하게 남아 있다. 그리고 가끔 어려운 일에 부닥치면 그때를 생각하며 스스로를 위로하곤 한다. 사정이 그렇다 보니 더욱 P군, C군, L군 등 청소년 친구들의 아린 처지가 공감의 울림으로 다가와 내 가슴을 더욱 아프게 파고들어오는지 모른다.

봄 가뭄의 호수 녘

거대함을 자랑하던 고삼호수도 가물로 가장자리는 물론이고 복판 언저리까지 바닥을 드러냈다. 밑바닥엔 황토가 푸슴푸슴 갈라진 채 호숫물을 야금야금 빨아들이고 있다. 하루 두 차례 호수를 돌며 횟감을 마련하는 조각배는 진흙에 밀려 호수 한가운데 간신히 머물며 물고기를 낚고 있다. 수심이 얕아 풍랑의 일렁거림도, 물살의 움직임도 거의 없다. 물결을 튕기며 솟아오르는 쏘가리를 잽싸게 낚아채는 백로가 가뭄의 정적을 한바탕 뒤집어놓기도 하지만, 호수는 이내 흙덩이를 갈기갈기 쪼개며 적막한 가뭄 상태로 되돌리고 있다. 불볕은 여전히 호수의 메마른 땅을 강렬하게 내리쬐고 있었다.

세상을 역류하는 그대에게

청년들 앞에 드리워진 그늘

시골 이 촌락에 눈이 펑펑 쏟아지고 있다. 어찌나 세상이 하얗도록 내리던지 이럴 때면 가끔 엉뚱한 상상에 빠지곤 한다. 화가는 복잡다단한 이 세상을 이 자연처럼 하나의 색깔로 이렇게 쉽게 색칠할 수 있을까. 화가들의 머리는 복잡하게 돌아가리라. 각각의 사물 형태는 어떻게 구상할 것이며, 흰색도 수십 수백 가지의 색으로 구분해 선택해야 할 것이고 사물과 사물 사이의 여백과 원근은 어떤 구도로 잡을 것이며…… 그런데 자연은 화가가 복잡하게 공들여 세워놓은 이 설계와 작업을 이렇게 간단히 넘어서버린다. 자연은 흰 색깔을 선택한 후 함박눈을 하염없이 뿌리고는 하늘이고 산이고 호수고 나무고 흙이고 집이고 비닐하우스고 축사고 온통 하얗게 색칠해버린다. 컴퓨터보다 더 정확한 원근법을 사용하여 보는 이로 하여금 사물마다 형태를 명료하게 구분할 수 있도록 정밀성도 둔다. 그리고 마침내 여백을 사용해 고요하고 고즈넉한 시골 설경을 완성한다. 자연은 그렇게 인간이 뿌려놓은 온갖 부조리를 순식간에 포근히 껴안으며 여유로움을 세상에 알린다.

인적은 끊겨 조용하다. 꼬리를 흔들며 뛰어다니는 강아지 걸음 소리만이 가끔 정적을 깰 뿐이다. 산토끼 서너 마리가 홀연히 나타났다가 언덕 위로 사라진다. 고라니가 논두렁을 가로질러 산토끼가 지나친 곳으로 뛰어간다. 나도 걷는다. 하염없이 겨울공기를 흠뻑 들이마시며 들판 설경 속으로 빠져든다. 뽀드득 뽀드득 소리가 연신 나를 뒤쫓아온다. 쌓인 눈과 신발의 마찰음이다. 나는 어느새 자연 속 깊이 들어와 있다.

토요일, 자연 속에 숨어 있는 나의 호젓한 호사는 여기까지다. 호주머니 속에 두었던 휴대폰에서 진동이 요란하게 울린다. 젊은 친구들이 보내온 호출이다. 내 수업을 수강했던 C학생이다. 긴요히 상담할 것이 있으니 시간 좀 내어줄 수 있느냐고 몇 번 문자를 보내온 녀석이다. 수업 시간에 꼼꼼히 준비해온 레포트며 온갖 기업의 재무상황을 찾다 발표하며 열성이되 침착함을 잃지 않던 녀석이라 학생의 이름을 보는 순간 얼굴이 바로 떠올랐다. 집안형편이 힘들어 학비와 생활비를 스스로 해결해야 했던 녀석, 24시간 편의점에서 아르바이트를 하고 수업에 들어오는 그 녀석은 늘 부스스한 얼굴이었지만 강의 시간 내내 진지하게 수업에 임했다. 가끔 재무관리나 회계학 문제가 풀리지 않으면 문자로 질문도 곧

| 시골 설경 |

| 시골 설경 |
자연은 흰색 하나로 복잡다단한 이 세상을 이렇게 쉽게 색칠해버린다. 정확한 원근법을 사용하여 보는 이로 하여금 사물마다 형태를 명료하게 구분할 수 있도록 정밀성도 둔다. 여백을 사용해 고요하고 고즈넉한 시골 설경을 완성한다. 자연은 그렇게 인간이 뿌려놓은 온갖 부조리와 모순을 순식간에 껴안으며 여유로움을 세상에 알린다.

잘 했다. 그랬던 학생인지라 녀석의 형편이 어찌 된 사정인지, 내게 말한 계획대로 준비는 잘되어가는지, 겨울방학은 알차게 보내고 있는지 궁금했다.

시내에 있는 사무실에 잠시 들른 후 곧바로 학교 캠퍼스로 향했다. 대학 캠퍼스도 모두 하얗게 변해 있기는 매한가지였다. 학생회관 뒤 잔디밭도 모두 하얀 눈으로 뒤덮여 있었다. 아이들과 약속한 장소에 도착했다. 벤치 가운데 쌓여 있는 눈이 말끔히 치워져 있었고, 따끈한 캔음료를 들고 녀석은 같이 수업을 들었던 친구 L군과 함께 먼저 나와 있었다. 그런데 L군과 달리 C군의 해맑은 미소는 온데간데없었고 수척해진 모습이 안쓰러워 보였다. 녀석은 말이 거의 없었고 L군만이 어학연수며 앞으로의 진로에 대해 고민을 털어놓으며 내게 충고를 기대하는 눈치였다. 경영학과와 무관한 직업 선택에 대한 고민이며, 졸업과 동시에 취업을 목표로 잡아 준비해야 할 것인지, 가진 돈은 없더라도 유학을 갈 수 있는 방안은 무엇인지, 이 사회에서 성공할 수 있는 비결은 있는지, 그들의 고심은 사뭇 진지했다. 이제 내가 이들에게 뭔가 의미 있는 얘기를 들려주어야 할 차례가 되었다. 무슨 이야기를 꺼내야 하나……

"멀리 보고 자기계발에 힘을 쏟아라."

"스펙보다는 다양한 인생 경험을 쌓아 자신감을 갖추도록 해라."

"간접 체험을 위해 책을 많이 읽어라."

"소위 명문대생들이라고 해봐야 너희와 다를 바 없다. 굳이 따지자면 그들이 암기할 것들 몇 개 더 외웠을까. 열등감을 가질 하등의 이유가 없다. 근거도 없는 패배감의 소굴에서 빠져나와야 한다."

조언해줄 말들이 여럿 떠올랐다. 그러나 이 말은 아이들을 만날 때마다 이미 내가 들려주었던 이야기인지라, 이들이 이 충고를 듣고 싶어서 나를 만나자고 한 것은 아니었다. 나는 여전히 할 말을 잃고 있었다. 그러자 C군이 무겁게 입을 열었다.

"교수님은 우리의 현실을 알고 계시지 않습니까."

"무슨 말인가."

"지방대생들 제아무리 학점 좋고 자격증 많이 취득해도 좋은 회사에 취직 안 된다는 것을요."

마침 이때 언론에선 '지방대생, 150번 응시하여 150번 낙방' 등 지방대생들의 취업난을 대문짝만 하게 신고 있던 참이었다. 제 힘 닿는 데까지 일하며 학업에 열중하던 C군으로서는 도저히 받아들일 수 없는 기사였다. 말하자면 C군은 알바는 알바대로 학업은 학업대로 하며 여태까지 치열하게 살아왔던, 그리고 앞으로 살아야 할 인생의 구심력을 잃어버린 듯했다. 열정이 녀석의 몸에서 완전히 빠져나간 듯 보였다. 그 실망감은 대단한 것이어서 L군과 달리 녀석의 얼굴은 말이 아닐 정도로 일그러져 있었다.

"그래, 나도 그런 기사 많이 보았다. 비록 틀려도 한참 틀렸다지만 그게 현실인 것은 어쩔 수 없구나. 그렇다고 손을 놓을 거야? 잘못된 현실 논리에 순응하면서 모든 것을 포기할 거냐고!"

"그럼 무슨 뾰쪽한 방법이라도 있는 겁니까? 무슨 희망거리라
도 있는 거냐고요."

사실 이런 불공평한 현실 앞에서 절망의 늪에 빠져 있는 젊은
친구들은 C군 말고도 수두룩하다. 이 부조리한 현실이 원망스럽
기는 하지만, 그래도 어찌 되었건 이제 나는 무슨 말인가를 이들
에게 들려주어야 한다. 희망을 줄 수 있는 이야기를. 이런 생각에
쫓기자 생각의 뇌 작동이 자꾸 멈췄다. 침묵이 좀 흘렀다. 그리고
한참 후에야 비로소 내가 입을 열었다.

"그래…… 너네들이 그래서 지금 절망에 빠져 있는 거로구나."

"……"

"아무래도 미래가 어두워서……"

"예, 그렇습니다."

"어떤 말을 해야 하나……"

잠시 망설이다 나는 결국 역류하는 생명체 이야기를 꺼내는
것으로 말문을 열었다.

"예전 TV 교육채널에서 짐바브웨와 잠비아의 국경선을 이루는
거대한 빅토리아 폭포 지역을 다룬 한 시간짜리 다큐멘터리를 방
영했지. 그 장면이 떠오르는구나. 보기만 해도 아찔할 정도로 거
대한 그 폭포수…… 너희들도 보았는지 모르겠다. 이 장대한 물줄
기를 역방향으로 거스르며 아래에서 상류로 세차게 뛰어올라가는
물고기를 카메라가 클로즈업해 연속 동작으로 비추어주더구나."

"……"

"새파랗게 젊은 물고기들은 팔딱팔딱 뛰면서 힘차게 뛰어올랐고, 힘이 좀 달린다 싶은 물고기는 거친 물살을 뛰어오르기가 고되어 보였어. 결국 개중 몇몇이 오르지 못하고 폭포수의 힘에 밀려 아래로 떨어지던 장면도 놓치지 않고 보여줬지."

C군은 대꾸하지 않고 내 얘기를 계속 들었다.

"그래, 너희들이 물살이 좀 세다고 힘을 놓아버리면 되겠냐?"

이 친구들은 내 얘기를 진지하게 들어주었다. 그렇다고 내 말에 수긍했다고 생각한다면 그것은 내 오산일 수 있다. 다만 선생이라서, 인생 선배라서 들어주고 있는지 모른다. 나는 하는 수 없이 변변찮은 내 청춘 얘기를 이 아이들 앞에서 꺼내야 했다.

사춘기의 열병이 진정되던 해인 고교 2학년 가을부터 3학년에 걸쳐 학과 공부를 파고든 결과, 나는 J은행 공개채용시험에 간신히 합격할 수 있었다. 그리고 1년은 은행 업무 익히랴 새로운 세상을 겪으랴 정신없이 보냈다. 그런데 2년차를 보내며 '대학'이라는 스펙이 자꾸 내 뇌리를 스쳐 지나갔다. 그 이전까지 나는 '대학'이라는 학문의 전당을 생각해보지 않았고, 또 큰 필요성을 느끼지도 못했다. 나와 입행 동기인 T씨는 대학을 졸업하고 들어온 중급 입행원이었고 나는 고졸 초급 입행원이었지만, 어차피 대학과 군대에서 보낸 세월만큼 급여와 호봉에 차이가 났으므로 나는 크게 억울할 것도 없었거니와 승진 기회도 고졸이라고 불이익을 받지 않던 시절이었다. 무엇보다 당시 은행이라는 직장은 많은 사람들에게 안정적 직업으로 꼽히는 곳 중 하나였다. 자신이 스스로 판단해서 퇴직하는 경우를 제외하고는 정리해고니 권고사직이니 하는 이야기가 전혀 없던 시절이었다. 그럼에도 시간이 지날수록 나에게 '대학'에 대한 호기심은 커져만 갔다.

"대체 그곳에선 무엇을 배우는 걸까?"

호기심이 극도에 이르자 심지어 고교 시절 은사님께서는 왜 대학에 대한 비전을 우리에게 심어주시지 않았나, 하는 생각까지 들 때도 있었다. 지금 돌이켜보면 철없는 생각이었다. 그만큼 상업고교생들의 가정형편은 이루 말할 수 없이 어려워 은사님께서는 언감생심 대학의 대자도 입 밖에 꺼낼 수 없었다. 어쨌든 나는 호기심이라는 열병을 심하게 앓은 끝에 대학 입시 준비를 하게 되었다.

너희들 나이에 선생님은 학생이 아니라 사회에서 돈 벌고 있었노라, 또래에 비해 한참 늦은 나이에 대학 문을 밟았노라, 라는 말로 나는 이야기를 마쳤다. C군과 L군은 내 이야기 속으로 깊이 들어와 있었다. 이 친구들이 내 말을 듣고 어떤 생각을 했는지 나는 모른다. 다만 나는 나대로 이들에게 말하지 못한 아쉬운 대목이 여럿 있다. 사회적 기회는 이들에게 균등히 주어지고 있는가. 스토리가 있는 인생 운운하는 우리 사회는 진정 스펙에서 자유로운가…… 그것은 이 친구들이 해결할 몫이 아니고 우리 기성세대의 몫이기 때문에 말하기가 더욱 아렸다. 그 순간 인간이 만든 온갖 부조리를 간단하게 넘어선 자연이 왜 그렇게 내 머릿속에 떠오르던지.

아직도 캠퍼스는 온통 하얀 세상이다. 멀리 보이는 운동장에선 젊은 청춘들이 삼삼오오 짝을 지어 눈싸움을 벌이고 있다. 뛰어가다 넘어지자 깔깔거리는 웃음소리가 이곳까지 들려왔다. 맑은 공기만큼이나 해맑은 소리들이다.

앨리스의
엉뚱한 수학 이야기

자발적 가난은 가능한 이야기인가

대학을 졸업하고 회계법인에 갓 입사했던 시절, 나는 한동안 점심때면 다들 별미로 자주 찾던 보리밥집을 피하려 일행에서 슬그머니 빠져나오는 일이 꽤나 있었다. 그럴 때면 다른 메뉴로 홀로 점심을 때워야 했다. 사실 어렸을 적 이골이 나도록 씹어 삼켰던 보리밥이었기에 보리밥 '보'자만 봐도 나도 몰래 몸서리가 쳐졌고, 나의 이성이나 감성적 판단에 앞서 내 몸뚱이가 스스로 거부 반응을 일으켰던 모양이다. 그런 연유에서였는지 그 시절 나의 일거수일투족은 '보리밥=가난'에서 탈출하고자 하는 몸부림이나 다름없었다. 그러니 자연히 나는 많은 사람들과 사소한 금전적 이해 다툼이라 할지라도 물러서지 않고 좌충우돌하기 일쑤였고, 또 그들에게 많은 피해를 입혔던 뼈아픈 시절이 있었음을 다시 한 번 고백하고자 한다.

그러던 어느 날 얼토당토않은 얘기라 치부했던 책을 슬그머니 집어들고 의문의 꼬리를 물고 늘어진 적이 있었다. 지인에게 소개받았던 그 책은 다름 아닌 E. F. 슈마허의 『자발적 가난』이었다. 슈마허는 『이상한 나라의 앨리스』에 나오는 수상한 수학 이야기를 이용해, '적은 것이 오히려 많다'는 희한한 주장을 펼쳤다. 『이상한 나라의 앨리스』에서 차를 좀 더 마시라는 토끼의 권유에 앨리스는 아직 하나도 안 마셨으니 더 마실 수는 없다고 대답한다. 예사롭게 넘길 수 없는 대답이었다.

곰곰이 생각해보았다. 내가 살아온 인생에 대해서. 우리의 삶이 내(토끼)가 생각하는 직선 논리만 있는 것이 아니라는 것에 대해서도. 곡선 논리로 바라봤을 때 가난했던 나의 과거에는 지금보다 훨씬 풍요로운 그 뭔가가 더 있었다는 말일 텐데…… 그즈음 나에겐 삶을 찬찬히 되돌아볼 시간과 긴 호흡이 필요했다.

내 삶에서 일종의 곡선 논리가 작용하여 생각과 사물을 뒤집어버리거나 종종 내가 알아채기도 전에 반대편에 갖다놓기도 한 경험이 있긴 있었으니, 앨리스의 말을 부정하진 못하겠다. 그렇다면 정보시대와 경쟁사회라는 울타리 안에서 살아가는 내게 직선 논리가 필요치 않다는 말인가. 아니리라. 직선 논리 역시 그 누구도 부인할 수 없는 필요 불가결한 삶의 한 방식일 것이다.

결국 직선 논리와 대비되는 곡선 논리는 우리의 삶을 윤택하고 풍요롭게 해줄 뿐만 아니라 삶에 의미와 가치를 부여하는 그 무엇일 것이다. 그래서 적은 것이 오히려 많다는 앨리스의 사고로 방향을 틀어보니 다소 이해할 수 있는 삶의 자각이 내게 생겨나기 시작했다.

몇 해 전, '기독교 신자들의 봉은사 땅 밟기'가 언론에서 집중 조명되었을 당시, 이 사건을 자칫 기독교와 불교 간의 종교 분쟁과 반목으로 해석하려는 언론과 여론의 경향이 없지 않았다. 또 몇몇 언론에서 한국 기독교를 비판하던 기사도 종종 눈에 띄었다.

그런데 내 시각에서는 봉은사 사건이 오히려 불교와 기독교가 우리 사회와 개인의 삶에 긍정적인 영향을 미친다는 공통분모가 있음을 떠오르게 하는 데 큰 역할을 한 것처럼 보였다. 두 종교에 담겨 있는 긍정적인 에너지가 내가 어렴풋이 알고 있던 앨리스의 사고를 확연히 깨우쳐주는 계기가 되었다. 더군다나 몇 해 전 고인이 되었고 한국 불교계와 기독교계를 헌신적으로 떠받쳐왔던 두 분의 삶까지 되돌아보니, 앨리스의 수상한 얘기에 더욱 공감할 수 있는 깨우침이 생겨나기 시작했다.

1970년 중반 여름 장마가 한창이던 어느 날, 난을 가꾸느라 산철에도 나그네 길을 떠나지 못할 정도로 난초에 지독하게 집착하고 있는 자신을 발견한 법정은 3년 동안 함께 지낸 유정有情을 떠나보내면서 무소유의 의미를 깨달았다고 고백했다. 2007년 병마에 시달려 삶과 죽음의 경계를 드나들 때, 자신의 몸인 줄 알았던 몸뚱이마저도 자신의 것이 아니었음을 비로소 인식하게 되었

| 법정의 빈 의자 |

무소유를 상징하는 법정의 빈 의자. 난을 가꾸느라 산철에도 나그네 길을 떠나지 못할
정도로 난초에 지독하게 집착하고 있는 자신을 발견한 법정은 3년 동안 함께 지낸 유
정을 떠나보내면서 무소유의 의미를 깨달았다고 고백했다.

다는 법정은 소유에 대해 우리에게 이렇게 당부했다.

행복의 척도는 필요한 것을 얼마나 많이 갖고 있는가에 있지 않다. 불필요한 것으로부터 얼마나 벗어나 있는가에 있다. 홀가분한 마음, 여기에 행복의 척도가 있다. 남보다 적게 갖고 있으면서도 그 단순과 간소함 속에서 삶의 기쁨과 순수성을 잃지 않는 사람이야말로 삶을 살 줄 아는 사람이라는 말을 거듭 새겨두기 바란다.

법정 스님, 『산에는 꽃이 피네』 중에서

주위에 비밀로 했던 장학사업, 1997년에 창건한 길상사라는 절에서 가난한 절이 되라던 법정은 사리도 찾지 말라, 내 것이라고 하는 것이 남아 있다면 모두 향기로운 사회를 구현하는 활동에 사용해달라는 말을 남기고 2010년 3월 11일 입적入寂했다.

1978년, 강남이 개발되기 이전 말죽거리 근처의 옥탑방에서 파출부, 셋방살이 노동자, 구멍가게 아줌마 등 개척 초기 가난한 교인들 9명으로 목회를 시작한 옥한흠 목사는 제자훈련을 거친 수천 명의 평신도 리더와 함께 건강하고 가난한 교회를 일구어냈다.

소록도 한센병 환자들에게도 웃음이 있고 만족이 있습니다.

| 옥한흠 목사의 묘소 |

자발적 가난을 꿈꾸었던 옥한흠 목사는 서울 강남의 대형교회에서 정년을 5년 앞두고 조기 은퇴해 목회 권력을
완전히 내려놓았다. 이를 계기로 목회 세습 방지는 물론이고 뜻있는 한국교회 목회자들이 옥한흠 목사 뒤를 따라
정년을 남기고 후배 목사에게 목회를 넘기는 일이 자주 발생했다. 사진은 생전에 내려놓음을 몸소 실천했던 옥한
흠 목사의 묘소이다.

어떤 면에서는 그들이 건강한 사람들보다 더 행복할지 모릅니다. 그들은 생에 대한 탐욕을 다 버린 사람들이고 마음을 완전히 비운 사람들입니다…… 이런 사람은 가치관이 새로워집니다. 판단 기준이 달라지며 소유의식이 달라집니다. 세상에서 중요하다고 떠드는 일에 대하여 더 이상 집착하지 않습니다.

옥한흠 목사, 『고통에는 뜻이 있다』 중

교회가 목사와 함께 늙으면 안 된다며 정년을 5년 앞두고 서울 강남의 대형교회에서 조기은퇴해 목회 권력을 모두 내려놓았던 옥한흠 목사는 가난한 교회를 지향하며 수많은 국내외 구제활동을 펼쳐나갔다. 교회를 너무 키워버려 가난한 교회 목회 철학의 자기모순에 빠졌던 사실을 솔직히 털어놓기도 했던 옥한흠 목사는 2010년 9월 2일에 소천召天했다. 그날 가족들은 옥한흠 목사의 관 앞에서 가족사진을 찍어야 했다. 평생을 목회활동에 헌신한 나머지 가족사진 한 장 없었기 때문이다.

소위 인류 역사상 가장 풍요롭고 잘 산다는 현대사회는 20세기 두 번의 세계전쟁이라는 고통을 수반하며 출발했다. 그래서인지 우리 인류는 과학과 스포츠, 그리고 경제학을 총동원하여 더 멀리, 더 높이, 더 빠르게 내달림으로써 인간의 행복과 평화를 구하려 무단히 애를 써왔다. 초고속 디지털 시대의 21세기를 구현해낸 인류는 경이로운 과학기술의 발달과 소득수준의 향상으로 인간의 보편적 행복을 쟁취하고 있다고 굳게 믿고 있다.

그러나 그럴수록 인간성이 더욱 상실되고 지구상에 있는 생명체 역시 더 피폐해지는 것을 목도하고 있으니 어찌 된 일인가. 먼 과거로 갈 것 없이 몇 해 전 바로 이웃나라 일본에서 일어나 전 세계를 두려움의 도가니로 몰아넣었던 후쿠시마 원자력발전소발 방사능 공포가 이 사실을 증명해주고 있지 않은가. 그렇다. 분명 우리 인류는 과학과 기술의 힘을 너무 확장시켜버려 우리가 스스로를 능멸하는 사회구조를 만들어버렸고, 또 우리가 생산해낸 시스템이 자연을 파괴하는 결과를 낳은 것이다. 결국 나는 토끼의 직선 논리에 내재되어 있는 위험이 현실화되고 있다는 생각에 이르게 되었다.

그런 까닭에 나는 앨리스의 엉뚱한 수학 이야기를 다시 한 번 읽어 내려가야만 했다. 그것이 자연을 보호하고 우리 인간을 지켜낼 수 있다는 생각이 들어서였다. 작고 가난한 삶으로 오히려 불구가 된 인간성을 회복한다. 그리고 잉여 자본은 소외되고 아파하는 사람들을 위해 쓰이게 하여 진정한 평화와 행복을 찾는다.

더욱이 관념적인 사유가 아니라 한평생 자발적 가난이라는 화두를 우리에게 던진 법정 스님과 옥한흠 목사의 삶에 녹아 있는 경종은 앨리스 이야기와 더불어 내 마음속에 깊은 울림으로 남게 되었다. 두 분이 작고하신 저지난해는 이래저래 상당한 의미를 되새기게 했던 해였기에, 앞으로도 영원히 내게 특별한 자각의 해로 남지 않을까 하는 생각이 든다.

3

풍경 셋.
참을 수 없는 돈의 유혹

절대 반지의
유혹

통제받지 않는 인간에게 주어진 돈과 권력

지지리도 가난했던 어린 시절, 뽀빠이 과자를 먹고 싶은 나머지 동네 구멍가게를 오가며 생각해낸 수작이란 게 이랬다.

"하나님, 제발 제가 투명인간이 되게 해주세요. 다른 것은 손 안 댈게요. 저기 눈깔사탕 옆에 있는 뽀빠이 한 개만 집어 나오겠습니다."

가진 것이라곤 내 몸뚱어리밖에 없겠다, 그렇다고 어머니한테 과자를 사달라고 떼를 써본들 나올 구석이 없던 시절 얘기다. 아직도 험악한 인상으로 기억에 남아 있는 가게 주인 아저씨가 왜 그래야 했는지 이제는 좀 이해할 수 있을 것 같다. 허기가 무기라고, 당시엔 나처럼 옹색하게 사는 아이들이 태반이라서 눈을 부릅뜨고 지켜서 있지 않으면 없어지는 물건이 상당했을 것이기 때문이다.

그런데 한 가지 의문이 그렁저렁 떠오른다. 그 시절 소원대로 내가 투명인간으로 변했다면 다짐대로 과연 나는 뽀빠이 과자 한 개만 들고 나왔을까. 물론 그럴 가능성이 많다. 당시 나는 순진한 어린아이였고, 설령 내가 좀 엉큼했다고 치더라도 만일 약속을 어긴다면 하나님이 다시는 내 소원을 들어주지 않으리라 믿었을 테니까. 그럼 얘기를 더 발전시켜서, 투명인간으로의 변신이 하나님이 아니라 나 스스로의 힘으로 가능했다면, 그래도 뽀빠이 과자 한 개만 달랑 가지고 나왔을까. 여기서부터는 의견이 분분할 것이다. 통제받지 않는 인간에게 이 세상의 돈과 권력이 주어진다면 그 인간은 과연 자신과 세상을 이롭게 하면서 돈과 권력을 제대로 향유할 수 있을 것인가. 다분히 정치적이자 경제적, 사회적, 철학적인 동시에 윤리적인 질문으로 넘어가버린다.

2500년 전, 소크라테스^{Socrates}의 가르침을 받고 있던 글라우콘^{Glaucon} 역시 이 물음에 대한 해답이 매우 궁금했던 모양이었다. 글라우콘은 스승이 말한 선$^\#$이 과연 인간의 옷에 맞는 것인지 의구심을 갖고 있었다. 인간의 마음속엔 욕심과 욕정, 탐욕, 이기심이 득실거리고 있는데 스승은 그 사실을 인정하려 들지 않았다. 그래서 에두르지 않고 스승에게 궁금한 대목을 직설적으로 물었다.

"선생님, 우리 인간에게 선이라는 게 있다고 진실로 믿으십니까? 선을 가진 인간을 보십시오. 과연 잘 살고 있습니까. 선을 행한 사람은 어렵게 살고 악한 사람은 떵떵거리며 잘 사는 이 세상이 과연 온전한 것이냐는 말입니다."

"뭔가 그런 것 같기도 하구먼."

스승 소크라테스는 더 이상 말을 잇지 않았고 글라우콘이 더 말하기를 기다리기만 했다. 글라우콘이 정의가 무엇이며 정의는 어디서 생기는가, 부정한 사람은 왜 더 잘 사는가, 선한 사람은 결국 바보들 아닌가, 라며 아무리 떠들어댄들 소크라테스는 별다른 대꾸를 하지 않았다. 그는 오직 제자의 말에 귀를 기울이기만 했다. 글라우콘은 스승의 반응을 더 떠볼 요량으로 기게스의 무소불위 반지 이야기를 길게 늘어놓았다. 여태까지 이야기가 너무 진부하다 여겼는지 예를 들어 보다 구체적인 스승의 생각을 끌어내려 했던 것이다.

"리디아(터키의 옛 이름)에 왕을 섬기는 기게스Gyges라는 양치기가 살았습니다. 기게스는 폭우가 쏟아지고 지진이 일어나던 어느 날, 갈라진 땅 틈새에서 금반지를 손가락에 낀 거구의 시체 한 구를 발견했습니다. 그는 시체는 그대로 놔두고 반지만 빼서 밖으로 나왔습니다. 며칠이 지나 양치기들의 모임에 참석한 기게스는 무심코 반지 등에 붙어 있는 홈을 살짝 돌렸습니다. 그러자 주위에서 기게스가 갑자기 사라졌다며 웅성댔습니다. 기게스는 깜짝 놀라 반지 등의 홈을 원래대로 돌려놓았습니다. 그러자 동료들은 그제야 기게스를 알아보는 것이었습니다. 반지로 인하여 기게스가 투명인간이 된 것입니다. 예사롭지 않음을 인식한 기게스는 얼마 안 가 자신이 갖고 있는 반지가 절대 반지임을 알아차리게 됩니다. 무소불위의 권력이 자신의 손에 들어왔다는 사실에 흥분이 일었지만 그날은 꾹 참았습니다. 그러나 입가에 야릇한 미소는 비켜가지 못했습니다. 이제 천하는 내 것이렷다! 그는 사신을 가장하여 왕궁에 들어가고 투명인간이 되어 왕비를 농락합니다. 그리고 돈과 권력의 정점인 왕을 일시에 제거해버립니다. 기게스가 마침내 천하를 거머쥐게 된 것입니다."

플라톤의 저서 『국가』 2권에 나오는 소크라테스와 제자 간 대화편의 일부를 각색해 옮겨보았다. 제자 글라우콘은 '기게스의 반지' 이야기를 마치며 스승에게 물어보고 싶었던 질문 몇 개를 덧붙였다.

"그런데 그런 반지가 두 개 있어 하나는 의로운 사람이 끼고 다른 하나는 부정한 사람이 낀다고 칩시다. 그럼 부정한 사람의 행동은 그렇다고 치고, 과연 의로운 사람은 정의 편에 서서 끝까지 남의 물건에 손을 대지 않을까요? 시장에서 무엇이든지 자신이 원하는 물건을 훔치는 일도, 아무 집에 들어가 자신이 원하는 사람과 정을 통하는 일도, 감옥에서 자신과 잘 아는 사람을 풀어주는 일도 하지 않을 의로운 사람이 과연 이 세상에 있을까요? 선생님도 그렇지 않다고 장담할 수 있습니까?"

20세기 들어 '기게스의 반지'는 이를 모티프 삼은 거대한 판타지소설 『반지의 제왕』으로 새롭게 재구성되어 전 세계 독자들을 사로잡은 바 있다. 『반지의 제왕』의 작가 J. R. R. 톨킨은 1차 세계대전에 참전하면서 최전선에서 인간성의 말살과 참혹히 죽어가는 시체 위를 수없이 걸어야 했던 처절한 경험의 소유자였다. 그에게 선과 악, 의로운 것과 부정한 것의 인식은 소크라테스의 제자 글라우콘이 품었던 의심과 흡사했으나, 그는 관념에만 머물지 않았다. 선과 악이 서로 처절하게 다투지 않으면 자칫 인간이 믿었던 선, 이성, 과학, 철학, 예술이 악의 도구로 둔갑하여 인간과 자연을 파괴할 게 뻔히 보였다. 실제로 그가 소설 『반지의 제왕』을 집필할 때가 2차 세계대전 중이었으니, 히틀러가 유대인과 인류에게 저지른 만행을 바다 건너 멀리서 보고 듣고 있었다.

　소설 『반지의 제왕』은 북유럽 민족에 전해 내려오는 어설픈 신과 다섯 난쟁이들의 모험 이야기에 그리스 신화가 덧붙여진, 파괴와 창조가 순환되는 신화 이야기이며, 기독교에서의 부활과 종말론적인 짜임새, 자신이 겪은 1차 세계전쟁의 참혹성에 작가 자신의 무한한 예술적 상상력과 철학까지 복합적으로 녹아들어 있는 거작이다. 소설의 분위기는 시종 어두침침하고 음산하며, 죽음의 저편이 지상을 뒤덮는다. 그야말로 절대 권력을 깨부수려는 선은 더 이상 악에 비켜설 수 없는 구도로 짜여 있다. 악인지 선인지 헷갈리게 만든 마법사인 사루만은 절대 반지를 파괴하려는 프로도와 샘 등 호빗족을 한껏 혼란스럽게 만들고, 절대 악인 사우론은 자신의 모습을 드러내지 않고도 모든 대상을 바라볼 수 있는, 이른바 투명인간이 되어 무소불위의 권력인 시각視覺으로 세상을 제압하려 든다. 선은 이 무소불위의 악과 물러설 수 없는 종말론적 대혈투를 힘겹게 벌여야만 한다. 이제 선도 악도 비켜설 자리가 없다. 자신들이 가진 모든 힘을 쏟아내야만 한다. 선의 어설픈 승리는 악의 대명사인 사우론의 내성만 더 키울 게 뻔한 까닭이다. 사우론을 향한 선의 악전고투가 막바지에 이르고, 절대 권력의 상징인 반지가 사우론의 아성牙城에서 녹아내리며 마침내 소설은 막을 내린다.

다시금 돌이켜 생각해본다. 내 의지에 의해 내가 투명인간으로 변신했다면, 나는 과연 가게에 들어가 뽀빠이 한 개만 달랑 들고 나왔을까. 소박하고 평범하게 살아가던 기게스, 권력의 근처에 가보지 못했던 기게스, 돈에 대한 욕망을 꿈꿔본 적이 없던 양치기 기게스가 돈과 권력을 움켜쥐게 되자 탐욕과 만용을 부렸다는 이야기는 과연 전설 속에서만 존재하는 걸까. 절대 반지를 차지하기 위해 온갖 권모술수를 사용해 프로도의 마음을 사로잡으려 했던 골룸의 별의별 만행, 그리고 암흑의 땅 모르도르에서 절대 반지를 용암에 던지려는 순간, 그만 마음이 무너져내린 주인공 프로도의 덧없는 행동은 단지 소설 속에서만 존재하는 걸까. 소설 『반지의 제왕』에서 톨킨은 왜 그토록 선과 악을 일대일 구도로 몰고 가 마지막까지 종말론적 대혈투를 벌여야만 했을까. 소설 속에서 선과 악의 전쟁터는 인간 마음속에 내재한 선악의 치열한 대립구조를 빗대어 말하려고 했던 것은 아닐까. 여전히 궁금하고 또 알고 싶은 문제들이다.

금빛 꽃을 피우는 땅, 금광

돈과 인간성의 상관관계

안성시 금광金光 지역은 황금이 잔뜩 묻어 있어 금빛이 꽃을 피우는 땅이다. 금빛 광택이 짙게 드리워 마침내 누런 황금색을 띠었고, 이내 금꽃이 금광면에 있는 산줄기에도 골짜기에도 만발했다. 그래서 이곳 지명을 금광이라 불렀는지 모른다.

일제 강점기 시절, 우리나라에도 황금 노다지 열풍이 휘몰아치던 때가 있었다. 일확천금을 벌기 위해 사람들은 금맥이 묻혀 있는 산으로, 개발된 광산으로 수도 없이 몰려들었다. 문헌에 따르면 1939년 7월까지 우리 한반도에 등록된 금광은 무려 64곳으로 그 면적은 4,193만여 평에 달했다. 금광면에 있는 광산도 예외가 아니었다. 안성군수는 택시를 못 타도 금광면 광부들은 택시를 탄다고 할 정도로 이 땅은 황금 덩어리였다.

황금에 혈안이 된 광부들은 집단을 이뤄가며 산과 들판은 물론 농지, 가옥, 심지어 죽은 자의 무덤까지 모두 파헤치고 다녔다. 뿐만 아니었다. 사업 세금 체납은 기본이고, 부녀자를 겁탈하고 남의 재산과 가축을 빼앗고 폭행, 술, 도박이 만연하면서 금광면 민심은 흉흉해졌고, 마을은 삽시간에 아수라장이 되어버렸다.

대체 황금과 인간성은 어떤 관계일까.

황금이 인간에 미치는 영향에 대한 성찰은 동서고금으로 늘 무성히 이루어져왔다. 이에 대한 현인들의 대답은 우리가 어렴풋이 알고 있다. 황금은 인간의 마음을 끊임없이 불안정하게 만들고 인간을 살육하고 모반하는 일을 서슴지 않는다는 것이 그 사북이다.

그럼 태초에, 인류 문명이 꿈틀거릴 무렵, 이 땅에서 활동했던 신들은 이에 대하여 어떤 생각을 피력했을까. 신화를 살펴보며 원초적인 돈의 원형을 쫓다 보면 황금 속에 숨어 있는 돈의 영혼을 자세히 들여다볼 수 있지 않을까 하는 어림이 일단 그럴싸하게 들린다. 그런 점을 각별히 여겨 몇몇 신화 속으로 들어가볼 요량이다. 필경 이 작업이 돈의 영혼을 보는 바로미터 구실까지 해주기를 기대하면서.

그리스 신화 속 미다스Midas 왕은 정치적인 권력을 향유하며 오랫동안 부족을 지배해오고 있었다. 그런데 황금은 몹시 궁했다.

그는 술의 신 디오니소스^{Dionysos}가 부리는 비교秘教를 일찌감치 알고 있던 터였다. 마침 디오니소스가 끔찍이 아끼던 실레노스^{Sylenos}가 술에 취해 길을 잃고 방황하다 농부들에게 붙잡혀 있었고, 농부들이 그를 데려왔을 때 미다스는 한눈에 알아차렸다. 미다스 왕은 부하들을 시켜 실레노스를 데려와 경건하게 맞이했고, 열흘 동안 밤낮으로 환대를 베풀며 극진히 대접했다. 그리고 실레노스가 귀가하고 싶어할 무렵인 열하루 되던 날, 미다스는 실레노스를 디오니소스 신도들이 거처하고 있는 트몰로스^{Tmolos} 산으로 데려다주었다.

스승이자 벗이던 실레노스가 무사히 돌아온 모습을 확인한 디오니소스의 얼굴에는 기쁜 감정이 솟구쳐 올라 즐거움과 눈물 겨움이 범벅되었다. 축제를 벌인 디오니소스는 스승을 구해준 보답으로 미다스에게 이루고 싶은 소원이 있는지 물었다. 그렇지 않아도 정치적 권력만으로는 뭔가 부족함을 느껴왔던 미다스는 일생일대의 기회를 놓치지 않으리라 굳게 마음먹었다. 그는 헛말이 튀어나오지 않도록 혀를 꽉 물고는 디오니소스에게 자신이 만지는 모든 것을 황금으로 변하게 해달라고 짤막하게 말했다.

그런데 어찌 된 일인가. 그의 계략은 버림받고야 만다. 일의 사정은 그가 원하는 방향으로 나아가지 않았다. 황금은 오히려 그의 목숨뿐 아니라 그가 만나는 모든 사람의 생명까지 노렸기 때문이다. 그가 만진 빵과 고기, 포도주는 물론이거니와 손을 잡은 그의 딸도 모두 황금으로 변해버렸다. 미다스도, 그의 딸도 주변 사람도 모두 죽을 고비를 맞은 것이다. 다행히 디오니소스의 도움으로 팍톨루스Pactolus, 터키의 사르디스 근처 강에서 목욕을 한 후에야 미다스는 죽음의 마술에서 겨우 벗어날 수 있었다. 강가에서 허겁지겁 걸어나온 그가 혼잣말로 중얼거렸다.

"아이고, 뜨거워라. 그놈의 황금 때문에 죽을 똥 쌌네."

신들의 중앙 무대인 올림푸스 산 정상에서 세기의 화려한 혼인식, 즉 인간의 영웅 펠레우스Peleus와 여신 테티스Thetis의 결혼식이 성대히 열리고 있었다. 그날 축제에 초대받지 못해 잔뜩 화가 난 불화의 여신 에리스Eris는 예식장 입구에서 두리번거리고 있었다. 그녀는 한참 동안 준비해온 황금사과를 만지작거리며 기회를 엿보고 있었다. 황금과 인간의 속내는 깊은 상관관계가 있으리라. 그래, 이 황금은 분명 여심女心을 발칵 뒤집어놓을 것이로다. 게다가 에리스는 황금사과에 '가장 아름다운 자에게'라는 글자까지 새겨놓아 여신들이 갖고 있던 외식外飾의 허영심까지 한껏 자극하기로 마음먹었다. 그녀는 혼인식이 한창 진행되는 틈을 타 그 황금사과를 제우스의 부인 헤라Hera, 전쟁과 지혜의 여신 아테나Athena, 사랑의 여신 아프로디테Aphrodite 등 여신들이 모여 있는 방향으로 내던졌다. 황금은 여신들을 향해 날아갔고 여신들은 황금을 차지하기 위해 서로 치열하게 몸싸움을 벌이게 됐다. 세 여신이 결국 에리스의 계략에 말려들고 만 것이다.

심판은 트로이의 왕자 파리스Paris에게 맡겨졌다. 그런데 파리스 왕자는 보통의 사내와 다를 바 없었던 듯, 세상에서 가장 아름다운 여자를 맞게 해주겠다고 약속한 아프로디테의 꼬임에 넘어가 결국 아프로디테의 손을 들어주고 만다. 더불어 파리스는 스파르타의 왕비 헬레네^{Helene}와 사랑에 빠지는 영광을 얻게 된다. 파리스는 아프로디테의 도움으로 헬레네를 꾀어낸 뒤 함께 궁궐에서 빠져나와 트로이로 가버렸다. 아내를 빼앗긴 스파르타의 왕 메넬라오스^{Menelaos}가 마냥 주저앉을 리 만무했다. 헬레네를 돌려달라고 전령을 보냈다. 트로이는 즉각 거절했다. 그러자 스파르타를 비롯한 그리스인들은 무력으로라도 헬레네를 데려오기로 마음먹었다. 헬레네라는 여인으로 말미암아 두 진영의 관계는 급속히 얼어붙었고, 급기야 그리스는 그리스대로, 트로이는 트로이대로 신과 영웅들을 불러내 전투를 준비하기에 이른다. 이제 신이든 인간이든 비참함을 피해갈 수 없도록 비극의 운명은 그들 앞으로 다가오고 있었다.

결국 그리스와 트로이 사이에 전쟁이 일어나고야 만다. 신들의 계략과 싸움에 영웅들까지 가세하는 바람에 골육상잔의 비극이 이루 말할 수 없을 정도로 참혹하게 벌어졌다. 이 비극은 『일리아스^{Ilias}』와 『오디세이아^{Odyssey}』라는 거대 서사시에서도 모두 담아내지 못할 정도로 무참하고 끔찍한 전쟁이었다. 이 처절함은 인간이 짊어져야 할 원죄가 아니고서는 도저히 설명할 도리가 없는 모순이었고, 말로 표현이 불가한 언어도단^{言語道斷}의 참담한 지경이었다.

우리 단군신화는 황금에 대해 어떤 암시를 주고 있을까. 결론부터 말하자면 단군신화에서 황금은 신들에게 그다지 큰 관심의 대상이 되지 못했다. 오로지 곡물 생산에 모든 주의와 관심을 기울였던 까닭이다.

단군신화에서 곡물은 신이 인간을 다스리기 위해 하늘에서 지상으로 하강하는 순간부터 필요했던, 이른바 생활필수품 가운데서도 으뜸이었다. 인간은 물론이거니와 신 역시 생존을 위해 반드시 필요한 양식인 까닭에 신도 곡물을 매우 신성시 여겼다. 곡식에 영향을 미치는 날씨 변화에도 신들은 매우 민감했고 수확을 할 수 없는 겨울은 말 그대로 낙망과 시련의 시간이었다.

환웅이 지상에 내려오면서 가지고 온 물건은 황금이 아니었다. 곡식 생산에 반드시 필요한 풍백風伯, 우사雨師, 운사雲師였다. 심지어 곰과 호랑이에게 인내력 시험을 치렀던 시기마저도 봄, 여름, 가을이 아니어야 했다. 겨울이었다. 오직 겨울이어야 했다. 당시 봄에서 가을로 이어지는 기간은 농번기였고, 이 시기는 일손이 모자랄 정도로 매우 바쁜 철이었다. 농사일 말고 다른 일을 치를 만한 여유가 없었다. 결국 인간 변신의 기회인 100일은 농한기인 겨울일 수밖에 없었다. 장소는 동굴이었다. 이들에게 겨울은 추위와 사투를 벌여야 할 만큼 혹독한 시련의 시기였으며, 동굴은 이 엄동설한을 피할 수 있는 유일무이의 따뜻한 공간이었다. 이런 조건이라면 누구에게 유리했을까. 마침 곰이 겨울잠을 자는 시기와 공교롭게 일치하고 있었다. 호랑이는 투덜거렸을 것이다. 그리고 이 시합이 불공정했노라고 지레 짐작했을 것이다.

　이렇듯 단군신화에서 황금에 대한 이야기가 빠져 있는 이유는 무엇일까. 황금은 인간이 살아가는 데 필요 불가결한 물건이 아니었던 까닭이다. 곡물은 생활필수품이자 공공재화의 성격이 강하지만, 황금은 개인들의 소유 행위인 재물 축적을 의미하는 것과 무관치 않았을 것이다.

　일찍이 황금 노다지 열풍이 불었던 탓일까. 금광면은 여전히 금빛이 꽃을 화사하게 피우는 곳으로 유명하다. 화려한 맵시를 드러내고 있는 금광호수 때문이다. 호수 입구에서부터 뿜어내는 수려한 자태와 섬에서 발산하는 초원의 빛이 보는 이를 당황하게 만든다. 호수 위에 두둥실 떠 있는 숲섬, 연기가 모락모락 피어오르는 듯한 조각구름, 맨살을 드러낸 강호의 각선미가 보는 이의 눈을 부시게 한다. 하늘을 찌를 듯한 호수의 위세도 찬란하다.

　나는 호수의 화사함에 동動한 마음이 덩달아 요동칠까봐 강가 벤치에 앉아 호흡을 길게 가다듬었다. 일제 강점기 금광의 화려함도 이 정도였을까. 분명 그랬을 것이다. 그런데 가당치도 않는 비교요, 사족蛇足이라는 생각이 얼마 안 가 내 마음속에서 일었다. 찬란하고 화사한 금광은 예나 지금이나 모두 같은 금광이라 할 수 있을 것이나, 옛것은 구슬픈 금광이었고 지금은 화려하되 검박함을 잃지 않는 금광이라는 생각이 들었기 때문이다.

남사당 놀이패의
슬픈 경제

삶의 벼랑에 내몰린 사람들과 성매매

굳이 블록버스터식의 천문학적 제작비를 들이지 않더라도 천만 관객을 넘길 수 있다는 말이 충무로에 먹히기 시작한 게 아마 2005년, 영화 〈왕의 남자〉가 나오면서부터가 아닐까 싶다. 제작비도 그렇고, 대부분 고루하게 생각하는 연산군 시절을 배경으로 한 고전 사극인 데다, 천민 중에 천기^{賤妓}인 광대가 최고의 지존인 왕과 놀이를 함께한다. 게다가 제목 〈왕의 남자〉에서 읽히듯 동성애까지 다루고 있는데도 오히려 관객의 입소문을 타고 전국을 휩쓸었고, 영화는 관객 천만 명을 거뜬히 넘겨버렸다. 구성이 어딘가 허술해 보였으나, 모친의 원수에 대해 잔혹하게 철퇴를 가하는 섬뜩하고 막 나가는 연산군의 광폭행위, 그런 연산군과 함께 노는 광대들의 임기응변이 관객에게 극도의 긴장감을 유발시켰고, 동시에 아슬아슬한 줄에 남사당패의 어름사니가 부리는 줄타기 곡예며 악사들과 주고받는 재담에서 느낄 수 있는 흥미와 해학이 시종 관객의 이목을 사로잡았기 때문일 것이다.

아마 대부분 이 영화의 마지막 장면을 기억하리라. 두 눈을 잃어 장님이 되어버린 어름사니 장생이가 줄타기를 하다가 하늘 위로 솟구쳐 오르는 모습을. 그런데 그 화면을 정지시켜 자세히 보노라면 공중에 떠 있는 어름사니가 부채를 내던지는 모습이 포착된다. 이것이 영화 마지막을 처절하게 장식한 엔딩 장면이다. 광대에게 부채란 무엇이던가. 단순한 연기 소품만은 아닐 터. 아마도 광대라는 예인藝人의 정체성을 상징한다고 보아도 무방할 것이다. 그래서 부채를 내던지는 모습은 광대로서의 마지막 모습을 보여준 슬프디슬픈 장면일 테고.

8월의 강렬한 여름햇살을 보내고 가을바람이 서해 아산만에서 안성천으로 들어오는 9월이 되면 안성 주민들은 가을걷이로 바쁘기도 하지만 안성 남사당 바우덕이 축제 준비로 더욱 분주해진다. 행사 전야제인 곰뱅이트기(축제를 열어도 되는지 시민에게 허락을 받는 행위)로 안성 전 지역인 세 개 동과 하나의 읍, 열한 개의 면에 거주한 주민들이 가장행렬을 펼치고 각 마을의 특산물을 소개하며 안성 시민에게 축제의 시작을 알린다.

가장행렬이 한창인 시내 중앙로에서 20여 분 남쪽으로 걸어나오면 옥천교와 안성대교 사이 옛 쇠전거리였던 안성천변에 마련된 축제 행사장이 보인다. 천변 남쪽으로 농기계 추수 체험장, 축

| 어름사니의 줄타기 어름공연 |
안성 남사당 바우덕이 축제의 백미는 뭐니 뭐니 해도 남사당 놀이패들의 줄타기 어름공연이다.
사진은 2013년 안성 남사당 바우덕이 축제에서 어름사니 박지나 씨가 줄 위에서 다양한 묘기와 재담을 뽐내고 있는 모습이다. 사진 안성문화원 제공.

산 장터, 해외산물 월드 장터, 시민 무대, 남사당놀이 체험장과 팔도 풍물시장이 늘비해 있고, 천변 북쪽으로는 작은 거인 예술단, 먹을거리, 안성 옛 장터, 농축산물 장터, 바우덕이 마당, 일반 체험 부스, 풍물경연 대회장과 놀이기구 시설이 자리해 손님을 기다리고 있다. 공연으로는 퓨전 국악 한마당과 안성문화 열린마당에 더해 남사당 바우덕이의 줄타기, 풍물놀이, 살판, 덧뵈기, 안성 박첨지놀음과 버나놀이가 안성 축제의 절정을 준비하고 있다.

축제의 밤은 기어이 다가오고 발 디딜 틈 없이 사람과 사람으로 붐비는 인간시장이 안성 남사당 축제를 시나브로 뜨겁게 달군다. 간이 연극무대에서 배고프다며 능청을 떠는 배우, 신명나게 몸을 흔들어대는 힙합 댄서, 바위에 걸터앉아 기타 줄을 긁어대며 노래솜씨를 뽐내는 무명가수, '덮어놓고 낳다 보면 거지꼴을 못 면한다' 표어(추억의 6070거리에 위치)를 보고 미소를 머금던 노신사, 좋은 소리 전파사에서 틀어주는 뽕짝에 맞춰 흥얼거리는 청춘들, 트위스트 리듬에 맞추어 몸을 흔들며 지나가는 중년들, 덥수룩한 수염을 기른 젊은 화가의 능숙한 붓놀림, 그의 모델이 된 아이들, 굼벵이 타령의 가락에 맞춰 울릉도 호박엿과 참깨엿을 두드리는 엿장수의 가위 소리, 천변 따라 모자, 옷, 가방, 액세서리, 펼쳐놓은 노점상의 긴 행렬, 떡볶이와 오뎅 국물에서 흘러나오는 수증기가 축제의 밤을 수놓는다.

갓을 눌러쓴 흰 두루마기 한복 차림의 소리꾼이 고북 장단에 맞춰 부르는 판소리 〈흥보가〉 중 '제비노정기' 대목이 어둠 속 안성천의 밤하늘로 솟구쳐 오른다. 가락은 빠르게 갔다 줄였다, 휘모리와 중중모리 장단을 오가며 흥을 돋운다.

(아니리) 그때의 강남에 갔던 제비가 흥보씨의 은혜를 갚을 요량으로 보은표 박씨를 입에 물고 만 리 조선으로 나오는데 꼭 이렇게 나오는 것이었다.

"흑운黑雲 박차고 백운白雲 무릅쓰고 거중에 둥둥 높이 떠…… 압록강을 건너 의주를 내달아 영고탑 통군정 올라앉아…… 평양은 연광정 부벽루를 구경하고 대동강 장림을 지나 송도開城를 들어가 만월대 관덕정 박연폭포를 구경하고 임진강에 시각에 건너 삼각산(북한산)에 올라앉아 지세를 살펴보니…… 도봉 망월대 솟아 있고…… 남대문 밖 썩 내달아 칠패 팔패 배다리 지나 애고개이태원고개를 얼른 넘어 동작강 월강(동작동 앞 한강을 건너) 남태령고개(과천 넘어가는 고개) 넘어 두 죽지 옆에 끼고 하늘에 둥둥 높이 떠 흥보 집에 당도……"

남과 북이 갈라져 아무도 오갈 수 없는 한반도를 제비가 압록강에서 평양, 개성, 임진강을 거쳐 서울, 남태령고개를 넘어 흥보 집까지 유유히 날아든다는 〈흥보가〉의 사설이 애처럽고도 흥미롭다. 소리꾼의 볼은 붉게 상기되어 있고, 팔소매가 어둔 허공을 휘저으며 넘실넘실 춤을 추고 다닌다. 흥에 겨운 청중들이 소리꾼 앞으로 걸어나와 팔소매를 걷어가며 "흥보 제비 좋을씨구~ 얼씨구~ 좋다~"를 연발하며 소리의 가락에 맞추어 춤판이 한창 무르익어간다.

그래도 안성 남사당 바우덕이 축제의 백미는 뭐니 뭐니 해도 남사당 놀이패들의 줄타기 어름공연이다. 5미터 높이의 줄 위에서 다양한 묘기와 재담을 뽐내는 어름사니(줄타기를 하는 사람)가 양반자세를 취하더니 춤판에 취해 있던 한 신사를 불러내 농弄을 걸고 있다. 하고 많은 사람 중에 입심 좋은 신사에게 농을 걸다니, 어름사니가 제정신인가 모르겠다. 아니나 다를까 그 신사가 먼저 어름사니한테 호통을 친다.

"그러나 저러나 저놈의 행색을 보자 하니 샷골 재호락에 사는 것 같기도 하고 먹기로는 갓 열여섯 이팔청춘일 것이라. 사내는 아니리니 분명 계집이렷다. 그래 그 몸으로 얼음판에 올라왔는데 니 놈이 뭘 어쩌는지 내가 눈을 똑바로 뜨고 지켜볼 것이라."

"옳지, 그 양반 말도 앙칼지게 잘하시네."

"그러니까 니놈이 이 어름판阪을 건너간다 이거지. 그것도 뒤로 말이지."

"아, 그야 당근이지…… 그 양반 여태 속고만 살아왔나."

"그래, 한번 건너보거라."

"행색으로 보아 예사롭지 않게 보이긴 하오만, 양반 나으리, 못 보았다 마시고 똑똑히 보시구려. 나는 리바이벌은 절대로 안 한다오."

"오냐."

"잘 보시오. 내가 잘 건너면 사람들이 재주가 용하다 할 것이요, 가다 넘어지면 재주가 메주라고 소근댈 것이라."

"오오냐아. 주둥이 그만 다물고 건너보아라."

어름사니는 넘어질 듯하다 잽싸게 일어나 사뿐사뿐 뒷걸음질을 친다. 이내 어름판 맨 끝에 다다라 멈추어 선다. 그리고 아무일 없었다는 듯 부채를 펴고 턱을 치켜올린 채 관중을 쳐다본다. 그의 눈매가 신사에게 이르자 으스대며 농을 다시 건다.

"거 가까운 거리라 생각해 맘 푹 놓고 왔더니만 하마 넘어질까 봐 혼났네. 아이쿠야, 잘들 보셨수."

"허 그놈, 뒤통수에도 눈이 달렸나, 낙동강 오리알 되는 줄 알았더니 용케도 건너왔구나. 니 재주가 메주가 아니고 진정 용이로구나, 얼씨구!"

안성에서 걸쭉한 입담으로 소문난 그 신사도 모든 사람도 어름사니의 신묘한 연기에 얼이 빠져 있는 축제의 밤이다.

조선시대 남사당패는 떠돌이 예인 집단인지라 함부로 마을로 들어가 공연을 할 수 없었다고 전해진다. 지주地主와 마을의 장長 같은 고을의 최고 권력자에게 반드시 곰뱅이트기허가를 받아야 가능했다. 통상 마을의 두레패와 사전 교감을 이루면 수월하게 곰뱅이를 틀 수 있었다고 한다. 이 일은 곰뱅이쇠가 맡아 마을 권력자와 담판을 지었는데 그사이 남사당패들은 노란 영기를 앞세우고 마을이 잘 보이는 고을 어귀의 높은 언덕에서 취군가락으로 풍물과 재주를 보여주었다고 한다. 마을 사람들을 유인하는 일종의 맛보기 공연인 셈이었다. 마을로부터 허락을 받으면 군악을 치며 마을에 들어가 넓은 마당에 자리를 잡고 공연 준비를 했고, 일부는 마을을 돌며 길놀이를 했다. 밤이 되면 횃불을 밝히고 마음껏 끼를 펼쳐 남사당놀이로 한바탕 재주를 부렸다. 풍물놀이부터 시작해 버나놀이(대접 돌리기), 살판놀이(땅재주 부리기), 어름놀이(줄놀이 마당), 덧뵈기(탈놀음 마당), 덜미놀이(마지막 마당으로 꼭두각시놀음 마당)로 흥을 돋우면 어느새 마을은 대동축제가 벌어져 마을 사람들은 축제의 흥에 흠뻑 젖어들었다.

그런데 실제 남사당패의 마을 공연 기회는 만만치 않았다고 한다. 남사당패가 공연을 하는 경우는 운이 아주 좋은 편이었다. '대개의 경우 열에 일곱은 곰뱅이가 트지 않았다'는 옛 문헌에서 보듯 이들의 공연 기회는 그리 쉽게 오지 않았다. 그러니 이들의 경제형편은 매우 열악할 수밖에 없었다. 더욱이 영정조 시대 이후 삼정의 문란과 지배층의 탐학과 무단 지배로 나라 경제는 피폐해졌고 하층민은 파산지경에서 허우적거리고 있었다. 그러한 까닭에 남사당패에게 마을 인심은 그리 녹록지 않았을 게 분명하다. 이렇듯 남사당패의 생존을 위협하는 경제적 모순은 이들에게 사회병리적인 기형적 수입 통로를 잉태하도록 강요하기에 이른다.

사회병리적인 기형적 수입 통로란 어떤 것일까. 그 문제에 앞서 생각해볼 것이 있다. 윤리적이고 도덕적인 인간이 물리적인 생존

차원에서 삶의 벼랑 끝에 내몰린다면, 그 인간은 과연 막바지에 어떤 행동을 취할까. 삶의 극단에 내몰린다면 우리는 어떤 형태의 치열한 몸부림을 칠 것인가. 그 발버둥 행태에 대한 대답은 여러 가지를 들 수 있을 것이다. 그러나 그것들의 근저에는 반드시 인간에게 잠재된 극한의 감정이 개입되어 있으리라.

사실 19세기 떠돌이 남사당패, 아니 그들뿐 아니라 떠돌이 예인藝人들, 천기賤妓들, 재인才人들은 매일 허기와 사투를 벌여야 했다. 그들의 주 수입원은 재주 부리기였다. 그런데 일은 항상 여의치 않았고 그들은 허구한 날 굶어야 했다. 굶주림은 매일매일 다반사였다. 그러한 까닭에 삶의 극단에 놓인 그들은 인간의 도리나 윤리, 인륜마저 버리도록 강요당하고 있었다. 이제 그들에게 주어진 선택은 몸뚱어리 하나뿐이었고 보다 구체적으로 말하자면 성性이었다. 성을 돈으로 교환하는 방식만이 그들의 삶을 연장할 수 있었다. 공연을 보러 온 관객은 물론이거니와 경우에 따라 벼슬아치, 지역 권력자, 평민, 뱃사람, 떠돌이 장돌뱅이에게 몸을 팔아 그네들은 허기를 채워나갔다.

본래 사당社黨이란…… 중부 유럽의 집시처럼 평초萍草의 생활을 하면서 예무藝舞를 파는 것으로…… 그리하여 그들은 각각 부부 형식을 꾸며(남자 동성끼리도 역시 그러하다) 읍시邑市로 돌아다니며 (남자 되는 편이 여자 노릇 하는 자를 업고 다닌다) 주간이나 초저녁에는 가무나 곡예(소위 농+리라고 한다)를 하고 야간에는 머슴이나 장돌뱅이를 상대로 매춘을 한다……"

동아일보 1934년 4월 1일자
'민족예술의 소개에 대하여③ 김포 농민무용 동경파견을 계기로'

영화 〈왕의 남자〉에서 미모가 빼어난 광대 공길(이준기 분)이 남자임에도 불구하고 지방의 양반이나 세력가에게 보내져 성적 노리개로 전락한 게 전혀 과장이 아닌 것이다. 물론 사회지배층에선 이들을 지극히 천시했고, 자신들의 성매매 당사자임에도 겉으로는 사회 윤리적인 잣대로 이들에게 맹비난을 퍼부었던 것은 물론이었다.

이제 두 세기를 훌쩍 뛰어넘어 21세기인 오늘날 세상으로 돌아와보자. 물리적인 생존 문제 때문에 부채를 내던져야만 했던 19세기 남사당패의 이 이야기가 먼 옛날 이야기라고 치부하기엔 찜찜한 구석이 너무도 많다. 오늘날 툭하면 신문 사회면을 장식하는 생계형 성매매 기사를 보자면 과거와 오늘날의 현실이 묘하게 오버랩된다. 인간은 모두 존귀한 존재라는 인류의 보편적 가치가 무색함을 넘어 비참함, 비정함에까지 이르게 하는 대목이 아닐 수 없다. '슬픈 경제는 인간의 인격을 지켜주지 못한다'는 말이 소위 민주화를 이루고 디지털 문명이 개명되었다는 21세기에도 분명히 통용되고 있으니, 아픈 말이긴 하지만 그 누가 이 사실을 부인할 수 있으랴.

성매매 초범을 대상으로 진행하는 교육프로그램인 존스쿨[John school]에서 교육받고 있는 성매수자들의 인터뷰(조선일보, 2013년 7월 15일자)에서 이런 사실은 곧바로 확인된다.

"실제로도 딸을 키우는 아빠인데, 딸이 상처 안 받게 좋은 가정을 이루고 싶다."

"아직 미혼이지만 딸이 있으면 똑같은 심정일 거 같다."

"1차 술자리가 끝나면 곧바로 아내에게 전화해서 10분 뒤에 귀가하겠다고 말해버리겠다."

"가족한테 안 들키려고 출근 복장 그대로 하고 왔죠. 대딸방(성매매업소인 듯함)에서 걸렸으니 운도 더럽게 없죠."

그대를 보랴 하고
천리 먼 길 예 왔노라

경제 양극화가 불러온 참사

안성 시내에서 버스를 타고 동쪽으로 30여 분 가다 보니, 중부
고속도로 일죽 나들목 조금 못 미친 곳에 죽산면사무소가 위치
한 읍내 거리가 보였다. 옛 죽산군(郡)이었던 이곳은 일제 강점기 이
전만 하더라도 이웃 안성군처럼 별개의 군수를 두어 읍치(邑治)를 이
루던 곳이었다. 이 죽산 역시 죽산팔경을 중심으로 빼어난 운치를
둔 덕에 풍객들의 발걸음을 붙잡아놓는 풍광이 한두 곳 아니다.

옛 죽산 읍내에서 차편으로 남쪽을 향해 10여 분 더 내려가
면 충청북도 진천군 광혜원과의 경계가 보이고, 차에서 내려 잠시
두리번거려보면 한남정맥의 발원지인 칠현산이 우뚝 솟아 있는
모습도 보게 된다. 이 칠현산 아래로 형성되어 있는 마을이 죽산
면의 최남단인 칠장마을이다. 칠장리는 천년의 숨결이 간직돼 있

는 칠장사라는 고찰로 인해 사람들에게 이름이 널리 알려져 있다. 과거를 보러 한양으로 올라가던 어사 박문수가 이곳 칠장마을을 지나치다 칠장사 나한전에서 기도를 드리며 잠깐 눈을 붙였던 모양이었다. 꿈에 비친 과거시험 문제를 기억해 장원급제를 했다고 하여 당시 과거를 준비하는 수많은 선비들이 칠장사에 와 공부를 했다고 전해진다.

칠장사가 현대인에게 본격적으로 주목받은 계기는 벽초 홍명희의 소설 『임꺽정』의 무대 중 한 곳으로 등장하면서부터이다. 실제 칠장사 명부전 벽에는 칠장마를 탄 임꺽정의 늠름한 모습이 보이고 칠두령의 얼굴도 사찰 벽에 그려져 있다. 3·1독립운동을 주도해 감옥에 투옥되었던 홍명희 선생이 출소하여 고향인 충청북도 괴산에 머물며 이곳 칠장사에 자주 들렀다고 한다. 임꺽정과 일곱 의적 이야기에 대한 소설적 형상화도 칠현산, 칠장사, 그리고 이곳 칠장리라는 이름에 들어 있는 숫자 7에서 착안한 것이 아닌가 하는 생각도 든다.

소설 『임꺽정』은 한국 최초의 대하 역사소설이라는 문학사적 의미도 클뿐더러, 당시 천민이었던 백정과 그 벗들을 주인공으로 삼은 까닭에 천민, 평민, 사대부 양반가, 심지어 궁궐에 이르기까지 모든 계층의 삶의 풍속이 생동감 있게 펼쳐지는 작품이다. 시대에 있어서도 연산군의 폭정을 시작으로 중종, 인종을 거쳐 어린 명종을 섭정한 문정왕후의 전횡까지 이르고, 조선시대 다양한 사

람들의 생활과 문화, 역사를 전 방위로 가로질러 다닌다. 게다가
유교, 불교, 도교가 한자리에 모여 지성의 스펙트럼이 고스란히
담겨 있는 조선의 인문학도 한눈에 들어온다.

거기에 우리 가락과 멋과 풍류도 질펀히 흐르고 있다. 평산 전
투로 시작한 임꺽정 부대가 관군과의 마지막 싸움을 앞둔 시점,
바람마저 멈춰버린 그야말로 폭풍 전야에 돌연 앙똥하고 방자한
초향의 가야금과 풍류객 단천령의 시조 가락이 전선戰線에 울려퍼
지며 세상의 고요한 정적은 뚫리고 만다. 소설의 한 대목이다.

초향이가 가야금을 가지고 와서 줄을 퉁기며 안족雁足을 들이
키고 내키고 한 뒤에 단천령이 시조를 부르기 시작하였는데, 가야
금소리 곱게 흘러서 남청男聽의 웅장한 맛을 더 돋우었다.

그대의 깊은 재주 귀에 저저 들었기로
그대를 보랴 하고 천리 먼 길 예 왔노라.
그대가 싫다 않으면 같이 놀다 가리라.

임꺽정은 경기도 양주에서 백정 신분으로 태어나 황해도 봉산
갈기슭에서 갈대를 품으로 근근이 생계를 유지하고 있었다. 봉산
일대는 갯벌과 갈대가 무성하고 농토가 척박해 농사짓기 힘든 곳
이었다. 그곳에서 임꺽정 같은 천민들에게 갈대는 주요 생계수단
이었다. 그러던 어느 날, 갑자기 서울 사대부 권세가들이 갈대숲

| 임꺽정과 칠두령 |
사진은 칠장사 명부전 벽에 그려져 있는 임꺽정과 칠두령의 모습이다. 홍명희 선생은 고향인 충청북도 괴산에 잠시 머물 때 이곳 칠장사에 자주 들렀다고 한다. 임꺽정 친구인 일곱 의적 이야기에 대한 선생의 소설적 형상화가 칠현산, 칠장사 그리고 칠장이라는 이름에 들어 있는 숫자 7에서 착안한 것이 아닌가 하는 추론도 해볼 만하다.

의 소유권을 주장하며 이들에게 퇴거 명령을 가한다. 명종실록에서도 '권세가들이 황주, 안악, 봉산, 재령의 갈대밭을 빼앗고 백성들에게 갈대를 팔아 이익을 남기니 백성들이 생업을 잃었다'(명종 8년)고 이를 확인하고 있다. 하루아침에 생계수단을 잃은 백성들은 하소연할 곳이 없어 나라님에게 상소를 올려 억울함을 호소했다. 명종실록에 '봉산 백성 80명이 갈대밭을 돌려달라고 상소를 올렸다'(명종 11년)라는 대목이 있다.

본시 갈대밭은 국가 소유의 공유지였다고 한다. 그런데 수리시설이 개발되고 새로운 농법이 발달하면서 해안 지역의 갯벌이나 갈대밭에 둑을 쌓아 농지로 개간하는 일이 유행처럼 번져나갔다. 마침 간척지 개발에 성공하면 국가는 그 간척지를 개인 소유로 인정하는 정책을 펴고 있었다. 그리하면 농지가 늘어나 식량 증대에 도움이 되기 때문이었다.

임꺽정이 활동했던 16세기에는 황해도와 평안도에 간척지가 상당히 개발됐는데, 특히 황해도는 서울 권세가들의 관심을 집중적으로 받는 지역이었다. 황해도는 평안도에 비해 토착세력의 힘이 약했고 서울이 가까워 서울 고관들의 권력 침투가 비교적 용이했던 지역이었다. 더욱이 당시가 명종을 섭정하던 문정왕후의 세상인지라 외척들의 권세가 하늘을 찌르고 있었다. 그들은 백성을 동원해 황해도 일원에 대단위 개간지 개척사업을 벌이며 막대한 재산을 축적해갔다. 명종실록은 '해주목사 윤행은 군민을 동원하여 간척지를 개발해 윤원형(문정왕후의 오라비)에게 바쳤다'(명종 15년)라고 고발하고 있다. 당시 권문세가들은 더 나아가 백성들의 토지를 강제로 수탈하기에 이른다. 그리하여 생계 터전을 잃은 천민, 평민, 상인, 농민들은 하는 수 없이 지주에게 들어가 소작농 생활을 하거나 일부는 산속으로 들어가 도적이 되어야 했다.

소설 『임꺽정』에서도 청석골 이야기를 본격적으로 풀어가기에 앞서 피폐한 당시 황해도의 상황을 자세히 열거하고 있다. "이때 조선팔도에 도적이 없는 곳이 없으되 그중에 황해도가 우심尤心하였다. 황해도 일경은 변동도적의 소굴이었다. 황해도 민심이 타도보다 사나우냐 하면 그런 것도 아니고, 황해도 양반이 타도보다 드세냐하면 그런 것도 아니고, 또 황해도 관원의 탐학과 아전의 작폐가 타도보다 더 심하냐 하면 그런 것도 아니건만 황해도 백성은 양순한 사람까지 도적으로 변하였다."

그러한 사정으로 인해 천민들과 평민들의 삶은 그야말로 생지옥이 따로 없을 만큼 혹독했다. 명종 16년 함경도 관찰사의 상소문에서조차 '가난한 백성들은 나물을 캐어 먹고 있으나 그래도 먹고살 수 없어서 약한 자는 몰래 도적질을 하고 강한 자는 살인을 하며 심지어는 밥을 가지고 가는 것을 보고 목을 졸라 숨지게 하고 뺏어 먹는 자가 있었다'고 임금에게 발고할 정도로 당시 사회는 섬뜩했다. 절대 빈곤의 시기요, 암흑의 시기에 국가는 백성들의 삶을 개선해줄 수 없는 절망적 상황에 놓여 있었고, 벼랑 끝에 내몰린 백성은 언제 터질지 모르는 시한폭탄이었다. 도적 임꺽정은 여러 폭탄 중에 하나였던 것이다.

임꺽정의 아픔을 뒤로한 채 칠장사에서 걸어나와 칠장산 정상을 향해 중간 봉우리로 올라섰다. 한남정맥의 발원지인 칠현산이 손에 잡힐 듯 가까이에서 아름다운 산세를 뽐내고 있었다. 백두대간의 대원맥大元脈 중 하나인 한남정맥은 이 지점에서 발원하여 김포 무수산까지 한없이 굽이쳐 흐른다. 그런데 어찌 된 영문인지 시원始原의 위엄은 찾을 데 없고 지쳐서 노쇠한 정맥 줄기만을 김포 쪽으로 흘려보내고 있었다. 허리가 잘려나갔기 때문이다. 정상에 올라 네 방위를 살펴보니 산 중턱을 깎아 파란 잔디밭으로 만든 18홀 이상의 골프장이 근처에 무려 다섯 군데나 보였다. 산은 고통스러운 표정을 띤 채 반신불수가 되어 있었고, 움푹 팬 상처는 곪아 터져 고름이 깊게 흐르는 듯 보였다. 본래 산하는 인간과 동물과 식물에 신령스럽고 존엄해야 하거늘, 산새가 지저귀고 곤충과 벌레들이 수런거려야 하는데 이들은 온데간데없고 도회지에서 온 몇몇만이 드넓은 인공 초원의 주인이 되어 뛰놀고 있었다.

골프장 사업은 영리사업이요 사익私益사업이지만, 우리나라에서는 공익사업으로 간주하여 사업주에게 토지수용권한을 인정해주고 있다. 물론 골프장 설립 허가에 앞서 마을 주민들의 동의를 얻어야 한다는 규정은 반드시 따라야 한다. 사정이 이러함에 따라 골프장 건설이라는 풍문이 해당 마을 주민들에게 들려올 때쯤엔 어김없이 모 컨설팅회사가 차려지고 이 회사 직원들이 마을에 일정 기간 상주한다. 농사를 천직으로 알고 살아오던 70, 80대 노인들은 돈의 유혹에 넘어가기도 하고 반 협박성 어투나 심지어 다른 사람들은 이미 동의서를 모두 제출하였다는 말에 깜빡 넘어 가기도 한다. 주민 동의서가 일정 비율을 넘어서게 되면 동의서를 제출한 주민은 물론이거니와 골프장 개발에 반대해온 주민들 삶 의 터전까지 강제로 수용될 처지에 놓이게 된다.

자연과 돈과 인간이 서로 균형을 공유할 수 있는 접점은 없는 것일까. 본래 인간은 자연의 정기와 리듬을 타고 태어나는 것이리 라. 그 인간은 세상에서 돈의 편리함이라는 다소간의 인공적인 편 익을 적절히 수용함으로써 행복을 누릴 수 있을 것이고, 이때서야 비로소 자연과 돈과 인간은 화해를 이룰 수 있을 것이요, 인간 역 시 본래의 인간성을 회복할 수 있을 것이다. 골프장으로 인해 울 분을 토로했던 J, P, Y, L씨의 증언에서 자연과 돈과 인간의 조화 를 지향하는 마음을 읽을 수 있었다.

"맹꽁이, 고리도룡뇽, 무당개구리, 청개구리, 가재는 물론이고 여기저기서 지저귀는 쇠딱따구리, 박새, 조롱이, 직박구리, 곤줄박 이 등 형형색색의 산새들도 참 많았어요."

"이곳은 골프장이 아니라 산책로 등을 정비해서 주민들 휴식 공간으로 만들어야 합니다. 이렇게 산림이 울창하고 좋은 곳은 보 존되어야 하는 것 아닙니까."

"골프장은 권장 사용량 450톤을 넘어 하루에 1천여 톤의 물을 소비하고 있습니다. 인근 지하수는 모두 고갈될 위기에 처해 있어 요. 그나마 남아 있는 골프장 지하수는 골프장 잔디 관리를 위해 뿌려진 농약으로 인하여 병해 관리에 유용한 미생물균상이 많이 손상되었을 겁니다."

"집 마당에서 양봉을 해왔는데 이전에 30여 통이었던 것이 몇 해 전부터 벌이 떠나 분봉이 이루어지지 않았어요. 이것 보세요, 지금은 두 통도 시원찮습니다."

하 심심한데 노름이 즐겁지 아니한가

파생상품 거래에서 돈 놓고 돈 먹기

　노름은 시간과 공간을 초월하는 마력을 지니고 있다. 노름에 빠지면 인간은 시간 가는 줄 모른다. 최소의 돈으로 최대 수익을 유인하니 노름은 경제성 원리의 표상이다. 불확실성으로 가면을 써 얼굴을 가리니 인간의 마음을 마구 휘젓고 다닌다. 게다가 하 심심한데 무료함까지 달래주니 노름이 이 어찌 즐겁지 아니한가. 이 노름이 여흥과 놀이로 각별하면 얼마나 좋을까. 여흥, 여가의 경계에서 도박은 예쁜 미소를 머금고 우리의 탐심을 자극하니 그것이 문제로다.

　조선시대 안성 읍내 초입에서 벌어진 한 풍경이다. 불볕더위가 한참 맹위를 떨치던 어느 날, 누렇게 닳은 답호^{褡褸}를 걸쳐 입은 동네 불량배들이 그들만의 은신처에서 여름날의 한가로움을 만끽

하며 투전投牋 도박을 즐기다가, 시끄럽게 방정을 떠는 새소리와 자지러지게 외쳐대는 매미 소리에 쫓겨나 동대모퉁이(현 시청 앞 육거리)로 뚜벅뚜벅 걸어나올 즈음, 읍내 저잣거리 어귀로 들어오는 외지 청년과 아이들을 발견하곤 순식간에 그들을 에워싼다. 그렇지 않아도 외지 아이와 젊은이들은 읍내에 들어서기 전, 읍내 시전市廛과 남사당 놀이패 공연을 구경하는 일에 들뜬 마음을 가라앉히고 혹시 모를 이 고을 불량배의 온갖 못된 만행을 제발 피하게 해달라고 중얼거리며 걸어 들어왔는데, 아니나 다를까 토박이 불량배들에게 또 제대로 걸려들어 결국 재앙을 맞이하고 만다. 불량배들은 두 가지 중 하나를 선택하라고 강요했다. 얼마의 돈을 내놓고 가든지 아니면 불량배들에게 호되게 얻어터지든지. 불량배들은 빼앗은 돈을 유흥비로 탕진하거나 투전 도박의 밑천으로 사용했다. 불과 50여 년 전까지만 해도 읍내 젊은 토박이 불량배들의 텃세놀이는 계속되었던 듯하다. 어린 시절 그들에게 피해를 보았다고 보개면에 사는 나이 든 노인 몇 분들이 증언을 해주었다.

읍내로 치자면 동쪽의 첫 들머리였던 동대모퉁이는 보개면에서나 금광면, 심지어 죽산군(현 죽산면)이나 진천현(현 진천군), 음성현(현 음성군), 양지현(현 용인시 양지면)에서 안성 읍내로 들어서려면 반드시 거쳐야 할 시내의 시발 지점이었다. 교통의 요지인 만큼 지금은 원형 교차로 형태로 잘 정비되어 있다. 시청 청사가 언덕 위에 우뚝 서 있고 이삼백 미터 북쪽으로 더 방향을 틀면 옛 안성 관아가 섰던 자리와 안성향교가 보인다. 그리고 잠시 동남쪽으로 고개를 돌려보면 코앞에 동문리(현 동신리)로 들어가는 옛길도 한눈에 들어온다. 이 길을 따라 형성되어 있는 동문마을이 조선 후기 가내수공업으로 투전찰鬪牋札 제조가 활발히 이루어졌던 고장이다. 조선 후기 사회질서를 문란케 했던 투전 도박을 팔도 지역으로 공급했던, 말하자면 이 마을이 팔도에서 도박의 공급지였던 셈이다. 1925년에 발간된 『안성기략』에 의하면, 당시 동문마을에서 1,185개의 투전찰을 생산하여 당시 화폐로 5,668원의 수입을 올렸다고 한다.

19세기 말, 화투가 유입되면서 투전이라는 우리 민속놀이는 한풀 꺾이기 시작한다. 화투는 일본에서 들어온 까닭에 해방 전후 항일, 반일의 민족적 감정으로 잠시 줄어들긴 했으나 다시 우리 민족이 즐기는 대중놀이로 등장한다.

노름과 도박의 경계를 구분하기는 매우 애매한 구석이 많다. 그런데 '돈 놓고 돈 먹기'라는 개념을 대입해보면 노름인지 도박인지 쉽게 구분할 수 있다. 말하자면 도박은 인간성은 내려놓고 돈만 싸들고 오라는 식이다. 거기엔 한쪽이 득을 보면 반드시 다른 쪽이 손해를 봐야 하는, 이른바 제로섬zero-sum 게임의 함정도 도사리고 있다.

가령 보자. 통상 유가증권을 거래하는 현물 주식시장Spot Stock

Market에서는 발생한 득실의 합이 반드시 제로가 되지는 않는다. 주식투자를 해서 A도 차익을 얻을 수 있고 B도 이득을 취할 수 있다. 물론 이와 반대의 경우도 발생할 수 있거니와 또 A와 B의 이득과 손실이 교차해 발생할 수도 있다. 그러나 고스톱, 섰다, 카드놀이, 카지노, 주식시장에서의 선물거래나 옵션거래, 일명 파생금융상품거래 등은 제로섬 게임에 해당한다.

여기에서 사회적 문제로 대두되고 있는 게 바로 주식시장에서의 파생금융상품거래이다. 더욱이 이 거래는 국가에서 합법적으로 인정해준 고수익 고위험 상품이라 더 심려가 되는 금융상품이다. 본시 선물이나 옵션상품 등 파생상품거래는 기후에 따라 가격변동폭이 큰 농산물을 중심으로 시작되어 고무, 원유, 금 등 실물자산으로 늘었다가 달러, 유로화, 엔화 등 환율로 확대되고 마침내 주가지수나 개별 주식에 대한 선물이나 옵션거래로 넓어졌다.

그런데 우리나라 주식시장에서 거래되는 파생상품 건수는 유럽연합 증권시장에서 거래되는 건수보다 월등한 경우가 대부분이다. 인구 5천만 명에서 거래되는 횟수가 인구 5억 명에서 거래되는 횟수보다 더 많다는 사실이 예사롭지 않게 다가온다. 2009년에서 2011년에는 거래 건수 세계 1위를 기록하기도 했는데, 이것은 거래가 분초 단위보다 훨씬 작은 시간 단위의 극초단타 매도매수행위HFT, High Frequency Trade, 0.001초대의 주문과 취소가 가능한 거래가 성행하고 있다는 점을 암시하는 통계자료일 것이다. 초인적인 집중력을 발휘하지 않으면 불가능한 기록이다. 가히 우리나라 선물이나 옵션

주식투자자들을 초인이라 불러도 전혀 손색이 없을 정도다.

　원래 주식시장에서 선물거래先物去來, Futures Trading나 옵션거래Option Trading는 현재 보유하고 있는 주식에 대해 미래의 가격변동으로 발생할 수 있는 손실을 현재 시점에서 만회하고자, 말하자면 위험 회피헤징, Hedging를 얻고자 구상된 금융상품이다. 현재 거래되는 자산을 기초 자산Underlying Assets이라 한다면 미래 거래될 자산은 기초 자산에서 파생했으니 파생상품Derivatives으로 일컬으면 될 것이다. 기관 투자나 외국인 투자자 등 대형 투자자들은 거래 규모나 보유 종목이 크고 다양하기 때문에 그들은 미래 가격변동에 대한 불확실성을 최대한 제거하고 싶어한다. 그들의 파생상품 거래가 세 지수, 곧 코스피 200 지수(현물가격지수), 선물지수와 풋콜put-call 옵션지수까지 모두 컴퓨터 프로그램으로 연동되어 움직인다는 점은 그들이 투기 목적으로 이득을 얻으려는 생각보다 현재와 미래 사이에 발생하는 가격의 불확실성을 제거하려는 목적으로 거래하고 있다고 봐야 하지 않을까 한다.

　그런데 이들 대형 투자자들에게 인간의 탐욕이 잠입해버리면 전술한 교과서적인 이야기는 슬그머니 변모해버리고 만다. 이내 파생상품시장은 위험 회피 수단은 사라지고 거대한 도박의 정글 세계로 빠져든다. 2010년 11월 11일에 일어났던 이른바 '11·11 옵션 쇼크'를 기억하는가. 도이치은행Deutsche Bank이 우리나라 증시에서 옵션 만기일에 풋옵션(주식을 팔 수 있는 권리)을 대량으로 사모으고 그 대신 동시호가에서 현물주식을 대량으로 매도하여 엄청난 시세차익을 거둔, 일명 옵션테러 사건을 말한다.

그렇다면 개인 투자자들의 파생상품 거래 목적은 대형 투자자들과 비교해 어떨까. 결론부터 보자면 이들의 거래 목적은 대형 투자자들의 목적과 아예 다르다. 파생상품의 본래 목적인 위험 회피 의도와는 애초부터 거리가 아주 멀다. 건전한 주식투자에서 도박으로 넘어가 있는 꼴이다. 이들의 선물, 옵션거래는 도박의 한 특성인 제로섬 게임이 온전히 적용된다. 뿐만 아니다. 투자 가능 금액[=1/증거금(대개 15% 내외)]도 가파르게 늘어난다. 개인이 본시 가지고 있는 투자금의 일곱 배까지 거래가 가능하다.

가령 3천만 원을 들고 선물 1계약을 하고자 할 경우 이 투자자는 3천만 원의 일곱 배인 2억 7천만 원까지 선물투자를 감행할 수 있다(1계약 투자금＝코스피 선물지수×500,000÷15%). 이처럼 선물거래를 하는 개인들은 투기성이 강해 가파른 변동성을 이용하여 적은 돈으로 큰 이익을 취할 목적을 갖고 있다. 그러한 까닭에 손실이 기하급수적으로 불어나 자신이 갖고 있는 모든 재산을 날리고도 빚을 져야 할 위험이 얼마든지 있는 것이다. 이렇듯 개인 투자자는 자칫 시장의 호재나 악재 또는 증시 여건에 따라 움직이는 것이 아니라, 개인의 포지션과 반대로 움직여 개인의 투기적 자금을 거둬들이는 도박 게임의 원리에 말려들 공산도 매우 크다.

어느 대기업의 C회장이 수천억 원의 선물투자 손실로 회사 공금 유용과 관련해 수사기관의 조사를 받고 사법기관의 판단을 받은 바 있다. 본래 석유를 수입하는 그 회사는 고유 업무의 특성상 미래 석유 가격의 불확실성과 환율의 변동성을 회피하기 위해 선물과 옵션거래에 필연적으로 참여했을 것으로 추론된다. 물론 이렇듯 단순한 위험 회피 기능을 실행하기 위해 파생상품 거래를 이루었다면 작금의 문제는 발생하지 않았을 것이다. 이 거래에서 보다 깊숙이 들어가 천문학적인 이익을 탐하다 투기 거래로 빠졌을 확률이 농후하다. 말하자면 투기라는 욕망과 탐욕에 슬그머니 빠져들어버린 결과이다. 결국 투기적 파생상품을 거래하다 엄청난 손실을 입었다는 추론이 설득력을 얻고 있는 것이다.

파생상품 연구(옵션가치, 블랙숄즈모형 개발)로 노벨 경제학상을 수상한 바 있는 마이런 숄즈Myron S. Scholes라는 경제학자가 파생금융상품을 전문으로 하는 사업에 손을 댔다가 두 번씩이나 실패했다는 사실에 우리는 주목할 필요가 있다. 파생상품시장은 그 특성상 가공 상품이 개입되는 탓에 세계적인 경제학 석학이자 권위자마저도 시장에 참여했다가 실패에 실패를 거듭할 수밖에 없는 시장구조를 안고 있는 것이다. 오죽하면 워런 버핏Warren Edward Buffett이 파생금융상품에 대해 "대량 살상무기와 같다"고 말했을까. 까딱 실수하면 개인 시장 참여자들이 도박의 거대 조직인 정글 자본주의에 함몰될 수 있다.

파생상품 거래가 투자자들에게 미래 위험을 회피하게 해주면 얼마나 좋을까. 헤징을 넘어서니 도박은 예쁜 미소를 지으며 우리의 탐심을 여지없이 자극하여 들어온다. 파생상품이 윙크하면 우리 마음은 절로 움찔하게 된다. 이것들은 하나같이 인간성은 내려놓고 돈만 싸들고 오라고 손짓한다. 도박에서 돈은 세상의 주인으로 행세하며 우리의 탐욕을 마음대로 요리해나간다. 끔찍한 상상이 아닌가. 더불어 잔인한 일이 아니랄 수 없다.

돈과 형이상학의
만남

돈을 잘 벌 수 있는 방법은 존재하는가

제논의 역설 속 인간의 욕망

세상을 살아가다 보면 누구나 한두 번쯤 어떻게 하면 돈을 잘 벌 수 있을까, 하는 고민에 빠져보기 마련이다. 거부巨富까지 꿈꾸지는 못할지라도 사람들은 돈 벌 수 있는 기회를 잡기 위해 부단히 애를 쓴다. 그러나 노력만큼 돈은 그리 쉽게 우리에게 다가오지 않는다. 오히려 우리로부터 점점 멀어져가기 일쑤다.

돈을 벌려고 하자면 남들이 미처 고안해내지 못한 생각, 곧 창의적인 아이디어가 필수라는 생각을 안 해본 사람은 없을 것이다. 국가 역시 경제적 부를 늘리자면 창조경제의 밑바탕이 반드시 마련되어야 한다. 그러나 창조적 경제나 창조적 생각을 이끌어내기란 결코 쉬운 일이 아니다. 심지어 모방 단계에서 거금의 돈을 거머쩟 기업, 일명 패스트팔로워$^{\text{fast follower, 새로운 제품이나 기술을 빠르게 쫓아가는 기업}}$ 마저도 창조적 단계로 진입하면 막막하고 어찌할 줄 몰라한다. 창조적 전략 세우기가 매우 생소하고 힘들다. 그 순간 그들은 기업에 위기가 도사리고 있음을 직감한다.

애플의 아이폰을 제치고 휴대폰 시장점유율 세계 1위를 달리고 있는 글로벌 기업 S전자는 최근 심각한 고민에 빠졌다. 24만 명의 회사 조직원은 물론이고 국내에 내로라하는 벤처 외부전문가를 불러놓고 "돈, 시간, 공간, 다 줄 테니 마음대로 하라"며 새 아이디어를 얻고자 부심하고 있다. S전자는 그들의 기업 생명이 창조적 아이디어 고안에 달려 있다는 사실을 잘 알고 있다. 핀란드의 노키아도, 잡스를 잃은 애플도 창조적인 단계에서 혹독한 시련을 겪은 바 있고, S전자 역시 예외가 아니라고 판단하기 때문이다.

돈만큼 인간에게 강력하고 극단적인 감정을 불러일으키는 게 또 어디 있으랴. 우리도 이 계제에 돈 버는 일에 정성을 쏟아보면 어떨까. 돈의 생리를 알아보고 돈의 심리를 파악하는 일은 결코 세속적이라거나 부정한 일이 아니요, 오히려 한 번쯤 심각히 고민해봐야 함이 마땅하지 않은가. 그런데 '돈 벌기 프로젝트'로 들어가기에 앞서 유의해야 할 대목이 하나 있다.

혹 '제논의 역설$^{\text{Zenon's paradox}}$'을 들어본 적 있는가. 트로이 전쟁의 영웅 아킬레우스^{Achilleus}는 용감무쌍하며 발이 가장 빠르기로 우리에게 잘 알려져 있다. 하지만 이런 아킬레우스도 세상에서 느리기로 이름난 거북이와 달리기 시합을 하면 앞서 출발한 거북이를 영원히 따라잡을 수 없다는 것이 그 유명한 제논의 역설이다. 물론 말도 안 되는 거짓 이야기이다. 이 제논의 역설을 믿는 사람은 아무도 없다. 그런데 아킬레우스의 마음에 어느 날 갑자기 거북이를 잡아먹고 싶은 충동이 일게 되면 얘기는 달라진다. 제아무리 지구촌에서 가장 빠른 우사인 볼트나 아킬레우스라고 하더라도 거북이를 욕망의 대상으로 바라보는 순간 거북이를 따라잡는 것은 쉬운 일이 아닌 역설로 변해버린다.

주식투자를 해본 사람은 제논의 역설을 이해할 수 있으리라. 사람들은 대개 주식투자로 돈을 벌거나 잃을 확률을 50%로 어림하곤 한다. 틀린 추측은 아니다. 물론 경기가 호황기로 접어들면 이득을 취할 확률이 더 높아질 것이며 불황기로 기울 땐 손해볼 확률이 더 커지겠지만, 경기가 완만한 상태라면 투자 손익의 가능성은 서로 반반 정도로 추론해도 크게 어긋나지 않는다. 그런데 실제 주식거래를 해보면 이익을 실현(실제 매각한 후 이득을 취함)할 경우가 매우 희박하다는 사실을 깨닫게 되리라. 주식 투자로 돈 벌었다는 사람 손 들어보라고 했을 때 열에 한두 명이나 손을 올리면 많은 것이다.

왜 그럴까?

P라는 주식투자자가 어느 한 주식을 5만 원에 취득했다고 가정해

보자. 운 좋게 주식시세가 많이 올라 주가가 8만 원 전후로 등락한다. 주식투자에 별 관심을 두지 않는 사람은 시세가 오르면 큰 고민 없이 처분하여 시세차익 3만 원을 취할 확률이 많다. 그런데 돈을 욕망하는 사람은 시세가 오르더라도 결코 차익실현(매각)을 하지 못하고 계속 보유한다. 불끈 달아오른 시장 분위기도 그렇고 더 큰 이득이라는 욕망이 그의 건전한 투자 판단을 막아버리기 때문이다. 결국 주식시세가 5만 원 아래로 떨어질 때에야 비로소 손매처리(손해보고 매각하는 것)를 한다. 물론 이 투자자는 주식을 매각한 후 억울해서 잠을 제대로 자지 못하고 궁싯거릴 것이다. 멀쩡한 정신으로 자신의 투자 행위를 복기해보면 한심하고 바보 같다는 생각 때문이다.

A가 사랑했던 B를 사랑이 아니라 욕망의 대상으로 바라보는 순간, B를 향한 A의 행동은 어딘가 모르게 어색해질뿐더러 B는 금방 A의 이상야릇한 심리를 알아차리고 A에게 사랑이라는 마음의 문을 닫아버린다. B는 A가 자신을 사랑하는 게 아니라 오로지 욕망의 대상으로 여긴다고 생각하기 때문이다. 주식투자도 이와 마찬가지다.

여기까지는 P라는 투자자의 투자 경험이 미천해서 그랬다고 치자. 얼마 후 그는 주식투자를 계속했고, 주식시세가 취득 가격을 훌쩍 넘어 또 막대한 이득을 취할 기회가 발생했다. 그러면 과거의 실패를 거울 삼아 P투자자가 주식을 높은 가격에 매도하여 이득을 취할 확률이 과거보다 과연 높아질 것인가? 물론 상식적으론 그래야 맞다. 그러나 실제로는 그렇지 않다. 실제 현실에서 그런 일은 다반사다. 이번에도 투자자는 주식을 팔지 못한다. 이와 달리 모의 투자를 하는 학생이나 게임의 당사자가 아닌 제삼자, 혹은 주식투자의 이득과 손실에 목을 매지 않은 사람은 가볍게 털고 이익을 실현할 확률이 매우 높다. 백번 양보하여 설령 P라는 투자자가 주식을 8만 원에 매각하여 이득 3만 원을 실현했다고 가정하자. 그런 이후 주식 시세가 떨어지면 몰라도 시세가 계속 더 상승하는 날엔 P투자자는 잠을 설칠 것이다. 과거 손절매했을 때 못지않게 그의 마음은 쓰라릴 것이다.

이렇듯 돈 벌 욕심을 앞세워 사업이나 투자에 뛰어들면 백전백패하기 십상이다. 벤처 열풍이 거세게 몰아치던 2000년대 초반 얼마나 많은 사람들이 돈을 싸들고 벤처 사업에 뛰어들었다가 낭패를 보았던가. 또 2000년대 초중반 한반도 지축을 뒤흔들어 놓았던 부동산 열풍에 편승해 무리하게 빚내어 주택을 구입했다가 일명 '하우스 푸어house poor'로 전락해 이자와 원리금 상환에 허덕이는 사람들은 또 얼마나 많은가.

돈을 욕망의 대상에서 제외시켜버리는 방법이 있긴 있는 것일까. 일이나 사업을 즐기면 자연스레 돈의 욕망에서 탈출할 수 있다고 심리학자들은 입을 모은다. 그리하면 사업가(아킬레우스)는 돈(거북이)을 어렵지 않게 따라잡을 수 있을 것이요, 돈 역시 우리

곁에서 멀어지지 않을 것이다.

세상에는 돈에 욕망을 품고, 돈의 노예로 전락할 수 있도록 유혹하는 손짓과 책들이 얼마나 많은가. 이를테면 도박 관련 서적은 물론이고 『재테크 프로젝트』, 『빨리빨리 부자 되는 방법』, 『부자들의 습관 따라하기』, 『부동산으로 부자되기』, 『복리로 떼돈 벌기』, 『1년 만에 부자로 가는 길』, 『파생상품으로 일확천금 버는 방법』 (책 제목은 임의로 작성됨) 등의 책을 가지고 있다면 당장 재활용품 쓰레기통에 갖다버려야 한다. 실현 불가능할뿐더러 말초신경만 자극하는 책들은 돈 버는 데 오히려 독이 되기 때문이다.

고래로 인간들이 줄기차게 추구하는 돈, 권력, 섹스의 공통점은 무엇이던가. 인간의 마음에 달라붙는 힘이 매우 강하다는 점, 그리고 인간이 이것에 함몰되면 빠져나오기도 힘들다는 점이다. 한 번 들어서면 다른 세상살이가 썩 눈에 들어오지 않는다. 말하자면 돈, 섹스, 권력으로의 함몰 에너지는 온 우주를 관통할 정도로 인간의 욕망을 강력하게 빨아들이는 마력을 지니고 있다. 이것에 집착하다 보면 세상을 건강한 눈으로 바라보는 마음을 잃게 된다.

돈의 욕망을 떨치기만 하면 창조적인 아이디어가 저절로 떠오를 수 있을까. 아니다. 아이디어는 고안되고 만들어지는 것이지 결코 저절로 생겨날 수 없다. 그렇다면 창조적인 아이디어는 어떻게 만들어낼 수 있다는 말인가. 이에 대한 단답형이나 서술형의 해답이 존재한다면 얼마나 좋을까. 안타깝게도 그러한 답안은 아직 지구상에 존재하지 않는다. 창조적 아이디어의 고안은 이론으로 설명이 불가능한 까닭이다. 학문적 영역이 결코 아니라는 말이다. 그 방법을 찾는 일은 자명하다. 실제로 창조적인 아이디어를 구현해낸 인물들, 스티브 잡스와 김기덕의 삶을 쫓아 이들이 창조적 아이디어를 어떻게 구현해냈는지 힌트를 찾아보는 것도 하나의 방책이 될 것이다.

형이상학과 과학기술의 교차점에 선 스티브 잡스

스티브 잡스에게는 모험, 실패, 아픔, 성공, 거부, 집념, 거기에 그의 삶에 응축된 토대가 하나 더 있었다. '죽음'이라는 공포와 그것의 수용이었다. 벤처사업가인 그의 심연에는 인문학적 사유의 깊은 호흡이 깔려 있었다. 그런 까닭에 그는 형이상학과 과학기술의 교차점에 설 수 있었다. 그는 철학, 음악, 그림, 영상을 사랑하면서 동시에 디지털 허브인 컴퓨터도 지독히 아꼈다.

잡스는 생후 일주일 만에 '버림받은 삶'이라는 기구한 인생에 부딪혀야 했다. 친부모를 떠나 새 가족의 품으로 입양된 것이다. 가난했던 친부모는 잡스를 양육할 여력이 없었다. 그는 중학교 시절부터 신문 배달을 하고 전자기기 상점원으로 일하며 학업을 병행해야 했다.

잡스는 어린 시절 물건을 조립하고 만드는 일을 즐기며 긴 시간을 보냈다. 그래서 중고등학생 시절에는 오늘날의 컴퓨터와 유사한 블루박스^{blue box}를 만드는 데 몰두할 수 있었다. 요즘 아이팟 ^{iPod}처럼 터치 하나로 프로그램을 작동할 수 있는 전자장치를 그 시기에 어렴풋하게나마 만들어낸다. 그런데 잡스는 이즈음에 비로소 자신이 입양되었다는 사실을 알게 되었다고 한다. 충격은 매우 컸다. 이때 잡스는 미국의 히피문화에 흠뻑 젖어들었고 심지어 마약에도 손을 댄 듯하다. 그렇지 않아도 상처투성이였던 잡스에게 친부모로부터의 배신감이 덧입혀지며 열등감, 패배감, 상실감이 최고조에 달해 있었다. 사정이 그러하다 보니 인생의 목표니, 가치관이니, 열정이니 하는 것들이 잡스에게 남아 있을 리가 만무했다. 세상의 모든 것이 원망스러워 될 대로 되라는 식으로 자신의 인생을 허비해버렸다.

리드 칼리지에 입학하여 한 학기 수업을 수강해본 잡스는 양부모가 힘들게 번 돈으로 수업을 계속 들어야 할 가치가 있는지 고민했다. 결국 대학 수업이 그의 호기심을 채워주지 못한다고 판단해 그는 미련 없이 대학을 그만두기로 하고 자신의 호기심을 자극하는 서체^{書體} 수업을 청강해가며 본격적으로 '서체'의 세계에 빠져들었다. 동시에 잡스는 인간이란 무엇인가, 왜 살아야 하는가 등 형이상학적 회의와 사유의 세계도 갈망했다. 모순덩어리요, 상처투성이인 그로서는 기댈 만한 정신적 기반의 축성이 반드시 필요했다. 당시 그가 선택한 정신적 수양처는 인도였다. 인도의 불교 중에서도 선불교였던 듯하다.

그는 자신이 창업한 애플 컴퓨터 회사에서 해고를 당하는 수

모를 겪고도 재기의 발판을 마련했다. 이때 그가 다시 일어설 수 있었던 정신적 배경은 무엇이었을까. 그는 인생을 포기하고 싶을 정도의 충격을 몇 차례 겪은 바 있었다. 그리고 훌훌 털고 일어선 적도 있었다. 거기에 형이상학적 사유의 세계에 잠시 빠졌던 경험도 잡스에게는 소중한 정신적 자산이 되었으리라. 기술에 인문학을 접목하는 잡스의 혜안이 아이러니하게도 이 대목에서 생겨난다. 그리고 그 효과는 사업에서 곧바로 발휘된다. 그는 '넥스트 NeXT'를 설립하고, '픽사Pixar'를 인수해 애니메이션 〈토이 스토리〉를 개발하는 데 성공한다. 과학기술과 인문학적 감성의 접점이 드디어 꽃을 활짝 피워낸 것이다. 이후 디지털 음악 분야에 발을 내디딜 수 있었던 원동력도 이 접점이었으리라. 아이팟으로 음악을 듣는 사람들조차 아이팟을 음향기기라고 여기지 않고 오로지 잡스가 창조해낸 IT기기라고 인식할 정도로 잡스의 창조적 아이디어는 그 빛을 발하고 있었다.

잡스는 애플을 다시 인수했다. 어린 시절 익힌 '서체'는 컴퓨터 그래픽을 최초로 시연한 매킨토시의 구상에 결정적인 역할을 했고 '픽사'는 세계 최초 3D 애니메이션의 개발에 발판을 마련했다. 드디어 애플의 르네상스는 활짝 열리고 스티브 잡스라는 시대의 아이콘이 빛나기 시작했다.

사업에 성공을 거둘 무렵, 잡스는 췌장암에 걸린 사실을 알게 된다. 그는 어쩔 수 없이 죽음을 대면해야 했고 또 두려움으로 몸을 떨어야 했다. 천국에 가고 싶어하는 사람조차 원치 않는 죽음.

그는 이 죽음을 피할 수도 없고 피해서도 안 된다는 실존적 국물을 꿀꺽 삼켜야 했다. 결국 죽음에 대해 벤처사업가인 그는 이렇게 변증했다.

"죽음은 삶이 만든 최고의 발명품이다. 그래서 죽음은 인생을 변화시키고 새로운 것이 헌 것을 교체하도록 도움을 준다. 자부심과 자만심, 수치스러움과 실패에 대한 두려움은 '죽음'과 직면해서는 모두 떨어져나가고 오직 진실로 중요한 것들만 남는다. 하루하루가 매우 소중하다. 오늘을 꼭 붙잡아라."

창조적 영화 만들기, 김기덕

김기덕. 비언어적 방식의 낯선 실험영화, 저예산 영화, 영화계의 이단아, 충무로의 비주류…… 한국 문화예술의 새로운 아이콘으로 떠올랐던 영화감독 김기덕을 수식하는 단어들이다. 그는 교실과 텍스트 안에서 배우고 익힌 그런 유의 영화인이 아니다. 그의 영화에는 모험, 실패, 아픔, 성공, 집념 그리고 인간의 처절함에 대한 형이상학적 사유가 응축되어 있다. 또한 그것이 그가 영화에서 새롭게 창조한 패러다임의 근원이었음은 새삼 말할 필요가 없겠다.

어린 시절 그 역시 잡스와 마찬가지로 끊임없이 무엇인가를 조립하는 데 흥미를 가졌고, 시간 나는 대로 빈 노트에 그림 그리기를 즐겼다. 권총을 만들어 소지할 정도로 부품 조립에 숙련되어 있었다. 초등학교 졸업 후 곧바로 공구 공장의 노동현장에 뛰어든 김기덕은 공장장에 이른다. 군 제대 후 시각장애인 교회에서 봉사

활동을 하고는 파리로 훌쩍 떠나 거리의 화가로 3년을 보냈다. 그가 한때 신학에 몰두했던 일은 그의 마음을 새롭게 변화시켰고 인생 내내 정신적 자양분 역할을 톡톡히 하게 된다.

파리에서 보고 느끼고 체험한 이방인 생활 역시 정신적 기반을 닦는 데 중요한 계기로 작용한다. 본인 스스로도 이렇게 고백했다. "나는 밤새 파리 시내를 헤매며 피가 뚝뚝 떨어지는 생닭을 사서 허기를 채웠다. 그리고 어스름한 아침, 흑인 청소부들이 거리를 청소하는 것을 보았다. 아직까지 잊을 수 없는 파리를 청소하는 흑인 청소부들은 그 후 내가 파리에서 그림을 그리는 데 중요한 모티프가 되었고 모델이 되었다. 어쩌면 그들의 처절한 삶에서 나의 모습을 거울처럼 발견했기에 어떤 연대감이 느껴진 것 같다. 나에게 그림을 그리는 시간들과 그림을 통해 사색하는 시간이 없었다면 결코 영화감독이 될 수 없었을 것이다. 그러므로 내 영화의 시작은 그림이다." 영화 〈피에타〉에서 가난한 자의 절박한 삶, 열악한 환경에서 노동하는 사회적 약자의 삶을 여과 없이 투시하고 이에 천착한 그를 이해할 수 있는 고백이 아닐 수 없다.

그러나 영화계에서 그의 길은 결코 순탄치 않았다. 대중성과 상업성을 고려하지 않는 그의 무모함에 영화 평단조차 차가웠던 시절, 그를 가까이한 몇몇 인사들은 "남들이 다 여기까지가 한계라고 생각하는 지점에서 김기덕 감독은 돌파해낸다"라는 발언으로 그의 숨겨진 진면목을 드러냈다.

그러함에도 김기덕은 자신의 개성을 고집하고 오히려 더 끈질

기게 자신의 작가 세계를 추구했다. 작품의 서사 전개는 참 독특한 면이 수두룩하다. 이야기 속에 담긴 어떤 이야기가 아직 이야기되지 않은 어떤 이야기를 말하다 이야기할 수 없는 어떤 이야기로 문득 넘어가버린다. 말하자면 그의 영화를 보면 일단 낯설고 헛갈리고 비위가 상할 정도로 속이 불편하다. 혼란스럽다. 마치 화려한 아름다움을 상징하는 어여쁜 색상의 장미를 보여주다 갑자기 시뻘겋게 피를 흘린 채 죽어 있는 시체를 보여주는 식이다. 이렇듯 그의 작품은 인간의 본연 속에 있는 한쪽 극과 다른 한쪽 극을 모두 껴안으려는 방식이다. 이렇듯 김기덕의 서사 전개 방식이나 수법은 기존 방식과 확연히 다르다. 파격적인 일상으로부터의 일탈, 낯선 시공간, 서사 전개의 비연속성, 과도한 비약 등으로 관객을 당황하게 만들기도 한다. 물론 여기에는 저예산 영화인 이유도 한몫한다. 그러나 마지막 무렵에서는 잊지 않고 인간의 본성을 깨우치는 단계에 반드시 진입한다.

그렇다면 창조적 영화 만들기를 이끌어가고 있는 김기덕의 실험영화는 구체적으로 어떤 것인가. 영화 〈사마리아〉를 보면 원조교제를 하는 딸과 그것을 방기하는 아버지의 모습에서 우리는 문화적 당혹감과 거부감을 느끼게 된다. 〈나쁜 남자〉에서 창녀촌의 여대생과 그녀를 창녀촌으로 끌어들인 포주라는 양 극점, 〈파란 대문〉에서 창녀를 경멸했던 처녀가 창녀로 변신해가는 장면, 〈악어〉에서 자살을 시도한 여자와 시신으로 돈을 버는 남자 사이에 놓인 간극, 〈피에타〉에서 잔혹한 살인이나 폭력을 여과 없이 드러내어 관객의 비위를 뒤집어놓다가 가해자에 대해 연민의 정과 복수를 혼재시키는 등, 극중 인물들이 대립과 화해 그리고 돌변이라는 극한적 간극으로 낯설음을 극대화시키고 있다. 이 혼란은 기존의 문화적 방식으로는 도저히 받아들이기 힘들다. 이 새롭게 구상된 파격과 대립 불가능성을 김기덕은 언어로 표현할 수 없음을 어림한다. 이러한 불가피성으로 말미암아 김기덕은 비언어적 수단, 일테면 성(性)이나 잔인한 폭력, 침묵, 다양한 몸짓, 자연의 변화, 시간의 역류 등을 사용하여 불가능성을 가능성으로 옮긴 후 관중들로 하여금 이 모두를 껴안으라고 재촉한다. 그래야만 그가 담아내는 형이상학적 서사의 의미를 깨닫게 되고 이야기의 전개가 비로소 이해되어 들어오기 때문이다.

일찍이 인간의 본성을 생생히 그려놓은 영화 〈봄 여름 가을 겨울 그리고 봄〉으로 그는 자신의 저돌성을 국내 영화계와 관객을 향해 폭발시킨 적이 있다. 말하자면 비언어적 수단을 사용한 리얼리즘의 극대화였다. 영화감독 강성률의 말을 빌려 이 영화를 평해보자면, 이 영화는 하층민의 야생적 삶이 생생한 날것의 이미지로 녹아 있는 시기의 영화와 이미지, 상징을 통해 철학적이고 종교적으로 변해간 이후의 영화 사이에 놓여 있는 작품이다. 그만큼 이 영화는 영화인 김기덕에게 분수령이 된 작품으로 꼽아도 손색이 없다. 물론 이 영화는 한국 문단에서 활동하는 시인, 소설가 등 문인들의 마음까지 서슬차게 만든 작품으로도 잘 알려져 있다.

창조적 아이디어의 실마리

이렇게 스티브 잡스와 김기덕은 나란히 거니는 듯 성장 과정, 성격, 집중력 등에서 우연치곤 겹치는 부분이 상당하다. 김기덕이 한때 신학에 관심을 두고 직관적 통찰을 가진 것이나 잡스가 선불교에 심취해 직관적 이해와 자각을 깨달은 일 등을 볼 때 종교가 그들에게 형이상학적 힘과 사유의 깊이를 제공했던 것으로 보인다. 불우했던 어린 시절이며 거듭된 실패에 좌절하지 않고 자신의 길을 우직하게 나가는 성격, 자신의 관심 분야라면 온 열정을 쏟아부을 수 있는 폭발적인 집중력도 아주 비슷하다. 두 사람은 상상력과 호기심이 무한했고 좋아하는 일을 즐겼다. 그리고 광적으로 매달렸다.

학력을 위시해 세상 사람들이 추구하는 스펙 또한 그들에겐 관심의 대상이 되지 못했다. 세상을 바라보는 눈에서도 둘은 매우 흡사했다. 그들은 세상의 고정관념이나 기존의 틀에 얽매이지 않았다. 거부했다. 그래서 그들의 생각과 행동이 곧 새 틀이 되었고 전인미답의 창조물을 탄생시켰다. 창조의 뿌리에 수많은 실패와 고난이 있다는 점도 두 사람에게서 추출될 수 있는 소중한 힌트가 아닌가 생각된다.

사실 실패로 인해 무수히 맛본 좌절감, 상실감이 그들의 마음을 얼마나 옭아맸을 것인가. 범상한 우리들이 흔히 겪듯 말이다. 그런데 여기서 그치지 않는다는 점에서 그들은 범인凡人들과 달랐다. 비록 패배감이 그들의 마음을 타격했을망정 집념까지 꺾지는 못했다. 무지무지하게 시도하고 무수한 노력으로 난관을 헤쳐나간 까닭이다.

여기서 나는 궁금했다. 그 열정을 뿜어내는 에너지의 원천은 무엇이었을까. 혹 돈에 대한 욕망과 집착은 아니었을까. 성공으로 인생의 안락함을 기대하진 않았을까. 그들의 진짜 속내는 모를 일이다. 다만 유추할 수 있는 대목이 있다. 그들은 자신의 일을 즐길 줄 알았고 그들이 갖춘 추진동력의 기저엔 인간에 대한 깊은 형이상학적 사유가 질펀히 고여 있다는 것. 우리가 먹고 싸는 짓을 반복하다 결국 한 줌의 흙으로 돌아갈 수밖에 없는 존재라는 사실을 그들은 손수 체험했고 온전히 수용했다. 그러한 까닭에 그들은 돈을 욕망의 대상으로 두지 않을 수 있었다. 내가 결코 간과해서도 놓쳐서도 안 될 부분이 아닌가 싶었다. 이 대목에서 내가 창조경제와 창조경영의 실마리 찾기에 빠져들었던 것은 당연한 일이었다.

4

풍경 넷.

나는 지금 어디에 서 있는가

들녘
개미들의 축제

애덤 스미스와 마르크스의 유령들

봄철 산골은 곤충들에게는 살맛나는 낙원이다. 번데기로, 유충으로 겨울을 났던 녀석들은 봄꽃 향내를 맡으며 변신을 향해 몸부림친다. 번데기에서 날개돋이를 끝낸 나비가 봄꽃에서 여장을 푼다. 하얀 나비, 흰 바탕에 검은 줄무늬를 지닌 큰줄흰나비, 그리고 진한 밤색의 범 무늬를 띤 애호랑나비가 봄꽃을 찾아 떼로 너울너울 물결을 지으며 장관을 이룬다.

땅에는 겨울잠에서 깨어난 개미들이 무리를 지어 먹이를 찾아 바삐 돌아다닌다. 사슬처럼 길게 늘어선 일개미들은 더듬이를 곧추세우며 먹잇감을 찾는다. 제 몸통보다 큰 물체를 발견한 놈이 꽁무니에서 개미산을 발산하고 배끝으로 땅바닥을 두드리며 동료에게 신호를 보내 도움을 요청한다. 물체 주위로 삽시간에 달라붙은 개미떼가 물체를 물어뜯는다. 물체가 몸을 움직이며 탈출을 시도하는 순간 위턱을 세운 개미떼들이 물체의 위아래로 물밀 듯이 새까맣게 에워싼다. 아마 병정개미인 듯싶다. 개미 턱조각에 수없이 할퀸 물체는 이내 움직임을 멈추고 개미들의 큰 턱에 들려 끌려간다. 개미들이 한바탕 훑고 지나간 거리는 잘게 쪼개진 흙으로 포장되어 그들만의 신작로를 이룬다.

사회성을 띤 개미는 벌과 함께 사회적 동물인 우리 인간과 자주 비교되곤 한다. 무리가 먹이를 발견하면 협동하여 먹이를 나르고 사이좋게 영양 교환을 이룬다. 어느 개체도 혼자 더 먹거나 독차지하려는 모습을 보여주지 않는다. 기초적인 식욕에 대한 이기심을 찾기 힘들다. 개미는 끊임없이 몸을 움직이며 노동을 즐긴다. 개미는 사회적인 조직과 더불어 서식지를 개발해 변화시키며 개체끼리 분업을 통해 작업의 효율성을 도모할 뿐만 아니라 복잡한 문제를 해결할 줄 안다.

개미들이 미래를 대비해 재물 축적을 시도한 것도 인간의 지능과 무척 닮아 있다. 사회적 곤충인 개미의 사회는 협동과 분업을 중심으로 한 메커니즘이 작동하는 틀 안에서 소득 증대와 분배를 이루고 있다. 말하자면 사회성과 경제성 면에서 인간과 개미 사이에는 상당한 유사성이 발견된다.

벚나무 몸뚱어리에도 개미들의 행진이 한창이다. 나무 속에 쪼그리고 앉아 겨울을 난 개미들과 땅속에 머문 개미들이 서로 만나며 정신없이 오가고 있다. 날이 포근한 이른 봄날, 땅에서 올라온 병정개미들이 딱새 둥지까지 몰려가 끝없이 벽을 뚫고 새끼들을 에워싼다. 몸에서 페로몬을 분출한 병정개미들이 이내 새끼들의 살점을 떼어내며 몸을 떤다. 어린 새끼의 부등깃은 어지럽게 여기저기 널려 있다. 어미가 병정개미들 속에 부리를 깊이 파고들며 새끼를 구하려 들지만 억부족이다. 이미 늦었다. 어미가 날개를 저으며 뒷걸음친다. 자칫 거대한 몸을 지닌 어미도 흥분한 병정개미떼에게 당하기 십상이다. 아주 씨를 말릴 태세다. 끔찍한 녀석들이다.

찰스 다윈의 『종의 기원』은 개미들에게서 볼 수 있는 종種 단위의 공격성과 무리 단위의 이기적 성향에 대하여 생물학적 근거를 제공해준 바 있다. 그런데 과연 무리가 아닌 일개미 개체에게도 인간처럼 자아를 의식한 이기심은 없는 것일까. 리처드 도킨스의 『이기적 유전자』에 따르면 일개미 역시 개별적으로도 매우 이기적 존재라고 단언한다. 지금까지 일개미는 알을 낳아 자신의 유전자를 남기려는 이기적인 행동을 보이지 않고 여왕개미를 지키기 위해 필사적으로 자신의 희생을 치르는, 말하자면 매우 이타적인 곤충으로 알려져 있었다. 리처드 도킨스는 이러한 개미의 이타적 행동을 이기적 행동에서 나타난 전략의 일환이라고 몰아세운다.

개미의 출현은 중생대 백악기 중, 후기로 알려져 있으며 이 기나긴 세월 동안 개미를 지탱해준 사회적 틀은 '협업 원리'였다. 유구한 세월을 유지해온 이 개미의 사회성은 리처드 도킨스의 주장대로 태생적으로 타고난 개별 개미의 '이기적 유전자'라는 날실에 학습으로 익힌 '협업 원리'라는 씨실로 견고히 엮여 있다. 이기적 유전자와 협업 원리의 적절한 조합으로 말미암아 개체 간 적자생존의 경쟁도 피할 수 있던 까닭에 1억여 년 동안 생존할 수 있었다.

우리 인간의 경제제도는 어떠한가. 개미와 달리 '이기적 유전자'라는 날실에 '자기이익의 추구'라는 씨실로 엮인 사회로 발전을 거듭해왔다. 그런 까닭에 인간 사회는 탐욕과 경쟁의 생존 원리로 인해 그늘진 점이 무수히 발생했다. 날실(욕망)과 씨실(자기이익)의 색깔이 겹친 까닭에 그늘진 부분을 자연정화할 수 있는 기회마저 상실했다. 그리하여 상대적 빈곤, 경쟁으로 인한 스트레스, 소외감, 상실감 등 인간을 괴롭혀온 현대병이 도처에서 양산되기에 이르렀다.

인간이 출현한 이후 몇백만 년 동안 인간 사회를 유지해준 틀 역시 개미와 마찬가지로 '협업 원리'였다. 물론 이 원리는 중세와 근대까지 노예와 사회적 약자들에 대한 노동 착취에 기반을 두고 있다. 그런데 르네상스 이후 사람들은 신분에 따른 차별적 노동과 부의 분배가 모순이자 봉건적 소산이라고 자각하기에 이른다. 그런 까닭에 귀족이 소유한 부와 우월적 권한을 제거하고 만인에게 공정한 룰을 적용할 필요성이 제기되었다. 부의 생산과 분배를 신분이나 인간이 아닌 상품과 용역의 흐름에 방점을 두어 인간 경제생활의 궁극적 목표와 목적을 이루어내려는 시도가 그것이었다. 『국부론』의 저자 애덤 스미스Adam Smith가 생각했던 이 구상은 매우 파격적이었고 과학적이었다.

그러나 애덤 스미스가 미처 보지 못한 점에 대해 아쉬움도 많이 남는다. 그가 정치적, 사회적, 문화적 격변기에 활동을 했다지만 그 시기는 산업혁명으로 인한 대변혁이 완성되기 이전이었다. 독점 자본주의의 폐해, 거대 기업의 시장경제 체제 위협, 산업의 대단위 공업화 현상, 소득 양극화의 심화와 대량 실업으로 인한 사회적 갈등 유발, 탐욕적인 파생금융상품의 폐해로 인한 두 차례의 미국발 글로벌 금융위기 발발, 부동산 투기 열풍이 낳은 유럽 경제위기, 오늘날 산업국가에서 발견되는 경기순환이라는 뚜렷한 현상, 경쟁사회에서 나타난 고질적인 현대병도 그는 경험하지 못했다.

이러한 시장 경쟁사회의 어두운 면을 경험하지 못한 그는 『도덕감정론』을 바탕으로 인간에게 이기적 동기가 상호작용하면 초과이익은 얼마 안 가 사라지고 정상이윤만 취하는 이상적인 사회적 조화가 달성될 것이라고 생각했다. '자기이익의 추구'를 인간 경제에 도입하면 복잡하고 비합리적인 세계는 인간이 손해라는 극을 떠나서 각자 이익의 극을 향하도록 하는 일종의 합리적 기구로 전환된다고 그는 어림했다. 거대한 체제가 작동하는 것은 인간이 그것을 통제하기 때문이 아니라 자기이익과 경쟁이 대열을 적절하게 정렬하기 때문이라고 애덤 스미스는 내다봤다. 결과적으로 애덤 스미스는 이기적 유전자를 가진 인간에게 자기이익 추구라는 유사한 컬러의 옷을 입혀 인간의 욕망을 증폭시킨 것이다. 낮술을 걸치고 춤추는 술의 신 디오니소스에게 주색잡기에 능한 사티로스Satyros가 다가가 폭탄주를 먹인 꼴이었다. 이성의 신 아폴론Apollon이 대낮부터 흥분해 있는 디오니소스의 마음을 가라앉혀도 시원찮을 판인데 말이다. 자유주의 신봉가였던 에드워드 버크마저도 디오니소스의 농간으로 인한 인간의 지나친 이기심과 탐욕이 자칫 자본주의를 붕괴시킬 수 있음을 걱정하며 무한정한 자기이익 추구를 경계한 바 있다.

"인간의 탐욕은 끝이 없기 때문에 그 탐욕에 제재를 가하지 않으면 다른 사람의 자유를 침해하게 된다……"

애덤 스미스의 이 골격은 지금까지도 현대경제학에서 이론 무기의 큰 바로미터 구실을 하고 있다. 그럼에도 불구하고 애덤 스미스의 경제학적인 감각과 연구 성취는 그 누구도 부인하지 못할 만큼 탁월했다. 예로부터 정치학, 윤리학, 미학에 대한 탐구는 많은 지성인들의 관심거리였으나, 돈과 인간의 상호 문제나 돈에 대한 인간의 욕망과 탐욕에 대한 체계적 연구는 인간의 본성을 탐구해온 철학자들의 사유 영역에서도 늘 제외되거나 무시되어왔다. 빈곤과 생존 문제에 관해서도 그들은 정치적인 문제로 치부했을 뿐 이를 경제적인 토론의 장으로 끌어오지 않았고, 철학적 사유로 끌어내어 구체적이고 과학적인 해법을 찾으려 들지 않았다. 애덤 스미스에 이르러 비로소 인간의 이기심과 사회적 부와 분배 문제를 사유의 담론으로 끌어와 체계적이고 과학적으로 연구하기 시작한 것이다.

1990년대 사회주의의 맹주였던 소비에트 연방이 붕괴된 이후 '협업'을 강조한 마르크스 경제학은 이미 종말을 고했다. 하여 근 100여 년간 자본주의와 사회주의의 치열한 싸움은 마침내 시장경제 시스템의 완전한 승리로 귀결되는 듯 보였다. 그런데 어찌 된 영문인지 시장경제와 자본주의가 성숙됐다고 평가되는 국가들, 미국이나 EU 경제 선진국가들, 그리고 일본의 경제를 들여다보면 사회주의 몰락 이후 고공행진을 이어가야 마땅하나, 오히려 경제가 정체되거나 1929년의 세계대공황에 버금가는 경제위기를 겪고 있는 실정이다. 게다가 자크 데리다의 『마르크스의 유령들』이라는 책에서처럼 마르크스 경제는 유령이 되어 이 세상에 다시 귀환하고 있다.

이건 무엇을 의미하는 것일까. 이른바 컨버전스convergence의 원리, 말하자면 인간을 행복하게 할 수 있는 복잡한 현대 경제 시스템을 '경쟁 원리'니 '협업 원리' 하는 이분법적인 사고의 틀로는 제대로 작동시킬 수 없다는 사실의 방증이 아닐까 생각된다. 한 국가의 경제 시스템에서 '경쟁'이라는 메커니즘을 가동해야 하는 분야와 '협업'의 원리를 적용해야 하는 분야를 적절히 고려하되, 판단 기준은 인간의 행복지수를 끌어올릴 수 있는 방안으로 귀착

되어야 한다는 것이다. 이유는 요컨대 무척 간단하다. 우리의 더 좋은 삶과 미래를 가꾸기 위해서.

마침 찰스 다윈이나 리처드 도킨스의 주장과 달리 이기적이고 비열한 행동이 진화론적으로 보더라도 불이익을 초래한다는 과학적인 실험이 최근 학계에서 속속 발표되고 있다. 미국 미시간 스테이트 대학MSU 과학자들은 〈네이처 커뮤니케이션스〉 저널에 발표한 연구 보고서에서 "단적으로 혹은 특정 경쟁 상대와 겨룰 때는 일부 이기적인 개체들이 우위를 차지하기도 하지만 이기적 행동은 진화론적으로 지속 불가능하다"고 발표했다. 기존의 제로결정요인zero-determinant, ZD 가설, 즉 이기적인 개체들이 상호 협력하는 개체들보다 진화에서 반드시 우위를 차지한다는 가설을 정면으로 뒤집는 연구 결과이다. 뿐만 아니다. 미 하버드대 로스쿨 버크만 센터의 요차이 벤클러 교수의 '협력은 어떻게 이기심을 이기는가'에 따르면, 인간은 인간의 본능인 상호성reciprocity과 공평성fairness에 대한 욕구가 매우 강해 단순히 경쟁을 위한 보상과 인센티브를 제공하는 것만으로 충분치 않다고 한다. 그는 시장주의를 넘어선 협력의 시스템만이 미래의 유일한 생존 전략이라는 점을 예견했다(요차이 벤클러의 『펭귄과 리바이어던』에서 발췌).

개미떼가 개망초의 줄기를 타고 하얀 잎자루까지 올라와 먹이를 뒤지고 있다. 더듬이를 곤추세워 잎사귀 위를 기어가는 개미,

잎을 자르는 개미, 턱으로 잎을 물어뜯는 개미, 큰 턱으로 잎을 물고 집을 향해 기어가는 개미들이 부산히 움직이고 있다. 산들바람에 개망초의 잎자루가 살랑살랑 나부낀다. 이른 여름이 성큼 다가선 이곳 들녘의 풍경이다.

사람들의
거미줄 놀이

돈의 시간성과 이자 놀이

　풀벌레와 곤충들의 세상이다. 겨울을 나고 봄 햇살을 받으며 한차례 생명을 발돋움했던 생물들은 온 산과 대지를 파랗게 물들이며 재잘대기에 여념이 없다. 땅에선 장수풍뎅이 애벌레, 풀무치, 등줄메뚜기, 톱사슴벌레, 푸른부전나비가 잎새를 토닥거리며 벗들을 부르고, 냇가에선 장구애비, 물장군, 물방개가 친구들과 물장구를 치며 풀잎으로 뛰어든다.

　그런데 이 봄철 산야에 입을 삐쭉거리며 소리 소문 없이 이들에게 다가가 옴짝달싹 못하게 하는 녀석이 있다. 축제의 훼방꾼은 다름 아닌 거미다. 이 녀석은 끈끈한 점액을 짜내 질긴 실랑이로 단단히 엮어 촘촘히 제 집을 엮는다. 스멀스멀 기어가며 끊어진 실랑이가 있나 없나 세심히 바라보는 눈길이 예사롭지 않다. 게다가 녀석은 입에 독을 품고 있어 풀벌레와 곤충들 사이에선 이놈이 저승사자로 불린다.

거미는 알에서부터 림프, 애거미, 유체, 아성체, 준성체라는 단계를 거쳐 성체라는 생식기가 완성된 어른으로 성장한다. 알에서 깨어난 새끼 거미는 림프 단계에서 마디가 연한 다리를 생성하기 시작한다. 림프가 애거미로 성장하면 다리와 몸 전체가 완전히 착색되지는 않지만, 비로소 거미줄도 만들고 먹이 활동도 가능해진다.

돈은 거미와 유사한 측면이 많다. 거미가 보유하고 있는 창조 능력, 말하자면 자신의 몸에서 실을 자아내는 능력이 돈의 그것과 매우 유사하기 때문이다. 돈 역시 이자율을 매개로 자신의 몸에서 실을 슬슬 자아낸다.

자연적 물물교환 경제 형태에서 돈에는 거미줄이 존재하지 않았다. 거미가 림프 단계에서 실을 뽑아내지 못한 단계와 흡사하다. 이 시기의 화폐는 실물 상품의 교환 매개 기능에 초점을 둔 상태로 말하자면 화폐의 무無시간성이 이 기능 속에 숨어 있었다. 아리스토텔레스가 염두에 둔 경제가 바로 이러한 자연경제 개념이었다. 화폐가 상품의 교환 기능을 넘어 가치 자체를 목적으로 삼아 길미(이자)를 발생시키는 행위는 윤리적 당위성에 어긋난다고 하여 아리스토텔레스는 이를 매우 부도덕하게 여겼다.

그런데 화폐를 실물 상품처럼 거래 가능한 상품으로 바라보면 얘기는 달라진다. 자연경제 상태에선 찾아볼 수 없던 화폐의 시간성이라는 개념이 새롭게 부각된다. 신용이라는 경제행위가 출현하며 시간의 경과에 따라 화폐는 이자율을 매개로 거미줄을 치기 시작한다. 마치 거미가 거미줄을 자아내는 상황과 엇비슷하다.

그런데 거미줄을 치는 방식에는 거미와 인간이 서로 현저히 다른 행태를 택하고 있다. 거미가 짠 거미줄과 인간이 만든 경제 거미줄은 방식에서 많은 차이를 보인다. 몸체 큰 곤충을 낚기 위해서 거미는 튼실한 실을 자아내 다시 빽빽이 말아 거미집을 일군다. 힘이 센 곤충들이 빠져나가기 힘들도록 가능한 한 빈 공간을 없앤다. 풀벌레처럼 힘이 약한 작은 곤충들은 헐겁게 짠 거미줄로도 충분한 까닭에 거미는 거미줄망을 느슨하게 뜬다.

하지만 인간은 다르다. 경제적 능력이 센 사람에게 적용되는 인간들의 경제적 거미줄망은 의외로 매우 느슨하게 설계되어 있다. 이들이 부담하는 이자율은 매우 낮다. 이와 거꾸로 빈곤의 경계에 서 있는, 경제적 능력이 허약한 사람들의 경제 거미줄은 숨 막힐 정도로 촘촘한 이자율로 형성되어 있다. 사회적 소외계층은 원천적으로 은행의 헐거운 거미줄이자 혜택의 기회를 완전히 박탈당하고 있는 형편이다. 그러한 까닭에 사회적 약자들은 제도권 금융기관에서 밀려나 사금융이 조밀히 엮어놓은 거미줄망 근처에서 서성거리고 있다. 더욱이 고리사채라는 살인적 복리이자율 덫에는 어김없이 제도권 금융 소외계층들이 걸려들고 있다.

어느 날 꿈퍼나눔마을에 찾아온 가여운 한 청년의 꿈과 희망을 무참히 빼앗아간 빌미도 고 이자율의 덫이었다. 꿈퍼마을에 도움을 청하는 이들 대부분은 주로 초등학생과 중고생 등 청소년들이지만 대학생들이 간혹 문을 두드리는 경우가 있다. 그러나 그들 청년 대부분은 우리 마을의 금전적 조력을 받아봐야 그들이 만족할 만큼 큰 도움이 되지 않는다. 보탬이 돼봐야 겨우 일주일 알바비 정도 될까 말까 하는 정도이다. 그런 사정을 알리면 대부분 청년들이 수긍하며 돌아가는 경우가 태반이다.

그럼에도 불구하고 도움을 끈질기게 요청하던 한 청년이 있었다. 한 시간가량 시간을 내어 J라는 그 대학생에게 사정 얘기를 들어봤다. 그는 나와 이야기를 나누는 순간에도 빚 독촉에 시달리는 전화와 문자를 받고 있었다. 그가 부담해야 할 채무는 이미 감당할 수 있는 수준을 넘어서 있었다. 고배당 유혹에 넘어가 아르바이트로 다단계 판매망에 걸려든 게 화근이었다. 불법 다단계 사기단에 제대로 말려든 것이다. 물품 구입 대금은 모두 고리의 사금융으로 충당했다. 물론 사금융도 다단계 업체에서 소개했다. 사금융의 길미는 가히 살인적이었다. 길미를 포함하여 J청년이 사채 대부업자에게 갚아야 할 금액이 무려 당초 빌려 쓴 원금의 다섯 배에 달해 있었다. 신문 기사에서나 봄 직한 폐해의 피해자였다. 그런데 이 청년이 딱한 건 빚도 빚이거니와 그보다 이 채무가 한 청년의 소중한 것들을 모조리 빼앗아간다는 데 있었다. 대학 생활을 통한 미래에 대한 설계도, 청년 시절에 느껴볼 아름다운 사랑도, 벗들과 취미를 같이할 시간도, 부조리한 세상에 대해 고민할 여력도 모두 상실해 있었다. 말하자면 살인적인 빚이 한 청년의 미래를 무참히 짓밟고 있었다. J가 자리에서 일어나 나지막하게 한마디 내뱉으며 문을 열고 나섰다. 그 소리에 나는 J의 양팔을 끌어당기며 자리에 다시 앉혀야만 했다.

"죽고 싶습니다! 아니 죽어버리겠습니다! 사실 저는 시설(사회복지시설, 고아원) 출신입니다."

마을 정자 처마에 거미가 거미줄을 뿜어내며 공사를 벌이고 있다. 거미줄을 치기 전 거미는 먼저 건축할 공간을 획정하고 공사할 목표물을 정한다고 한다. 다소 먼 거리는 바람을 적절히 이용한다.

녀석이 거미줄을 뿜어내 바람에 날리더니 거미줄이 처마 기둥 모서리에 닿는다. 거미줄 고정점이 건너편에 안착하자 지지실을 당겨 곧게 뽑는다. 여러 번 왕복하여 나선실과 방사실을 튼튼하게 꼰다. 그리고 이내 줄을 위아래로 오르락내리락하면서 기초공사를 다져나간다. 집 형태가 어느 정도 어림잡혀간다. 바퀴통에서 나온 녀석이 처마 추녀에 올라가 줄 끝을 사래(처마 끝 부분)에 고정하고 아래로 타고 내려간 후 시계추처럼 몸을 흔들기도 하고 바람에 줄을 날려 거미집을 촘촘하게 다져나가곤 한다.

연두색 송화가루가 날리고 아카시아 향내가 코끝을 스치고 지나간다. 해는 서산 턱에 걸린 채 정자에 햇발을 뿌리고 있다. 거미집의 그림자는 길게 늘어져 마을 너머 산골 언덕까지 길게 다다라 있다.

물길 위에서 생겨난 괴물

환율에 따라 울고 웃는 사람들

물은 모든 생명체에게 있어 어머니의 품이다. 더욱이 인간에게 물은 생태적인 시원始原이요, 더 나아가 문화의 싹을 틔운 요람이다. 물줄기를 따라 인간의 삶이 형성되고 역사가 유유히 이어져왔다.

이곳 안성천은 인간과 문화와 물자를 부단히 실어날랐던 길이요 사람들의 쉼터요, 바깥세상과 소통할 수 있는 공간이었다. 이곳 사람들에게 안성천은 삶과 인정과 소식을 운반해준 휴먼로드human road였다.

안성 시내에서 남쪽으로 10여 분간 쉬엄쉬엄 걸어 내려가다 보면 안성의 젖줄인 안성천의 물줄기가 보인다. 동쪽에는 거대한 수량水量을 저수하고 있는 금광호수가 큰 물줄기를 틀어막고 있고, 멀리 서쪽으로는 아산 방조제가 서해에서 안성천으로 통하는 물길을 막아버려, 지금 안성천의 수심과 흐르는 수량은 아주 미미

한 편이다. 이제 이 물은 천 바닥에 엎드려 겨우겨우 서해를 향해 흘러가고 있다. 그러나 불과 100여 년 전만 하더라도 안성천은 꽤나 큰 가람이어서 배가 서해에서 상류까지 드나들며 화물을 실어나르던 통로였고, 심지어 멀리 중국 상인들이 배를 타고 서해를 건너 안성천으로 들어와 안성장에서 교역을 하고 돌아가던 길이었다. 천변 아롱개 마을(현 아양동)의 유래를 보면 안성천이 커다란 가람이었다는 사실을 만나게 된다. 서해의 바닷물이 안성천을 통해 이 마을까지 들어와 이곳의 차가운 민물과 어우러져 안개를 형성하는 바람에 이 마을은 안개에 휩싸이는 날이 다반사였다고 한다. 그래서 늘 아물아물하게 보여 이 고을 사람들은 '아롱개 미을'이라 부르게 되었다고 한다.

조선 영조 30년[1754년], 국가에서 청나라와의 책문후시柵門後市를 공인한 뒤로부터 청나라 상인은 암암리에 안성천까지 들어와 교역을 활발하게 할 수 있었다. 그들이 조선에 들어와 내놓는 물건은 중국 서책, 비단, 당목, 약재 등이었으며, 산삼, 인삼, 지지, 모피, 금 등의 우리 제품을 싣고 본국으로 돌아갔다. 이때 이들 교역의 매개체는 오늘날과 같은 화폐가 개입되지 않고 순수한 물물교환 형태를 띠고 있었다. 그런 까닭에 오늘날처럼 대외무역에 통화로 인한 환율 문제가 발생하지 않았다.

오늘날은 사정이 달라졌다. 과거 물길이 인간을 위한 휴먼로드였다면 이제 해상 물길은 국가 간 총성 없는 돈(무역)의 전쟁터로 불릴 만큼 변했다. 환율이라는 괴물이 물길 위 무역 전쟁에서 새롭게 탄생했다.

환율은 무역 당사자에게 무역 대금을 결제할 금액을 확정해준다. 환율이 변동되면 수수할 돈의 양이 달라져버린다. 그러한 까닭에 무역 상인들은 국가의 환율 정책에 매우 민감할 수밖에 없다. 본래 환율은 물가처럼 저평가되어 내려가 있으면 보이지 않는 손(시장)에 의해 차츰 고평가로 진입하여 원래의 자리로 되돌아가는 경향을 보인다. 환율이 높게 평가되어 있다면 그 반대 현상이 발생하여 환율은 제자리로 회귀하려는 경향을 발휘한다. 그러나 각 나라의 실제 외환시장은 그렇게 경제이론가들이 꿈꾸는 대로 작동되지 않는다. 어떠한 방식으로든 국가가 개입하여 환율을 각 정부가 원하는 수준으로 유지하려고 애쓰기 때문이다. 미국과 일본이 자국의 화폐를 마구 찍어내는 정책(양적 완화 정책)은 그나마 다른 나라의 눈치를 슬슬 보아가며 외환 정책을 펴는 상황이다. 얼핏 통화 정책 같지만 자국의 화폐 가치를 떨어뜨리려는 술책이기 때문이다. 문제는 일본처럼 대놓고 엔화 저환율 정책을 쓸 경우 자칫 국가 간 치열한 경쟁과 불신이 조장되어 살벌한 경제 전쟁으로 돌입할 수 있는 위험이 항상 존재하게 된다.

안성 산업단지 내에서 12년째 의료기기를 제조 납품하는 Y씨는 IMF 시절, 다니던 무역회사에서 구조조정을 하는 바람에 그만두고 고향인 안성으로 내려왔다. 건설현장에 날품도 팔고 식당 일도 다니며 모은 돈으로 작은 무역 오퍼상을 차렸다. 그러다 부도난 의료기기 제조회사를 은행 융자를 끼어 값싸게 인수했다. 공장 건물은 임대했고 공장 직원 10여 명에 은행에서 대출을 받아 기계를 사들여 유럽에서 수입한 원자재에 조립을 거쳐 국내 의료병원에 납품하여 왔다. 그런데 미국발 세계금융위기가 들이닥치며 Y씨 공장에 위기가 찾아왔다. 순식간에 유로화에 대한 원화 환율은 주저앉았고, Y씨가 수입한 원자재 값은 두 배 가까이 뛰어올랐다. 원가 상승만큼 판매가격을 올릴 수도 없었다. 고비였다. 상대적으로 인건비가 저렴한 외국인 근로자를 상당수 고용했고, 심지어 아들과 며느리까지 공장 일에 투입해 원가 절감으로 위기를 만회하려 애썼다. 그러나 시간이 지날수록 늘어나는 채무를 감당하기에는 역부족이었다. 결국 자금 회전의 어려움을 이겨내지 못하고 올 이른 봄, Y씨는 부도를 냈다.

Y씨는 딱한 처지에 몰려 있다. Y씨 부부는 물론이고 아들 내외와 젖먹이 손주까지 거리에 나앉아야 할 신세로 전락했다. 게다가 Y씨는 경찰에 고발되어 형사 처벌까지 받아야 할 궁지에 쫓겨 있다. 공장에 근무한 근로자에게 지급하여야 할 임금과 퇴직금이 밀린 게 화근이었다. 사업주를 고발한 공장 근로자도 딱한 처지에 몰려 있는 것은 매한가지였다. 그들도 일터를 잃고 여러 달 동안 임금을 받지 못해 그들 가정 역시 무너지기 일보 직전이었다.

사정이 이러하므로 이 모든 책임을 감내해야 할 사람은 Y씨였다. 이것이 우리나라 경제구조요, 우리가 먹고사는 경제적 법률적 시스템의 근간이기 때문이다. 일견 공정한 룰이다 싶다가도 내가 이토록 살벌한 사회에서 사는구나, 하는 느낌까지 지울 수는 없다.

Y씨는 과연 무슨 죄를 저질렀을까. 무엇을 그토록 잘못했길래 감옥에도 가야 하고 은행 채무 변제를 평생 짊어져야 하는 걸까. 아들 내외까지 공장 작업에 투입시켜가며 성실하게 일한 보람이 그토록 잘못이란 말인가. 물론 Y씨가 저지른 큰 실수는 분명히 존재한다. 그는 환율 예측을 하지 못했다. 그리고 환율 방어를 전혀 하지 못했다. 그것이 죄라면 죄였다. 그러나 그것이 어디 Y씨만의 잘못이랴. 당시 어떠한 경제 전문가나 금융 전문가조차도 미국발 금융위기로 인한 환율 급등락을 예측하거나 예언한 사람이 있었던가. 사정이 그러하지만 법률적으로 보면 이 모든 책임은 Y씨 홀로 짊어져야 한다. 현실은 분명히 그렇다. 너무도 애잔하고 살벌한 경제게임이라 어쩔 도리가 없다.

Y씨는 여전히 희망을 포기하지 않았다는 소식이다. 아들, 며느리와 함께 공장 근로자들을 설득하고 판매처와 금융권을 부지런히 돌아다니며 실낱같은 회사 회생을 꿈꾸고 있다고 한다. 한 달 전, 법원에 기업 회생 절차를 신청하였다는 얘기도 들었다.

필론의 돼지

안성 하면 떠오르는 특산물과 전통 문화는 한두 가지가 아니다. 일찍이 안성맞춤으로 널리 알려진 안성유기를 비롯해 포도, 한우, 인삼, 배 등 안성 특산물을 들자면 이루 헤아릴 수 없을 정도다. 여기에 유네스코 세계무형문화유산에 등재된 남사당 놀이패의 전통적 무형문화재도 안성의 청룡골(경기도와 충청도가 맞닿아 있는 곳)에 그 뿌리를 두고 있다. 안성의 특성을 더 들라고 하면 꼽을 수 있는 게 한두 가지 더 있다. 과거 경기 지역에서 으뜸가는 우牛시장 고장답게 수도권에서 최대 규모를 자랑하는 축산단지 역시 안성의 특성 중 하나다.

구제역이 발생하면 안성 지역 모든 주민은 비상이 걸린다. 한두 집 건너 축사가 보일 정도로 안성 시골 마을에 우사牛舍나 돈사豚舍가 들어가 있지 않는 고을이 없기 때문이다. 몇 해 전, 구제역 발생으로 온 나라가 시끌벅적하였을 때였다. 구제역 확산을 막기 위해 멀쩡히 살아 있는 소와 돼지를 생매장해야 하는 축산 농부들과 동물들의 질곡 소리에 온 안성은 슬픔에 잠겨버렸다. 한미 FTA가 체결되던 해, 송아지 한 마리 값이 1만 원으로 뚝 떨어지는 비보를 접하고 이곳 축산 농부들은 통곡의 눈물을 삼켜야 했다. 한우를 키우고 있는 후배 K와 젊은 축산 농부들은 서울 세종로로 달려가 자식 같은 소를 굶겨 죽여야 하겠느냐고 정부에 하소연을 늘어놓고, 농축산업의 근간을 송두리째 망가뜨리는 한미 FTA 반대를 위해 국회와 광화문에서 천막농성을 벌였다. 소 값이 사료 값보다 더 싸다 보니 축산업을 폐업하는 게 그나마 손실을 줄이는 처지에 몰려 있었다. 안성 농가와 축산단지에도 바야흐로 세계경제의 힘이 막강하게 행사되는, 그런 영향권역에 들어와 있음을 이곳 농부들 역시 절감해야 했다.

그즈음 나는 후배 K와 막걸리를 들이켜며 후배의 하소연을 들어봤다. 다툼 없이 안온했던 시골에까지 무자비하게 들어오는 무한 경쟁의 칼날에 후배 K는 위태로움을 느끼고 있었다. 낯선 FTA라는 공포물은 대체 무엇이고 왜 세상에 출현하였는가, 돈은 무엇이고 경제는 또 무엇인가, 인간과 돈은 어떤 사이길래 인간의 삶에 이토록 막강한 영향력을 발휘하는가 등을 후배는 넋두리하듯 내게 물었다.

돈과 인간은 떼어내려야 떼어낼 수 없을 만큼 매우 밀접한 관계라는 사실을 그 누가 부인할 수 있으랴. 돈만큼 인간에게 강력하고 극단적인 감정을 불러일으키는 게 또 어디 있단 말인가. 돈 말고 그 무엇이 인간에게 광폭하고, 파괴적이고 디오니소스적인 감정을 불러일으킬 것인가.

돈은 돌고 돌아야 경제가 잘 돌아간다고 했던가. 그래서 저축보다 소비가 미덕이요, 소비가 경제를 떠받치는 동력이 된 지도 오래다. 유행이 지난 구제품은 경제성장을 위해 빨리 폐기 처분해야 한다. 컬러 TV는 흑백 TV를 무너뜨렸고 디지털 TV는 아날로그 TV를 몰아냈다. 제조산업과 서비스산업은 농축·산업을 밀어내고 있다. FTA라는 경제 시스템의 출현으로 말미암아 국가 경제의 빗장이 해체된 이후 돈은 국내든 해외든 따지지 않고 자유롭게 돌고 또 돌아다니고 있다. 경쟁력 있는 제조업은 경쟁력 약한 나라의 제조업을 밀어내고, 생산성이 높다는 서비스산업과 농축산업은 생산성이 약한 산업의 생산 기반을 송두리째 훔쳐버리기 일보 직전이다. 산업 간 치열한 경쟁의 결과가 이렇다 보니 돈이 흐르는 통로도 나라와 지역을 가리지 않고 마구 돌고 또 돈다.

그런데 돌고 도는 돈은 순간적으로 엄청난 거품을 키우다가도 순식간에 제거해버리는 마력도 지니고 있다. 돈은 실물 가치를 이런저런 모양으로 요리해버리는 마술쟁이다. 좀 달리 말하자면, 돈은 실물 가치를 통제하는 무법자다. 고상한 언어로 다시 표현하자면, 돈은 현재와 미래 실물 가치의 신뢰 체계를 결정하는 절대 권력자다.

이처럼 카멜레온 속성을 지닌 이러한 돈의 통로에 우리 삶은 그대로 노출되어 있다. 아니 오히려 우리가 그 안으로 걸어갈 수밖에 없도록 돈의 구조는 촘촘히 짜여 있다. 그런데 이 돈의 길목에서 만난 경제 구조는 이전보다 더 개방적이고 세계적이며 우리의 삶 깊숙이 들어와 우리의 생활까지 조종하고 있다. 무엇보다 신종 경제 시스템인 FTA는 이런 돈의 통행로와 맞닿아 있고, 우리 삶의 구조와 패턴을 심각하게 개조시키려 하고 있다. 그렇다면 후배의 말마따나 이놈의 FTA라는 경제물의 정체는 무엇이고 탄생 배경은 도대체 무엇인가.

1947년 스위스 제네바에서 GATT^{General Agreement on Tariffs and Trade,} 관세 및 무역에 관한 일반 협정 체제가 발족될 당시 우리나라는 해방 직후였다. 따라서 우리에게는 경제니 무역이니 관세니 하는 용어가 낯설었을 뿐 아니라 나라마저 두 동강이 나버리는 바람에 우리는 GATT니 보호무역이니 자유무역이니 하는 경제 문제까지 신경 쓸 여력이 없었다.

그리고 어느덧 40여 년이라는 시간이 유유히 흘러갔다. '우루과이라운드'라는 뉴스가 온 지구촌을 뜨겁게 달구고 WTO^{World Trade Organization, 국제무역기구} 체제가 등극하더니, 우리 정부와 언론 매체에서는 하나같이 이젠 국제화를 서둘러야 한다, 세계화 시대에 접어들었으므로 보호무역은 구시대 산물이요, 자원이 부족한 우리가 생존하기 위해선 완전 개방을 해야 한다 등의 국가적인 캠페인을 주요 뉴스로 보도했다. 그즈음 농축산업의 생산 기반이 송두리째 흔들리게 되자 농축산업인들은 전국 곳곳에서 분신자살을 기도하는 등 격렬한 시위와 저항을 하며 WTO 체제를 거부했다. 그때가 1994, 5년경이었다. 사정이 그러한 가운데서도 사람들은 WTO 회원국이 되면 국가 안보산업이나 경쟁력이 다소 뒤처진 농축산업 부문 등의 개방은 수십 년에 걸쳐 점진적으로 이루어진다는 정부의 설득을 들으며 한시름 놓고 있었다.

그런데 얼마 지나지 않아 듣도 보도 못한 생소한 경제 시스템이 세계와 국내 언론의 새로운 뉴스거리로 등상했다. EU 경제 공동체니, NAFTA^{북미자유무역협정} 경제 블럭이니 하는 지역공동경제권역이 꿈틀거리기 시작한 것이다. 그네들끼리의 관세 완전 철폐, 이른바 FTA 체결이라는 국제 뉴스가 우리 안방에까지 들려오고, 그로 인하여 효율성 극대화니 경제성장의 첨경이니 하는 말들이 우리의 눈과 귀를 따갑게 만들었다. 아뿔싸, 다소 당황은 하였으되 WTO 체제를 받아들여 이제 이 체제로 인하여 세계화는 세계화대로 완성되고 국내 산업 보호도 이룰 줄 알았는데, 이거 웬걸, 지역경제공동체 편입과 FTA라는 신종 언어가 갑자기 전 세계 경제권을 마구 뒤흔들며 우리의 가슴을 훑고 지나다녔다. 그럼 WTO 체제는 뭐고 FTA 체제는 뭐란 말인가. 또 이 둘은 뭐가 다른가. WTO 체제로는 어떤 연유로 세계 무역이 완성되지 않는다는 말인가.

유럽은 두 번의 세계 전쟁을 치른 이후, 그네들끼리 골육상쟁의 사투를 벌여야 했던 어리석음에서 깨어나 뼈저린 반성의 목소리를 내기 시작하였고 세계대전의 원인을 이모저모로 분석하기에 이르렀다. 따져보니 돈과 경제 문제가 가장 컸다. 그들은 결국 돈과 경제 문제를 평화적으로 해결할 수 있는 방안을 강구하기에 이르렀는데, 그 해결책이 바로 EU라는 하나의 정치적, 경제적 공동체의 모색이었다. 그들은 일찍이 로마제국이라는 하나의 국가 울타리 안에서 살아봤던 경험도 있었고, 또 그리스 신의 제왕 제우스에게 깜빡 속아 크레타 섬에서 사랑을 나눈 에우로파Europa 공주라는 신화적 할머니가 그들의 공통된 조상이라는 점을 상기해냈다.

이렇게 1950년대부터 유럽 각국 대표들이 국제연합과 같은 유럽 공동체의 필요성을 역설한 이후 1990년대 들어 그 결속이 가시화되고 있었다. 설마 하며 세계의 경제패권을 쥐고 있던 미국은 깜짝 놀랄 수밖에 없었다. 여러 국가 단위로 쪼개져 있던 경제 블록이 미국의 경제 규모를 능가할 정도의 경제적 집단으로 변신해 버렸으니 미국의 심사가 어떠했겠는가. 하여 미국은 서둘러 멕시코와 캐나다를 엮은 경제 공동체, 이른바 NAFTA를 발족하기에 이른다. 이렇듯 FTA라는 자유무역협정은 EU 안에서의 국가 간 거래나 NAFTA 내에서의 국가 간 경제적 거래에서 자연스레 등장하게 된 것이다.

그런데 오늘날 국제경제는 여기에서 몇 발짝 더 나아가고 있다. 게다가 경제 환경은 더욱 급변해 돌아가고 있는 추세다. 개별 국가 간 FTA를 넘어 최근엔 다자간 FTA가 세계경제의 새로운 추세로 등장하고 있다. 미국이 주도하고 있는 TPP(환태평양 경제동반자 협정)와 중국이 주도하고 있는 RCEP(역내 포괄적 경제동반자 협정)가 그 대표적 사례일 것이다.

결국 WTO가 점진적 개방이자 회원국의 협의제로 이루어진 국제무역 체제라면, FTA는 즉각적이며 협약 당자국 간의 협의제라는 것이 WTO 체제와는 뚜렷하게 다르다. 그런 까닭에 FTA 협약과 관련된 사항은 WTO 체제처럼 국제적 표준이 별도로 있거나 국제적 통제기구가 따로 필요하지 않다. 따라서 협약 당사국 간의 대화와 토론으로 그 범위와 시기를 결정할 수 있다. 요체는 FTA 체제로 인하여 국제 간 돈의 입출입이 무척 자유로워지긴 했으나, 한편으론 해당국과의 충분한 대화와 설득을 통해 자국의 경제 형편에 맞게끔 협약 조항 하나하나를 만들어갈 수 있는 기회도 가질 수 있다는 것이다. 'FTA 자체를 찬성할 것인가 반대할 것인가'라는 물음의 시대는 홀연히 지났으되 '협상 테이블을 얼마나 전문적이고 지혜롭게 이끌 것인가'라는 과제가 우리 앞에 덩그러니 놓여 있는 것이다.

백번 양보하여 몇 해 전 체결된 한미 FTA와 최근 호주와의 FTA 체결까지 수긍할 수 있다고 하자. 그런데 여기서 멈추어버리면 FTA는 사람을 잡아먹는 괴물이 되고 만다. 그 이면을 잘 살펴야 한다. 초토화된 우리의 축산업과 농업은 어찌하고 파탄에 내몰린 사람들의 삶은 또 어떻게 바라봐야 하는가. K후배는 지금 심한 자괴감에 빠져 있다. 구제역 사건 때와는 분위기가 판연히 다르다.

FTA라는 폭풍우를 만난 배에서 필론의 돼지*를 흉내 내어 위기를 벗어나려는 시도는 정말이지 메마른 인간성을 드러내는 행위요, 경제적 측면을 보아도 공정성을 잃은 태도이다. 더군다나 FTA의 긍정 효과로 경제적 혜택이 예상되는 기업이나 산업에 속한 사람들은 물론이거니와 산업 간 조정 역할을 해야 하는 국가는 더욱 그렇다.

요사이 을씨년스럽게 텅 비어 있는 동네 축사가 예전에 비해 더 자주 눈에 보인다. 더불어 애처롭게 시려온다. 이들은 언제쯤 아픔과 고통 속에서 희망을 피워낼 수 있을까. 반드시 그럴 것이라고 확신한다면 어리석은 망상일까. 이들이 겪는 비애의 땅에서 살포시 옮겨와 아름다운 세계로 바뀌어간다면 얼마나 좋을까. 너무 욕심이 과한 이야기일까.

---

* **필론의 돼지**

고대 헬레니즘 유대주의 철학자 필론이 돼지 한 마리를 끌고 배를 타고 여행을 하다 큰 폭풍우를 만난다. 함께 여행을 하던 수많은 사람들이 아우성을 치고 있을 무렵, 배는 급속도로 더욱 흔들리기 시작했고 배 안은 아수라장이 되어버렸다. 울부짖는 사람, 뗏목을 엮어 탈출하려는 사람, 기도하는 사람 등 위기의 시간 속에서 필론 역시 갈팡질팡하고 있었는데, 마침 자신이 끌고 온 돼지를 보게 되었다. 그런데 그 돼지는 이러한 상황을 모르는 듯 태평스럽게 잠을 자고 있었다. 필론은 인간의 무능을 탓하며 크게 느낀 바가 있었다. 이 상황에서는 조급한 행동을 취하기보다 조용히 지내며 위기가 지나가기를 기다리는 것이 오히려 더 현명함을 깨달은 것이다.

청동 거울을
보여주마

우리 경제 살림의 이드르르한 속살

안성 읍내에서 꽤나 떨어진, 보개면 북좌리에서도 한참 들어
간 굼깊은 돌모루 산골은 오늘날도 여전히 문화와 거리가 멀고 살
기가 팍팍하다. 마을과 마을을 이어주는 재는 여전히 고단한 삶
을 감내해야 하는 아리랑고개다. 그곳에서 사람들에게 민담을 전
해 들었다. 멀고 먼 옛이야기라고 하지만 아련하게 옛사람의 체취
를 느낄 수 있어 감미로움이 물씬 흘러왔다. 흥미 위주로 꾸며진
이 이야기를 구연했던 그 사람도, 이를 수용했던 나도 모두 사실
일 것이라고 믿지 않는데도 그랬다.

때는 조선시대, 한창 중국에서 새로운 물품들이 조선 장시에
하나둘씩 들어오던 시절이었다. 박청용이라는 유기장수가 돌모루
라는 산골 오지에 살고 있었다. 박씨는 다소 모자란 구석이 있었

으나 천성은 매우 순박했다. 유기 하면 안성맞춤이어야 한다는 말이 한양 장안까지 널리 퍼질 정도로 안성에는 유기가 경쟁력을 확고하게 갖추고 있었다. 장사가 잘되면 수많은 경쟁자가 끼어들어 출혈경쟁이 나타나는 것은 동서고금의 진리인바, 시내 저자거리가 가까워지는 길목부터는 유기장수가 셀 수 없을 만큼 밀집되어 있어서 경쟁이 극심했다고 한다. 그런 까닭에 박씨는 여태까지 장사 재미를 한 번도 보지 못했던 모양이었다.

박씨는 막심한 경쟁을 피해 블루 오션을 찾아 업종 전환을 모색하기로 했다. 유기장수를 때려치우고 한양에 가서 삽화상을 차려 많은 돈을 벌어올 요량으로, 아내를 설득하여 마지막 남은 돼지를 팔아 장사 밑천을 마련했다. 뜻밖에도 서울에서 박씨의 업종 전환은 대성공이었다. 고향집에 다녀와서 장사를 계속해도 좋을 듯싶어 집에 내려가기로 작정을 한 날 밤, 동그란 보름달이 밝게 떠 있어 아내 생각이 절로 나는지라 아내에게 줄 선물을 보러 시장통에 들렀다. 얼레빗이며 반지며 예쁜 금색 비녀를 손에 집은 박씨를 눈여겨본 가게 주인이 중국에서 방금 수입해온 신상품이라며 청동 거울을 사라고 집요하게 권했다. 마침 하늘에 떠 있는 보름달처럼 청동 거울이 둥글둥글하게 생겼고 생전 처음 보는 물건이라 쾌재를 부르며 얼른 싸달라고 했다.

돌모루 산골에 있던 박씨의 아내 역시 청동 거울을 처음 보고는 매우 기뻐했다. 그런데 청동 거울을 열어 한참 들여다보고 있던 아내가 사색이 되어 박씨에게 대드는 게 아닌가. 한양 가더니

첩을 하나 데려오고서도 시치미를 떼느냐고 펄펄 뛰며 발악을 했다. 어찌 된 영문인지 몰라 청동 거울이나 좀 보자고 하면서 박씨도 거울을 열어 들여다보았다. 이게 웬일인가. 거울 속에서 우둥퉁한 젊은 사내가 자신을 뚫어지게 쳐다보고 있는 게 아닌가. 박씨의 생각에는 자신이 한양에 있을 때 마누라가 외간 남자와 바람을 피운 것이 분명하다고 생각했다. 박씨는 버럭 소리를 지르며 아내에게 덤벼들었다. 이들 부부는 밤새도록 거울 속의 남녀 때문에 싸움을 벌였으나 결판이 나지 않아 결국 수십 리 떨어진 관가에 가서 시시비비를 가리기로 했다. 이들에게 소상히 얘기를 전해 들은 관아의 사또도 머리가 복잡해졌다. 거울 때문이라면 거울을 살펴보아야 판단할 수 있을 것 같았다. 사또 역시 생전 처음 청동 거울을 살펴보다가 관복 차림을 한 벼슬아치를 발견하곤 소스라치게 놀라며 소리쳤다.

"아니, 이럴 수가…… 벌써 내 임기가 다 되어 신관 사또가 왔구나! 여봐라, 관부를 봉인하고 관아를 이만 파하도록 하여라!"

거울 속의 제 모습을 신관 사또로 오인한 사또는 박씨 부부를 동헌 뜰에 남겨둔 채 바람처럼 사라져버렸다. 이들 부부는 하는 수 없이 집으로 돌아와 다시 싸움을 벌여야 했다.

하루가 멀다 하고 신형 디지털 제품이 쏟아져나오는 바람에, 나 역시 신제품 기계나 회로 작동법을 잘 몰라 허둥지둥하는 모습을 보면 조선시대 박씨 부부 이야기를 마냥 웃고만 넘길 일은 아닌 것 같다. 그러고 보니 거울은 타인보다 자신의 모습을 적나라하게 비추는 속성을 갖고 있는 듯하다. 따지고 보면 거울의 특성을 박씨 부부가 잘 몰랐다는 것이나 나 자신보다 타인의 오류에 민감한 내 의식의 관성이 서로 다르다고 말할 수도 없을 것 같다는 생각도 문득 인다.

2008년 미국발 세계금융위기 이후, 남유럽 국가인 스페인과 이탈리아, 그리스의 국채 이자율 급등 소식과 그에 따른 국가 부도, 이른바 디폴트 가능성 문제가 우리 경제에 먹구름을 드리운 때가 있었다. 여기에 더 나아가 이들 나라의 채권을 쥐고 있는 프랑스, 영국, 심지어 독일의 경제까지 위험할 수 있다는 보도도 심심치 않게 이어졌다. 사실 그때 스페인의 경우를 예시해보더라도 그 나라 경제는 완전히 파산 상태였다고 해도 과언이 아니었다. 공식적인 실업률이 25%에 이르고 청년 실업률은 50% 안팎을 기록했다. 그러다 보니 스페인은 물론이고 같은 처지가 되어버린 포르투갈, 그리스, 이탈리아 국민들은 굶어 죽느냐 아니면 살아남느냐 하는 절체절명의 위기 속에 정부를 상대로 매일 시위를 벌이기에 이르렀다. 이에 우리나라 TV에선 발빠르게 이탈리아, 스페인, 그리스 경제에 관한 다큐멘터리를 제작하고 방영하여 시청자들로 하여금 이들 국민이 겪게 될 경제적 고통에 대해 공감하게 하고 더 나아가 연민의 정을 느끼게 해주었다.

그로부터 몇 달 지나 이들 나라에 경제 지원 뉴스가 들려왔다.

이들 나라에 제공한다는 국제기구의 구제금융 소식도 연일 보도 되고 있었다. 그즈음 신문 경제면에 실린 헤드라인과 관련 기사 가 자연스레 눈에 읽혔다. 그리고 얼마 안 가 묘한 감정이 솟구치 기 시작했다. 소외감 같은 느낌이랄까. 그랬다. 공연한 자격지심이 라고 해도 할 수 없다. 그것은 왕따된 느낌이었다. 차근차근 살펴 보니 스페인은 유럽연합에 1,000억 유로 규모의 구제금융을 신청 했고, 이에 EU는 아무런 긴축재정 요구나 제한 없이 원하는 거금 의 자금을 스페인에 일괄 지원해주었다. 뿐만 아니라 유로존 재무 장관회의에서 그리스의 구제금융 지원을 결정하는 자리에서 민 간 채권단이 그리스 국채 중 53%를 탕감해준다는, 이른바 헤어컷 ^{haircut}을 결정해주었다.

예전 우리가 IMF의 통제를 받던 시절, 미국이나 IMF가 우리 에게 보여주었던 행동과는 판연히 달랐다. 1997년 IMF 당시를 기 억하는가. 국가 부도 일보 직전에 우리는 얼마나 다급한 심정으로 IMF에 손을 내밀었던가. 아니 도와달라고 애원하고 매달렸다. 그 런데 그때 IMF는 비정하리만치 냉정했다. 고자세였고 미셸 캉드 쉬 총재(IMF 총재는 그동안 유럽인 가운데서만 선출됨)의 입꼬리에도 힘이 잔뜩 들어가 있었다. 그들은 우리가 원하는 만큼의 돈을 빌 려주지도 않았다. 찔끔찔끔 돈을 보내왔다. 우리의 애간장을 잔뜩 태워가며 돈을 빌려줬다. IMF가 우리에게 구제금융 지원을 해준 총 액수가 195억 달러 내외(세계은행의 70억 달러, 아시아개발은행의 37억 달러까지 포함하면 302억 달러)였던 걸로 기억한다. 그것도 우리는 감지덕지하며 무척 고마워했다. 그들은 우리를 큰 죄인인 양 취급했다. 우리에게 뼈를 깎는 반성과 고통도 요구했다. 우리 국가와 기업을 상대로 혹독한 긴축조정도 요구해왔다. 금리 정책까지 간섭해 들어왔다. 무려 연 20%가 넘는 초 고금리를 요구했다(당시 콜금리는 한때 40%, 회사채 이자율은 29%에 육박했다). 이러한 굴욕적인 사단은 여기에서 멈추지 않았다. 우리 기업에 투자하러 들어온 외국인 투자자들은 다들 해당 기업의 재무 상황을 믿지 못하겠다고 떼를 쓰면서 정부에 이들 기업의 우발손실(미래에 발생 가능한 손실)이나 우발부채(발생 가능한 채무)에 대해 보증을 서달라고 닦달을 하였다. 참, 억울한 생각이 이만저만 드는 게 아니다.

부아가 치민다고 우리가 유럽의 사태에서 새길 것까지 놓쳐선 안 될 터이다. 그럼 대체 포르투갈, 스페인, 이탈리아, 그리스가 겪었던 경제 위기의 근본 원인은 어디에 있는 걸까. 물론 각국마다 경제 실패의 원인은 매우 다양하게 설명될 수 있다. 그럼에도 이 현상들이 공통으로 포개 있는 부분도 분명히 존재한다. 이들 나라의 경제성장은 제조업에 기반을 두지 않고 대부분 관광산업과 농업 부문에 의존을 많이 했다는 점이 먼저 눈에 띈다. 또 유로화로의 화폐 통합으로 각국은 유로화에 묶여 자국 나름대로 변동환율제의 순기능을 펼 수도 없었다.

2000년대 들어 부동산 가격이 치솟는 바람에 이들의 국가 경제가 호황을 누려왔다는 공통된 점 역시 뚜렷한 현상이다. 물론

이들 나라의 부동산 가격 상승은 유로존 가입과도 밀접한 관련이 있다. 유로 경제 블럭이 완성 단계에 돌입하자 소득이 다소 낮은 국가들의 자산 가격이 뛰기 시작한 것이다. 그리스에 있는 수많은 섬들의 가격이 천정부지로 뛰기 시작한 것도 유로존 가입 이후의 일이다. 말하자면 부자의 재산과 가난한 자의 재산을 합병한 결과, 가난한 자의 재산이 일시적으로 상승하는 현상, 일종의 경제적 착시효과가 발생했다. 여기에 인간의 욕망과 탐욕이 결부해 부동산 열풍이 일고 이에 따른 건설업의 호황, 금융 채무의 폭발적인 증가라는 거품경제의 메커니즘이 아일랜드에 이어 지난 10여 년 동안 남부 유럽 국가에 휘몰아친 것이다. 그러던 차에 급기야 제동이 걸리는 사건이 발생하기에 이른다. 2008년 미국발 메가톤급 경제 쓰나미 발생으로 거품이 일던 부동산 가격이 일거에 하락하고 그에 따른 은행 금융 부채의 부실화, 공적자금 투입 그리고 국가 재정 악화로 인하여 국가 부도까지 걱정해야 하는 처지로 내몰린 것이다.

자라 보고 놀란 가슴 솥뚜껑 보고 놀란다고, 우리의 경제 사정은 괜찮은 건지 사뭇 궁금해진다. 자, 이제 청동 거울을 열어 우리 돈과 경제의 몸체를 깊숙이 들여다보자. 우선 2011년 OECD 발표 각국의 GDP 대비 국가 부채의 현황을 살펴보면 이러하다. 일본은 211% 내외, 미국은 67% 정도, 프랑스는 84%, 독일과 영국은 81%와 86%, 이태리 120% 내외, 아일랜드 105% 내외, 포르투갈 112% 내외, 그리스는 161% 안팎이며, 우리나라는 35% 안팎에 머물러 있다. 이 수치상으로 보면 우리나라 재정상황은 아주 양호하다 할 만하다. 그런데 국가가 전액 책임져야 할 비금융 공공기관(공사 등)의 부채(약 520조 원)와 국회 동의를 구한 국가 보증채무(약 33조 원)까지 합산하면 재정상황의 체감은 달라진다. 우리의 GDP(1,270조원) 대비 국가 부채 비율은 80% 수준으로 훌쩍 뛰어오른다. 여기에 금융위기 때마다 국가에 손을 벌린 금융 공공기관과 지방자치단체의 부채와 지방 공기업의 부채까지 포함하는, 넓은 의미의 나라 빚을 산출하면 그 비율은 120%까지 껑충 도망간다. 넓은 의미로 산출된 국가 부채는 국가 경제가 위기에 빠졌을 때 궁극으로 국가가 짊어져야 할 채무이다.

이와 더불어 국가가 아닌 우리나라 국민 개개인이 차입한 빚은 어느 수준에 있을까. 각 나라의 2012년 기준 GDP 대비 가계 대출 비율을 살펴보건대, 영국 100% 정도, 미국 90% 초반, 스페인 85%, 독일과 일본은 62%, 그리스 62%, 프랑스 54%, 이탈리아 42%, 이미 국가 부도를 선언한 아일랜드는 120% 정도이며, 우리나라는 87% 수준(가계 부채 약 1,000조 원)에 이르러 아일랜드보다 낮고 그리스보다 높은 편이다. 만일 개인 채무 산정에 유럽 등 경제 선진국에 존재하지 않은 전세 보증금까지 합산된다면 우리나라 가계 빚의 숫자는 국가 부도를 선언한 바 있는 아일랜드 수준의 아찔한 정도까지 도달한다. 가계 빚의 원인을 살펴보면 2000년대 들어 불어닥친 부동산 열풍으로 투기적 구매자들의 채무가 폭발적으로 늘어난 데 기인한 측면이 많고, 이른바 베이비 붐 세대(1950년대 중반에서 1960년 중반에 태어난 세대)의 회사 은퇴도 가계 차입금의 각별한 한 축을 이룬다. 직장에서 퇴직한 그들이 자영업에 진출함에 따라 사업자금 목적으로 금융기관에서 빌려간 돈이 최근 몇 년 사이 가계 부채를 대폭 증가시킨 것이다.

그렇다고 하더라도 애써 이로 인하여 나라 살림이 거덜 난다거나 국민경제가 환란이나 재앙 수준에 이르렀다고 보지는 않는다. 국가 경제 운영자에게 경고 수준의 충고로 그쳐도 크게 지나칠 것 같진 않다. 그런데 최근엔 그 양상이 급속히 변하고 있다. 한가롭게 국가 재정의 건전성, 안정성 타령만 늘어놓을 처지가 아니다. 과거의 흐름과는 완전히 뒤바뀌는 현상이 최근에 뚜렷이 목격되고 있기 때문이다.

전통적으로 빚을 많이 끌어 쓰던 소득 중간계층보다 저소득층의 부채가 많이 늘었다는 2013년 통계자료(통계청, 한국은행 발표)는 같은 시공간에서 살아가는 사람들의 마음을 더욱 시리게 만든다. 빚을 내 생계를 유지하고 살림을 꾸렸다는 이야기와 별반 다르지 않기 때문이다. 소득은 지난해보다 늘었으나 소비는 늘지 않고 제자리에 머물고 있다는 통계도 우리나라 가계 부채의 심각성을 고스란히 드러내주고 있다. 소득 상위층을 뺀 대부분 사람들은 느는 소득을 써보지도 못하고 모두 이자로 소진해버렸다는 얘기다. 그러니 자연히 채무가 사람들의 먹고사는 문제인 생계에 오롯이 부담을 주고 있는 실정이다. 게다가 만기 내 혹은 영영 빚을 갚지 못할 것 같다는 사람들의 예상 응답도 빚을 진 가구 가운데 40.3%나 차지했다는 신음도 들린다. 이제 바야흐로 저소득층이 재앙에 가까운 가계 부채 수렁 속으로 깊이 빠져들고 있다고 진단해도 무리한 상상이 아닐 성싶다. 아차 하면 생계자금으로, 부동산 구입자금으로, 또 사업자금으로 빌린 돈 모두 부실화될 위험이 우리에게 다분히 존재한다. 말하자면 우리 경제 구조도 언제 폭발할지 모르는 여느 남유럽 국가 못지않게 살얼음을 걷고 있는 실정이다.

박씨의 부부싸움을 말리려고 청동 거울을 들여다봤던 사또가 거울 속에 비친 사람이 자신이라고 여겼다면 과연 어떤 행동을 했을까. 그래도 줄행랑을 쳤을까. 처음 겪은 일이라 놀라긴 마찬가지겠지만 사또가 자신의 모습이라고 여겼다면 적어도 보고 또 보고, 보고 또 보며 그동안 인식하지 못했던 자기 얼굴의 표정이나 상처, 주름을 깊이 새겼을 것이다.

사또가 청동 거울로 오늘날 우리 돈의 모습을 본다면 무슨 생각을 할까. 시간이 지날수록 절대 빈곤층이 늘어나는 모습에 대해, 또 뜨거운 감자인 부동산에 대해선 어떤 정책을 펼치라 말했을까. 경제를 살리자는 마음에 아일랜드, 스페인, 그리스처럼 부동산 활성화를 통해 경기를 진작시키려다 부동산 광풍이 불어닥치는 날엔 국가에서도 감내할 수 없을 정도로 재앙이 불어 닥칠 테니 이 방식 역시 골칫거리가 아닐 수 없다. 그러하니 이번에도 어쩌면 사또가 이드르르한 우리 경제 속살을 청동 거울로 너무 깊숙이 들여다보는 바람에 머리가 아프다고 관아를 박차고 줄행랑을 치는 건 아닌지 모르겠다.

잔인한 계절,
사월에

인간의 불안과 공포로 꼬아 만든 경기순환선

아폴론과 디오니소스의 농간

올 4월에도 감궂은 날씨가 여간 변덕스러운 게 아니다. 극한으로 치달은 날씨가 하루가 멀다 하고 변신에 변모를 거듭하고 있다. 며칠 전 대낮엔 봄 햇볕이 온 대지를 활짝 비추어 오랜만에 화사한 봄날의 기운을 만끽할 수 있었다. 그런데 저녁 들어 구름이 새까맣게 온 하늘을 덮쳤다. 진눈깨비가 내리고 도섭스러운 강풍이 휘몰아쳤다. 낮에 기온이 오르면서 대기 상층의 차가운 공기와 서해를 타고 날아든 하층의 따뜻한 공기가 뒤섞여 순간적으로 강한 에너지가 일었고 그 틈에 바람이 강해졌기 때문이었다. 그제는 믿기지 않을 만큼 함박눈이 내려 온 대지를 하얗게 뒤덮어버렸다. 어제는 또 언제 그랬느냐는 듯 구름 한 점 없이 파란 하늘에 따사로운 햇볕이 쌓인 눈을 녹이더니 날은 다시 밤중 내내 심술을 부렸다. 천둥과 돌풍이 베란다 유리를 강타했다. 오늘 아침 나절에는 앞을 헤아릴 수 없을 만큼의 미세먼지와 중금속을 앞세운 슈퍼 황사가 마을을 덮쳤다. 그런데 오후엔 봄비가 소리 없이 대지를 적시며 쌓였던 눈을 말끔히 씻어냈다.

이 같은 잔인한 4월 날씨의 변덕 현상은 따져보면 떠나야 하는 걸쌈스러운 겨울과 오는 봄이 겯고틀며 벌이는 치열한 자리다툼 때문에 발생한다. 떠나야 할 겨울이 몽니를 부려 광기의 디오니소스를 불러내 대기를 불안정하게 만들기 때문이다. 광폭의 디오니소스는 미친 듯이 춤을 추어대며 봄이 자리를 못 잡도록 가리 틀며 들어온다. 이에 맞선 아폴론은 겨울이 남쪽으로 빠져나가도록 디오니소스를 집요하게 설득하지만 쉬운 일이 아니다. 비록 수긍하여 따사로운 봄볕에 자리를 비켜주다가도 마음 변한 디오니소스는 음흉한 미소를 지으며 헤살 짓는다. 얼마 안 가 문지방을 슬그머니 다시 넘어와 겨울을 데리고 방 한가운데에서 똬리를 튼다. 머리를 실실 풀어헤쳐가면서.

그리스 신의 제왕 제우스의 아들들인 아폴론과 디오니소스는 누구인가. 아폴론이 빛이라면 디오니소스는 어둠이다. 여기에 아폴론은 이성, 디오니소스는 감성이라는 아우라가 후대에 씌워졌다. 아폴론과 디오니소스는 제우스의 아들이라는 것 말고도 어머니 태중에 있을 때 모두 제우스의 아내 헤라의 질투로 심한 고초를 겪었다는 공통점이 있다. 아폴론은 어머니 레토의 오랜 임신

기간 동안 고통을 당하며 탄생해야 했고 디오니소스는 어머니 세멜레 태중에서 어머니의 죽음을 겪어야 했다. 이처럼 태생적 상처로 인해 이들에게는 트라우마의 해방구가 반드시 필요했다. 그래서 어쩌면 아폴론은 현실을 냉정히 바라보다 못해 추상적 합리자인 관념론자로 넘어가게 되었고, 디오니소스는 우리 몸의 감각기관이 느낄 수 있는 열정적 도취를 월담해 광란의 세계로 빠져들었는지 모른다.

이 두 그리스 신은 동서고금으로 우주와 인간의 본능에 깊숙이 침투해왔다. 이들은 인간의 심리에도 잠입해 인간의 경제 행동을 교묘히 조정해오기도 했다.

어느 날, 합리적 이성을 지닌 시장 참여자들이 그것도 효율적인 시장에서 갑자기 비합리적인 행동을 개시한다. 합리적 인간한테 투기적 광기가 흐른다. 투자 열풍이 불고 투기 광풍이 시장을 덮친다. 돈으로 환산된 자산은 천정부지로 치솟으며 이에 동요된 사람들로부터 온갖 돈과 자본을 끌어모은다. 광란이 절정기에 이르고 거품이 언제 터질지 모를 지경으로 치닫는다. 이내 거대한 광기는 더 지탱하지 못하고 그만 폭발하고 만다. 자산 가격은 수직으로 하강하며 곤두박질친다.

참 불가사의한 일 아닌가. 아무래도 아폴론과 디오니소스가 경기순환business cycle마다 불안정 대기층에서 서로 다툼을 벌이며 인간의 심리를 희롱한 탓이 크다. 이 두 형제 사이에 놓인 경기순환선은 이들이 인간의 불안과 공포를 꼬아 만든 새끼줄임에 틀림 없다. 이 두 형제의 농락으로 인류는 멀리 2000년 전 중국의 모란 꽃 투기, 17세기 네덜란드의 튤립 투기^{tulip bubble}와 18세기 영국에 서의 사우스 시^{South Sea Company} 버블뿐만 아니라, 근현대에 들어와 세계 경제대공황을 반복적으로 겪으며 엄청난 피해를 본 바 있다. 이로 말미암아 세계경제는 근 한 세기를 주기로 투기 광풍과 거 품의 붕괴라는 경기 악순환을 반복해 겪어야 했다.

미국에서의 두 형제의 다툼

이 투기 광풍 중에서 세계 역사상 가장 거대한 파열음을 내며 몰락했던 경제대공황의 진원지인 미국으로 건너가보자. 19세기 미 대륙은 미국인과 유럽인에게 신기루요 기회의 땅이었다. 1850 년대에 들어서자 일확천금을 벌기 위해 30만 명이 넘는 사람들이 금을 찾아 미국 서부로 모여들기 시작했고, 1900년 초반에 이르 러서는 유전 개발 러시, 자동차, 항공기 산업의 발달로 미국의 경 제 규모와 산업은 급속히 팽창해갔다. 게다가 1910년대 바다 건너 유럽 대륙은 1차 세계대전으로 초토화되어 유럽 땅은 말 그대로 쑥대밭이 되어 있었고 유럽인 대부분은 아연실색에 더해 망연자 실해 있었다. 사정이 이러한 까닭에 세상의 돈(부)은 자연히 안전 한 미국으로 집중되기 시작했다. 1천만 명이 넘는 세계 곳곳의 사 람들이 아메리칸드림을 꿈꾸며 미국으로 건너가 주택 수요를 폭 발시켰다. 이에 따라 새로운 건축기법이 개발되고 뉴욕 등 대도시에 고층 빌딩 건설 붐이 일며 마침내 미국은 전대미문의 대호황기를 구가하기에 이르렀다.

유동성이 풍부해진 미국인들은 매일 포도주의 신 디오니소스를 불러 축제의 잔을 들고 그의 벗 사티로스를 불러내 함께 춤추며 광란의 축제를 즐겼다. 술에 취한 금융인들은 금리우대 경쟁에 몰두했고, 은행 고객 예탁금을 주식투자에 몰방하기에 이르자 주식시장은 뜨겁게 과열되기 시작했다. 이를 틈타 기업은 재무 정보의 거짓 공시를 일삼았고, 풍부한 유동성 장세는 주식과 부동산 가격을 수직 상승시키며 투기 열풍을 더욱 가열시켰다.

술에 절어 있던 디오니소스는 광기의 신으로 변신하며 기어이 미국 전 산업을 광란의 열풍으로 몰아넣기 시작했다. 아폴론은 발끈했다. 당시 유가증권시장에서는 주식 거품(기업의 실제 가치와 거래되는 주식 가격과의 격차)이 기하급수적으로 벌어지고 있었다. 아폴론과 디오니소스는 기 싸움에 들어갔다. 그리고 이들은 한동안 팽팽히 맞서는 듯했다. 그러나 그것도 잠시, 여취여몽如醉如夢으로 세월을 허비해버린 디오니소스는 아폴론의 오랜 상대가 되지 못했다. 디오니소스의 몰강스러운 광란의 질주도 끝을 고하고 있었다.

결국 1929년 10월 24일, 아폴론은 디오니소스를 불끈 들어 땅바닥에 내동댕이치고 만다. 낌새를 알아차린 투자자들은 우왕좌왕 아우성을 쳤고 주식을 팔고 탈출을 시도하려 했지만, 시간은 이들에게 결코 매매를 허락하지 않았다. 미국 월가 주식거래소에서 주가는 거래 동반 없이 수직으로 내려앉으며 대폭락을 기록했고 그 충격은 금융시장, 부동산시장, 상품시장, 고용시장을 강타했다. 주식은 휴짓조각으로 변했고 은행 예금은 지급불능 사태에 이르렀으며, 근로자는 도산한 기업에서 해고되었고 대출금을 변제하지 못한 서민들은 집에서 쫓겨 거리에 나앉는 사태가 벌어지고야 말았다. 미국은 그야말로 삽시간에 아수라장으로 변해갔다.

이 충격은 미국에만 머무르지 않았다. 바다 건너 유럽과 아시아 등 전 세계로 삽시간에 퍼져나갔다. 미국발 경제대공황은 1차 세계대전의 승전국 영국, 프랑스나 패전국 독일 모두에게 군비 경쟁과 식민정책의 경쟁을 더욱 가열시키는 결과를 가져다주었다. 더욱이 패전국 독일은 전쟁 이후 발생한 초인플레이션hyper-inflation에 미국발 경제위기마저 겹쳐 돈(마르크화)을 바구니, 손수레 또는 유모차에 싸가지고 가도 빵 한 조각 구하기가 힘들 정도였다. 독일 국민 대개는 극도의 배고픔과 경제적 빈곤, 질병의 고통에 시달려야 했다. 아직도 믿기지 않는, 공포 그 자체였던 당시 독일의 물가지수를 살펴보자. 1913년의 물가지수를 100으로 봤을 때, 1922년의 물가지수는 147,479였으며 1923년에는 무려 75,570,000,000,000(75조 5700억)이었다. 1913년에 1천 원이었던 물건값이 1922년엔 147만원으로 치솟았고 1923년엔 무려 755조 원이라는 천문학적인 가격으로 뛰어오른 셈이다.

한반도 식민지를 기반으로 해마다 고도의 급성장을 구가하던 일본도 미국발 경제 충격을 견디지 못하고 한반도에서 문화식민

정책을 내던지고 강압 일변도의 식민 수탈정책으로 방향 전환을 모색하게 된다. 그도 모자라 부족한 경제 자원의 획득을 위해 동남아 국가를 넘보고 만주에 괴뢰국을 세워 전쟁을 일으키면서 경제 위기를 돌파하려는 시도를 하기에 이른다.

아폴론은 차분히 미국의 경제 사태를 예의주시했다. 경제공황의 원인을 분석하고 사건의 재발 방지를 위해 고민했다. 마침내 아폴론은 인간에게 내재되어 있는 탐욕을 제어할 제도적 장치 마련이 급선무임을 깨달았다. 금융산업 간 과다 경쟁을 막기 위해 은행업, 증권업, 보험업의 겸업을 금지한 글래스 스티걸법Glass-Steagal Act을 제정해 은행에 있는 고객의 돈으로 주식투자를 못하도록 만들고, 증권거래위원회SEC에서는 투자자보호법을 만들어 투자자보호 발판을 마련함과 동시에 서민 주거 안정을 도모하기 위해 연방주택금융공사를 설립하여 전 방위의 대규모 산업 재건을 위한 골격을 고안해냈다. 미 의회 역시 1930년대 초중반에 이 모든 조치를 법률로 제정하여 아폴론의 아이디어를 제도로 뒷받침해주었다.

그 후 80여 년의 세월이 유유히 흘러갔다. 역사는 반복된다고 그 누가 말했던가. 미국발 글로벌 금융위기가 대폭발하며 세계경제를 다시 깊은 수렁 속으로 빠뜨리기 시작했다. 그 충격의 시발은 1999년으로 거슬러 올라간다. 그동안 깊은 수면에 빠져 있던 디오니소스가 잠에서 깨어나는 사건이 발생한다. 1980년대부터 일기 시작한 금융자유화 바람이 1990년대 중후반에 들어와 더욱 거세게 일자 아폴론이 심사숙고해 제정한 글래스 스티걸법이 무력화될 위기에 처한다. 그 누가 뭐라 해도 글래스 스티걸법은 미국 금융기관의 건전성과 안정성을 절대적으로 유지해주었던 금융 컨트롤 장치였다.

돌이켜보면 1945년 2차 세계대전이 끝나고 절대적 부흥기를 구가하던 미국 경제는 1960년대 이후 많은 변화를 겪었다. 이러한 흐름을 아폴론이 제대로 직시하지 못한 면이 컸다. 이성을 넘어 관념의 신으로 이미 변신해 있던 까닭이었다. 1960년대 배트남 전쟁으로 인해 재정적자가 누적되고, 1970년대 급기야 미 달러의 금 태환 정지 사태(닉슨의 선언)가 발생하고 또 석유 파동으로 무역수지마저 적자로 돌아서는 등 세계전쟁 이후 미국의 초호황 경제는 막을 고하고 있었다. 그런데도 아폴론은 현실에 맞는 제도적 장치를 준비하는 데 소홀했고 경제적 틀 대부분을 1930년대 방식 그대로 유지하고 있었다.

1999년에 미 의회는 디오니소스를 슬그머니 불러냈다. 한 회사가 은행, 증권, 보험, 카드업, 사금융, 헤지펀드 등 모든 금융 업무를 할 수 있는 GLB법Gramm-Leach-Bliley Act, 그램 리치 블라일리 법을 통과해버리고 만다. 말하자면 GLB법이 디오니소스의 기나긴 동면을 깨운 것인데, 이것은 2008년 미국발 글로벌 금융위기를 직접적으로 잉태한 셈이었다. 로비스트 에드워드 잉링은 〈뉴욕 타임즈〉와의 회견에서 "이번 법안은 로비의 집중도나 비용에서 수십 년 이래 최고에 달할 것"이라고 말한 바 있다. 즉, 이 법안은 겉으론 금융기관의 영업 경쟁력을 표방했다지만 실제론 금융인들의 탐욕을 슬며시 유도해낸 사건인 것이다. GLB법 제정으로 상업은행commercial bank과 투자은행investment bank을 자회사로 둔 금융지주회사는 금융감독기관의 관리 감독을 피해 대규모 차입과 대규모 고유계정의 투자를 추진하는 근거를 마련했다. 게다가 2004년에 투자은행지주회사에 대한 통합감독프로그램CSE을 마련하여 미 정부는 사전의 부채 차입 규제와 감독을 포기하고 말았다. 이로써 투자은행은 무한정한 레버리지leverage, 지렛대를 일으켜 가공 자산을 창출하며 고수익 고위험을 확대하는 일이 가능해진 것이다. 이 무렵에 디오니소스는 이미 광기의 신으로 둔갑해 있었다. 디오니소스는 합리적 경제 인간을 무력화시켜 증권화 파생상품을 미끼로 금융회사들을 탐욕의 세계로 유혹하고 다녔다.

이제 가공 자산의 레버리지 효과로 주체할 수 없이 수익과 유동성이 풍부해진 금융기관들의 돈은 급기야 부동산으로 옮겨 타기 시작했다. 이른바 서브프라임 모기지subprime mortgage, 비우량 주택담보대출로 불리는 부동산 담보대출은 고수익 투기 대상으로 인식되어 파이낸셜, 헤지펀드 등 투기 자본의 집중 타깃이 되었고, 개인 가계와 기업 부문까지 부동산 광풍이 일며 부동산 가격을 천정부지로 뛰어오르게 만들었다. 심지어 자동차 제조회사인 GM마저도 자신의 고유 업무보다 자회사GMAC를 이용해 주택담보대출로 수익을 내 덩치를 키우는 데 혈안이 될 정도였다. 광폭의 신 디오니소스로 인해 미국 전역이 극도의 흥분 상태에 휩싸이자 아폴론이 다급해졌다. 광란의 축제를 마냥 보고만 있을 수 없었다.

결국 2008년 9월 15일, 아폴론은 투자은행 리먼 브라더스 Lehman Brothers Holdings, Inc.의 파산을 시발로 디오니소스가 벌인 춤판을 무너뜨린다. 그로 인해 미국의 모든 산업은 일제히 패닉 상태에 빠져들었다. "며칠만 있으면 우리의 금융체제가 국내건 세계건 완전히 붕괴될 것"이라고 미 재무장관 헨리 폴슨과 연방준비제도 이사회 의장인 벤 버냉키가 증언할 정도로 미국 경제는 1929년에 버금가는 경제대공황에 직면했던 것이다.

이러한 미국의 경제 위기는 1929년의 경우와 마찬가지로 유럽, 아시아 등지로 급속히 퍼져나갔다. 국제 금융시장은 일제히 멈췄고 실물경제도 급격히 하강하기 시작했다. 유럽연합 경제 블럭 탄생 여파로 부동산 광풍이 일었던 스페인, 그리스, 이탈리아, 포르투갈 등 남유럽 국가들은 미국 경제 위기의 직격탄을 맞으며 부동산 폭락과 그로 인한 경제의 붕괴, 국가 부도 사태까지 걱정해야 할 처지로 내몰리게 되었다.

독일에서의 두 형제의 다툼

이번엔 소위 인간에게만 존재한다는 지성知性, 이 지성을 철저히 파괴했던 게르만 민족의 나라 독일로 들어간다. 일찍이 경제가 부흥한 나라치고 부동산 광풍이 불지 않은 나라가 없다. 한국, 미국, 중국, 일본, 영국, 프랑스, 스페인, 이탈리아, 그리스, 아일랜드 등 여러 나라들을 보라. 부동산 거품으로 이들 나라에 얼마나 많은 경제적 손실이 일었으며, 이로 말미암아 국가 경제가 부도 위험에 처할 만큼 얼마나 그들 경제는 멍들고 국민들은 공포에 시달려야 했던가. 그런데 희한하게 지구촌에 이러한 현상이 일지 않는 예외의 나라가 하나 있다. 이러한 상황이 유달리 발을 못 붙였던 나라가 다름 아닌 독일이다. 아직도 얼음처럼 냉정한 신 아폴론이 이들 국민의 마음을 꽁꽁 묶고 있는 까닭이다.

차가우면서도 아름다움을 간직한 마에스트로^{maestro, 명장}의 기술 중심형 중소기업 육성, 400년 가까이 가업 상속을 이어가는 민족, 자기 직업에서 최고의 제품을 내놓는다는 자부심으로 이루어진 도제제도^{apprenticeship}를 바탕으로 활동하는 가업 상인들, 실내에서 어두운 조명을 감내하는 사람들, TV를 켜면 대신 방 안의 모든 불을 끄는 나라, 자동차 실내에서 가능한 한 히터와 에어컨을 켜지 않는 나라, 사치와 유행이 맥을 못 추는 나라, 의류나 생활 필수품 등을 사용에 불편하지 않으면 몇십 년 동안 그대로 사용하는 나라, 수돗물로 화분에 물을 주면 물을 낭비하는 것으로 여겨 타인의 눈치를 봐야 하는 나라, 독일 남부에 걸쳐 장대히 펼쳐진 슈바르츠발트^{schwarzwald}의 검은 숲, 드넓은 농지에 화학비료를 사용하지 않는 나라, 맑고 깨끗한 정치에 언행일치를 구현한 정치인이 경제를 이끌어가는 나라, 그래서 "우리는 깨끗한 정치를 하겠다, 우리 독일 민족은 다시는 세계평화를 깨지 않겠다, 우리는 고갈되는 에너지를 2세에게 절대로 물려주지 않도록 노력하겠다"고 정치 선서를 하면 국민들은 이 선언을 믿어주는 나라, 국가 지도자가 유대인 묘비에서 무릎 꿇고 "네, 당신들 말이 모두 항상 맞습니다. 나는 당신들 앞에서 용서받지 못할 죄인입니다. 지난날을 진심으로 반성합니다. 물질적, 정신적인 모든 면에서 배상을 하겠습니다"라며 과거에도 현재에도 미래에도 피해를 본 나라와 민족 앞에서 국가 지도자가 눈물을 뚝뚝 흘리는 나라, 1989년 베를린 장벽이 무너졌을 때 주변 국가들의 적극적인 도움을 받아 통일국가를 이룬 나라, 일본을 향해 자신들의 겉은 모방해 갔으되 속은 배워간 게 하나도 없다며 일침을 가한 나라가 바로 독일이다.

독일의 사정이 어디 이뿐이랴. 아직도 독일에는 아폴론이 여러 방면에서 두 눈을 부릅뜨고 지켜보고 있다. 정치에도 경제에도 사회에도 과학에도 철학에도 문학에도 음악에도……

그러나 믿기지 않을 정도로 디오니소스의 광기가 독일에서 극에 달했던 시절이 있었다. 그 중심에는 히틀러와 음악가 바그너, 그리고 철학자 니체가 있었다. 이들 모두는 니체가 『비극의 탄생』에서 말한 바 있는 전형적인 디오니소스형 인물과 어지간히도 닮아 있었다.

1차 세계대전 패배 후 대량 실업과 이로 인한 극도의 굶주림에 시달리던 독일 국민에게 히틀러라는 인물이 혜성같이 나타났다. 그는 라이히스 아우토반^{Reichs Autobahn} 건설과 전쟁물자 제조를 통해 고용창출을 기하는 한편 국가 전투력 증대에 한층 더 몰두했다. 이렇듯 정권 초반만 하더라도 히틀러는 국민에게 자발적인 신임을 얻은 상태였다.

그는 어려서부터 회화에 소질이 많았다. 비록 낙방은 하였으되 미술대학에 두 번이나 응시할 정도로 그는 뛰어난 예술적 감각과 식견을 갖추고 있었다. 게다가 그에게 감명을 준 니체의 철학과 바그너의 음악 덕택에 온 우주 감각의 에너지가 인간의 몸을 관통할 정도의 강력한 디오니소스적 도취의 경향을 강하게 섭취할 수 있었다. 대체로 창조적 예술 감각을 강하게 띤 사람일수록 하나의 감각이 과도하게 발달하여 감각을 취하는 인간과 감각을 뿌리는 대상이 달라붙는 성향이 있다. 이를 몸 철학자 메를로 퐁티Maurice Merleau Ponty는 '사물과 한 몸이 된 상태being as a thing'라고 묘사했는데, 예술적 감성에 심취할수록 그 사람은 대상에 대하여 강렬한 몰입욕에 빠지게 된다. 그가 꿈을 꾸면 도취의 신 디오니소스가 춤을 추고 영감의 신 뮤즈가 나래를 펼치며 그가 예술창작을 할 수 있도록 영감을 준다.

히틀러는 나치 전체주의 통치에 자신이 갖고 있던 이러한 디오니소스적 성향을 마음껏 발휘하여 게르만 민족을 하나로 엮는 데 성공한다. 수십만 청중이 모인 두첸트 호반Dutzendteich 건너편 체펠린Zeppelinfelt 광장에서 130여 개의 대공용 서치라이트를 일제히 켜 대규모 기둥이 밤하늘로 치솟은 광경을 청중들에게 보여준다. 빛 기둥은 사람들에게 거대한 그리스 신전으로 다가오게 하고 황홀경에 몰입하게 만든다. 거대한 그리스 신전으로의 시각화는 인간을 위협하고 통제하고 억압하는 권위로 사람들 앞에 우뚝 선다. 관중들은 각자 고유한 이성과 감성을 슬그머니 내려놓고 전체에 귀의할 때 느끼는 황홀경을 경험한다. 결국 집단 모두는 격정적이고 광기 어린 디오니소스적 성향으로 빠져든다.

히틀러의 바그너 음악에 대한 숭배는 대단했다고 한다. 바그너 음악은 기존의 음악관을 뒤흔들 만큼 자극적이었다. 당시 독일 음악계의 슈베르트, 슈만, 브람스로 이어지는 전통 음악과 달리, 바그너 음악은 요상하고 자극적이고 괴상하여 음악 애호가들 사이에서도 비평의 논박이 심하게 일었다. 바그너 음악이 혁명적이고 혁신적임과 동시에 민족적이고 계몽적인 면이 강해 결과적으로 게르만 민족에게 민족성을 자극하는 데까지 나아갔다. 히틀러는 이러한 바그너 음악의 디오니소스적인 경향을 결코 놓치지 않았다. 그는 바그너의 게르만 민족 신화에 관련된 오페라를 관중에게 들려주어 게르만 민족끼리 서로 감동을 주고받도록 유도했다. 심지어 오페라 무대를 자신이 직접 설치하고 연출하여 음악을 통해 사람들을 하나로 묶고 하나의 민족이 되어 집단적 쾌감에 도취되도록 꾸미는 데 성공했다. 또한 바그너의 〈순례자의 선율(탄호이저 서곡)〉을 이용해 히틀러 자신은 순례자이며 민족을 구원해줄 선지자라 믿도록 성취하기에 이른다. 이제 독일 국민에게 인격과 개성과 이성과 교양이라는 아폴론적인 성향은 대부분 제거되었고, 광폭의 디오니소스적인 성향만이 그 자리를 채워나갔다.

사실 독일과 유럽에 광란의 디오니소스가 출현하게 된 배경에는 1918년에 끝난 1차 세계대전도 한몫했다. 인간의 역사 이래로 발발했던 전쟁 중 1차 세계대전은 인간을 기계적으로 무참하게 학살한 최초의 전쟁이었다. 그러한 까닭에 과학과 이성의 아폴론이 인간의 합리적 삶에 도움을 주기는커녕 대량 살상의 수단으로 악용되어 마침내 아폴론은 사람들에게 배척당하기에 이른다. 프랑스혁명으로 값지게 구한 자유의식도 이때 심각한 도전에 직면한다. 에리히 프롬Erich Pinchas Fromm 의『자유로부터의 도피Escape from Freedom』에서처럼 이제 자유는 구하는 대상이 아니라 무너뜨려야 하는 대상으로 역전되기에 이른다. 더불어 다다이스트Dadaist 들의 눈에 이성, 합리성, 과학은 억압이었고 학살에 다름 아니었다. 그들은 조형예술, 미술, 음악, 문학을 통해 아폴론의 영향에서 탈출할 해방구를 찾아나섰다. 비정상, 비합리, 비이성을 넘어선 허무주의, 더 나아가 광폭의 디오니소스가 이들에게 유일한 탈출구가 되어버린 것이다.

희망의 물줄기

우리나라에서도 아폴론의 출현과 디오니소스가 벌인 광기의 춤판이 주기적으로 발생해왔음을 부인할 수 없겠다. 멀리 해방 전후에는 과도한 좌우 이념 대립으로 동족 간의 끔찍한 살상의 아픈 상처가 있고, 가까이는 2000년 전후 벤처 열풍과 2006년 전후 부동산 광란으로 대다수 사람들이 혼과 넋을 잃어야 했다. 투기 광풍에 휩싸여 일명 깡통계좌와 하우스 푸어, 랜드 푸어로 전락한 아픈 과거가 아직도 뚜렷이 기억된다.

이제 4월 하순 막바지로 치닫고 있다. 비바람에 아랑곳하지 않고 나무마다 꽃망울을 틔운 목련이 먼저 큰 꽃대궐을 이루었다. 벚꽃도 화려하게 피어오르는 것을 보니 목련이 올해는 좀 더디게 피워낸 것 같다.

오후부터 다시 천둥 번개에 돌풍이 불고 황사비가 내린다는 뉴스다. 도취의 신 디오니소스의 춤판이 아직도 위력적인가 보다. 어렵게 피워낸 목련의 큰 꽃망울은 어느새 잔디 위에 떨어졌고 하얀 벚꽃도 배꽃도 강풍에 밀려 곧 땅에 떨어져 흩어질 것 같다. 그러나 분명한 사실은 아폴론이 디오니소스의 애꿎은 행동을 마냥 보고만 있지 않는다는 것이다. 제아무리 방해를 하고 훼방을 놓는들 따사로운 봄과 신록의 여름은 반드시 찾아올 것이다. 그러기에 벚나무와 배나무는 이제부터 본격적으로 줄기에 싹을 틔우고 열매 맺기를 시작할 수 있는 것이다.

4월 끝 무렵, 디오니소스를 자극하는 북한발 전쟁 가능 뉴스와 경제 살리기 뉴스가 연일 전파를 타고 우리의 눈과 귀를 따갑게 하고 있다. 이에 국가는 벤처 산업 육성과 부동산 경제 활성화 카드를 만지작거리고 있다는 소식도 들린다. 사회적 문제로 불거진 전월세 문제를 해결하기 위해 주택 매매 활성화 대책도 고심하는 모양이다. 부동산 경기 활성화를 단초로 국가와 기업 경제를 살리려는 정부의 심리가 교묘히 숨어 있음도 어렵지 않게 어림할 수 있다. 또한 그 생각에는 해방 이후 지금까지 이어져왔던 부동산 불패 신화라는 개발시대의 이데올로기와 광기를 정책적으로 이용하려는 속셈도 들어 있다는 점 역시 부인할 수 없을 것 같다.

사실 곰곰이 생각해보면 현재 우리나라의 주택 가격은 여전히 매우 높은 편이다. 아직도 서민들이 한평생을 두고 내 집 마련을 한다는 것은 결코 쉬운 일이 아니다. 게다가 현재 가계 부채는 대략 1,000조 원에 이르러 있어 우리나라 경제는 언제 경제 폭탄 돌리기 단계로 진입할지 모르는 위험한 상황에 처해 있다. 2008년 전 세계에 경제 위기를 불러온 미국 금융위기의 직접적인 계기가 무엇이었던가. 부호들이 진 빚이 아니었다. 서민들이 주택 구입을 위해 차입한 비우량 주택담보대출이었다.

빈대 잡으려다 초가삼간 다 태운다고, 경기를 진작시키려고 포도주의 신 디오니소스를 데려와 술을 먹었다가 자칫 파괴적이고 광기 어린 디오니소스로 둔갑해 오히려 우리가 희롱당하면 어쩌나 하는 걱정이 앞선다. 이 우려가 단순한 기우였으면 참 좋겠다. 꼭 그렇게 되기를 바란다.

오후 네 시인데 앞을 분간할 수 없는 장대비가 내리고 있다. 이제 더 이상 이 비가 생명체의 발육을 방해하는 비가 아니길 기대해본다. 이 작달비가 따스한 봄볕 못지않게 생명을 움트게 하고 생기를 불어넣어 주는 희망의 물줄기가 되어주길 간절히 바란다.

5

풍경 다섯.
인간과 돈의 화해

허생원에 대한
돈 윤리 셈법

매점매석, SSM 진출을 바라보는 여러 시각

허생원의 매점매석

쌍지골에서 동쪽으로 한 시간여 걸어 보개초등학교를 지나치면 동안마을이 해맑은 미소를 머금고 나그네를 반긴다. 이 마을에는 연암 박지원 선생의 목숨을 구해준 바 있는 유언호 선생[1730-1796]을 제향한 동안강당이 한때 서 있었다. 정계에서 은퇴한 후 잠시 귀향한 유언호를 만나기 위해 연암은 한양에서 내려와 안성에 있는 동안마을에 들렀다. 안성판 방각본을 출판했던 고을을 지척에 둔 덕분에 연암은 인근 서점에서 찍어낸 방각본 최신판을 구입해 독서를 즐기며 이십여 리 떨어진 안성장터로 건너가 장시를 구경하곤 했다.

당시 안성장터는 지금의 창전동과 성남동 그리고 안성천변까지 이르렀고, 안성천 건너 멀리 도구머리(현 도기동)까지도 전국에서 모인 장돌뱅이들로 장사진을 이루었다. 연암이 들렀던 안성장은 일제 초기까지만 해도 경기도에서 개성장 다음으로 성업을 이루던 장터였다. 1924년에 발간된 김태영의 『안성기략』에 실린 사진에는 옛 안성장의 명성을 말해주듯 무수히 많은 사람들이 신골 치듯 발 디딜 틈 없이 싸전거리에 인성만성한 모습이 보인다.

소설 『허생전』에서 거부巨富를 꿈꾸던 허생원이 매점매석을 추진했던 장시로 안성장을 택한 것은 연암이 실제 장터를 다녀본 경험의 소산이었다. 허생원은 값을 두 배로 쳐주며 대추, 밤, 감, 배, 석류, 귤, 유자 등 과일을 닥치는 대로 사들였다. 그러고는 과일을 창고에 쌓아놓고 자물쇠를 물린 채 한 달 가까이 행방을 감추어버렸다. 그러는 동안 일은 허생원이 계획했던 대로 돌아가고 있었다. 안성발 과일 품귀 현상이 한양은 물론이고 조선팔도에 퍼져나간 것이다. 그 때문에 허생원은 불과 한 달도 안 돼 거금의 돈을 끌어모을 수 있었다. 사들인 과일을 제값의 열 배를 쳐서 판매하는 데 성공한 덕이었다.

『허생전』의 작가 연암 박지원은 출신 성분으로 보면 조선 중기 권력을 휘어잡았던 노론 벽파로 당대 최고 권력의 가문 출신이었다. 그렇지만 연암의 정치적, 경제적 삶의 모습으로 보자면 화려한 가문과 달리 아웃사이더였고 몰락한 선비에 다름 아니었다. 그러한 연암은 소설을 통해 마음만 먹으면 당대 최고의 부자가 될 수 있는 귀재라는 점을 은근히 드러내 보이고 싶었다. 사회 현실과 동떨어진 관념론적 성리학에 젖어 있는 선비들을 향해 격동적이고 현실적인 국내외 시대 상황을 보여주고도 싶었다. 비록 경제적으로는 궁핍했으나 일확천금에 전혀 흔들리지 않는 선비의 기개도 가지고 있었다.

『허생전』에는 당시 허약한 조선 경제 사정을 가늠할 수 있는 내용도 상당 부분 들어 있다. 상공천시로 인한 경제적 후진성과 궁핍한 재정상황도 엿볼 수 있다. 더욱이 조선 경제 전반에 충격을 던진 허생원의 매점매석 행위에 대한 부분은 요샛말로 불공정 행위, 독과점 문제, 시장 실패, 기업윤리라는 경제용어로 비추어 다시금 음미해볼 필요가 있다. 더욱이 이 문세를 21세기의 들판으로 끌어와 공자, 아리스토텔레스, 퇴계, 율곡, 벤담, 칸트, 레비나스, 리처드 도킨스와 다산이 부르짖는 소리로 재해석하는 일은 분명 흥미로운 일일 것이다. 역사 속 경제 문제라고 하지만 오늘날 관점에서 보더라도 돈 윤리 셈법의 의미와 구조를 비교적 섬세히 드러내주고 있기 때문이다.

공자는 인간에게 잠재되어 있는 갖은 욕망과 탐욕을 뿌리 뽑고자 했다. 그런 연후에 그 자리를 밝은 덕성[明德]으로 채우려 했다. 이것을 실현시키기 위해 공자는 '수신제가치국평천하修身齊家治國平天下'를 부르짖었다. 그다음 인간의 외면적 관계와 내면적 성찰로 이루어진 이 명제를 유기적으로 결합시켰는데, 그 가운데서도 '수신修身'을 가장 근본으로 두었다. 이 '수신'을 이룰 수 있는 구체적인 방안으로 공자는 '신독慎獨'을 제시했다. 고독 속에서 자기주체를 심

화시켜 나아갈 때 인간은 자기존재에 대해 책임을 온전히 헤쳐나
갈 수 있다고 보았던 것이다.

공자의 책망은 단호하다. 허생원의 행동은 과욕과 허세로 말
미암아 '수신'의 도道에서 완전히 이탈해 있기 때문이다. 아울러 공
자는 배움을 통해 허생원이 품었던 탐욕과 욕망을 제거하라고 요
구한다. 또 빈 마음 안에 명덕[大學之道 在明明德]을 갖추고 또 지속적
으로 보존하기를 권면하고 있다.

아리스토텔레스는 생활필수품을 거래하는 돈벌이 행위에 대
해 매우 호의적이었다. 도덕의 가치인 선善에 부합하다고 보았기
때문이다. 이 돈벌이 행위는 에코노미아economia의 범주에 들어가
있다. 이와는 달리 고리대금업이나 독과점 행위처럼 돈 자체에서
이득을 얻거나 타인을 기만하여 이득을 취한 행위는 같은 경제행
위라 할지라도 에코노미아와 구분하여 크레마티스티케chrematistike
로 분류했다. 아리스토텔레스는 크레마티스티케를 선의 가치에 위
배되는 행위로 보고 무척 경계하였다.

허생원의 매점매석은 사회 전체 공공의 선이나 이익에 부합하
지 못했다는 점, 더욱이 생활필수품을 가지고 타인을 기만하면서
이득까지 취했다는 점에서 사회적 비난을 면하기 어렵다고 아리
스토텔레스는 평가한다.

퇴계 이황은 공자나 아리스토텔레스가 마련한 온갖 개념을 넘

어 보다 구체적인 사유의 세계로 들어간다. 그는 인간이 발현하는 감성[七情]을 주목했다. 그리고 이 감성을 어떻게 제어할 것이냐가 고민이었다. 그리하여 퇴계는 이 감성을 흔들리지 않는 그 무엇으로, 곧 도덕적인 이성[四端]으로 떠받치고자 했다. 희로애락애오욕喜怒哀樂愛惡欲이라는 감성으로 이루어진 '칠정'은 기氣에서 발현된 것이고, 인의예지仁義禮智라는 이성으로 구성된 '사단'은 이理에서 발현된 것이다. 이理는 순수한 것이요 기氣는 잡스럽다. 사단은 이가 발현되어 기가 따라 붙는 것이요, 칠정은 기가 발현되는 것인데 문제는 이때 이가 기를 제어해야만 한다.

이러한 점을 비추어 퇴계는, 허생원의 행위는 사단에서 발현된 도덕적 기반 위에서 출발하지도 않았고, 독과점으로 이룬 이득행위 역시 윤리적 통제가 상실되어 있다고 본다.

율곡 이이는 기와 이를 엄격하게 분리한 퇴계의 이기이원론理氣二元論에 이의를 제기한다. 행동으로 발현된 인간의 행위들을 어떻게 선한 것과 악한 것, 이성적인 것과 감성적인 것, 윤리적인 것과 비윤리적인 것으로 뚜렷하게 나눌 수 있겠는가, 라고 되묻는다. 관념적으로는 가능하겠지만 현실에서는 불가능한 상상에 불과하다. 허생원의 불공정 행위가 분명 칠정이라는 감성의 산물임에는 틀림없다지만, 단순히 칠정이 감성의 산물라고 해서 그 행위를 악하고 비윤리적이라고 단정해버리는 견해에는 문제가 있다. 그때그때 현실에서 일어나는 행위가 도덕적 잣대인 이理, 곧 사단의 관점으로 바라보았을 때 올바른 행위였는지의 판단 여부가 매우 중요하다. 허생원의 독과점 행동은 허생원 자신뿐 아니라 타인들을 기만한 행위였기 때문에 비난받아 마땅한 것이다.

영국의 철학자 벤담은 허생원이 부당하게 이득을 챙긴 일까지도 수용해나간다. 그런 연후에 자신과 가족 그리고 그 행동으로 이득을 본 사람이 과연 얼마나 되는지 되묻는다. 허생원의 불공정 행위로 경제적, 정신적 고통을 본 사람이 부지기수라는 사실도 빠뜨리지 않는다. 그리고 후자 견해의 무게가 전자의 무게보다 더 크다는 점을 들어 허생원의 독과점 행위를 판단한다.

독일의 철학자 칸트는 벤담의 생각과 달랐다. 인간은 단지 시각, 청각, 미각, 후각, 촉각을 통해 얻어진 것들에만 전적으로 종속되는 존재가 아니라고 분명히 강조했다. 인간은 본시 감각 세계를 넘어 지각의 세계에 머물 때 자유를 얻을 수 있고 자기 스스로에게 부과하는 도덕법, 곧 정언명령에 따라 행동을 할 수 있다. 이때 행동 선택의 주체는 순수이성pure reason이다.

허생원의 행동이 과연 그의 순수한 자율적 판단에 따른 것이었을까, 라는 물음에 그 누구도 긍정하지 못할 것이다. 자신과 주위 사람들의 욕망에 편승되고 또 지배되는 상황 아래서 저질러진 행동이 아니던가. 그러므로 허생원의 행위는 올바른 선택이라 볼 수 없는 것이다.

프랑스 철학자 레비나스는 칸트의 접근 방법에 대하여 소통 부재를 내세우며 반기를 든다. 허생원만 행위 주체자로 대하고 여타 관련된 사람들은 피상적으로 인식하고 있는 점을 들어 질타한다. 행위의 주체를 제외한 타인들을 도구로 대한다는 점에서 문제의 심각성이 있다. 자아 내부도 좋지만 자아 외부의 외재성도 깊이 인식해 따져볼 것을 권면한다. 허생원의 불공정 행위가 원인이 되어 나타난 타인의 피해와 고통을 인식해야만 비로소 올바른 도덕적 판단을 내릴 수 있다는 확신 때문이다.

리처드 도킨스는 인간의 신체를 이기적인 유전자들이 자신을 보존하기 위해 만든 일종의 거대한 기계조직이라고 보았다. 이 유전자는 단순히 다음 세대로 특정 형질을 전해주는 것에 그치는 것이 아니라 사람을 포함한 생물체의 행동 자체를 제어하는 역할까지 수행한다. 따라서 허생원이 독과점으로 초과이득을 취한 행위는 이기적 유전자의 본능에 충실한 행동으로 판단한다. 허생원의 행동은 지극히 자연스러운 상행위인 것이다.

상공업을 천시하게 여겼던 조선시대에도 다산 정약용은 상업과 시장 활동에 대해 긍정적 시각을 드러냈다. 비록 이득을 얻기 위해 농민들이 농사를 팽개치고 상업에 종사하려는 폐단이 있어 농업 생산량이 저하된다고는 하나, 백성들의 삶이 향상된다면 이 상행위를 재고해야지 이를 무조건 억제해선 안 된다고 보았다. 다

| 안성장터의 옛 모습 |
18세기 후반 무렵, 자신의 목숨을 구해준 바 있는 유언호 선생을 만나기 위해 연암 박지원은 안성에 있는 동안마을로 내려오곤 했다. 이십여 리 떨어진 안성장터로 건너가 장시도 구경했을 것으로 여겨진다. 사진은 연암의 작품 「허생전」의 배경이 된 안성장시의 1924년 일제 강점기 시절의 모습이다.

만 시장에서 불공정 행위를 일삼는 감고監考, 호상胡商, 허생원 등 시장의 암적 존재인 사악한 상인들의 폐단만 바로잡으면 백성들 삶의 질은 향상될 것으로 다산은 내다봤다. 허생원이 취한 이득금에 대해선 세금을 철저히 징수하여 국가 재정 수입을 올리도록 하고 이 재정 수입은 사회적 약자를 위해 사용할 것을 권면했다.

전통시장과 기업형 슈퍼마켓

당시 장터가 섰던 자리에 지금은 주택이 즐비하게 들어서 있어 옛 안성장시의 흔적이라곤 '장기로場基路'라는 도로 표지판에서만 에두르게 헤아려볼 수 있을 뿐이다. 오늘날 신토불이 전통 오일장으로 불리는 안성오일장은 날짜가 2와 7로 끝나는 날에 안성 중앙시장에 ㄷ자 형태로 들어서는데, 초입부터 달래, 냉이, 고추, 파, 오이, 당근 등 나물과 채소를 펼친 좌판이 늘어서 있고, 어물전과 의류, 여타 생활필수품도 여러 곳에 위치해 판매되고 있다. 농산물은 거의 안성 현지에서 조달하며 판매상은 노인들이 대부분을 차지하고 있는, 전형적인 시골 전통시장의 형태를 띠고 있다.

그런데 안온하던 이곳에 얼마 전 대기업에서 운영하는 기업형 슈퍼마켓SSM, Super Supermarket이 들어오는 바람에 안성오일장은 물론이고 시내 가게들도 초비상이 걸렸다. 이른바 토종경제가 들썩이게 된 것이다. 작은 점포로 생계를 꾸려가는 입장이었기에 가게 주인들은 큰 충격을 받았다. 그렇다고 마냥 대기업의 이윤확장만을 비판할 수도 없는 노릇이다. 생필품뿐 아니라 치킨이나 두부 값도 기존 시장에서 판매하는 상품보다 저가인 경우가 상당하며 반찬 등도 훨씬 저렴하게 공급되어 당장 서민들 가계 경제에 보탬이 되기 때문이다.

이 대목에서도 공자, 아리스토텔레스, 퇴계, 율곡, 벤담, 칸트, 레비나스, 리처드 도킨스, 다산을 모셔 그들이 바라보는 돈 윤리 셈법의 의미와 구조를 해부해본다.

공자는 배려, 이를테면 '자신에게 싫은 것을 남에게 하지 말라[己所不欲 勿施於人]'라는 유학의 예(禮)를 꺼내든다. 그리고 SSM을 진출시킨 대기업에 묻는다. 기업형 슈퍼마켓 진출로 발생하는 안성 재래시장 상인들의 피해와 고통이 동일하게 자신들에게 향한다면 대기업은 어떻게 받아들일 것인가. 그들이 수용할 수 있을 만큼의 피해와 고통인지 헤아리는, 타인에 대한 배려가 그들의 의사결정에 녹아들어 있는지 살펴보라고 요구한다.

아리스토텔레스는 기업형 슈퍼마켓을 진출시킨 대기업의 경제적 행위가 사회적으로 정의로운 일을 도모하려는 차원이었는지를 묻는다. 이때 그는 정의justice를 응당 얻어야 마땅한 몫due을 얻는 것으로 풀이한다. 여기서 정의로운 거래는 거래 당사자들의 정확한 등가(等價, equivalency)를 전제로 한다고 보았다. 대기업이 기업형 슈퍼마켓을 안성에 진출시키면서 구하고자 하는 효익이 그들만의 것으로 귀결된다면 곤란하다는 주장이다. 대기업이 소비자와 기존 상인들, 그리고 안성 사회에도 그러한 효익을 제공할 준비가 되어 있는지 그는 지금 대기업에 묻고 있는 듯하다.

퇴계는 대기업이 안성에 SSM을 진출시킨 근본 연유를 캐묻는다. 감성[七情]의 산물인지, 아니면 이성[四端]의 발현인지. 대기업의 SSM 진출 행위가 본원적으로 도덕적인 질서 안에서 이루어졌는지 반드시 확인할 것을 요구한다.

율곡은 과연 사단이 꼭 이성의 발현이라고만 말할 수 있을지에 대해 강한 의문을 품는다. 주자朱子에 의하면, 사단의 하나인 인仁의 발로는 먼저 측은지심惻隱之心으로부터 시작된다고 하였는데, 그렇다면 이미 인간으로부터 발현되어버린 사단은 칠정의 감성들과 다를 바 없다는 것이다. 왜냐하면 사단은 칠정이 발현된 상태인 심心 안에 이미 들어와 있으므로, 사단이나 칠정이 발현되기 이전 세계인 성性에서 떠나 심心의 상태에 이미 들어와 있기 때문이다.
대기업의 SSM 진출 행위나 이윤을 추구하는 기업들을 이분법적으로 무작정 죄악시하는 풍토는 개선되어야 한다. 그것이 비록 자극적인 감성의 발로, 일테면 이윤 추구나 시장점유율 확장 목적 등의 기업 행위라 하더라도 윤리적인 근원으로서 마음의 원천, 곧 성性이 그들 마음속에서 그때그때 통제와 제어를 할 수만 있다면 용인되어야 마땅하다. 따져보면 오늘날 우리는 얼마나 복잡하고 불확실한 세상에 살고 있는가. 다만 안성이란 고을에 큰 기업이 들어와 중소기업과 영세 상인들이 영위하는 사업에 뛰어드는 행태가 과연 올바른지 면밀한 검토가 필요한 것은 분명하다.

벤담은 이 사건으로 발생된 문제들을 일일이 나열한 후 이를 종합하여 총체적 이득과 손실을 따져나간다. 먼저 SSM이 안성에 입주함으로써 발생하는 긍정적인 면을 살핀다. 사람들에게 미친 영향은 물론이고 비록 인간이 아닐지라도 유정자有情者에게 영향을 준 사안까지 모두 고려해본다. 기업은 안성에 새로운 시장을 개척해 이득을 창출할 것이고 그 이득금은 직원들에게 복리후생 비용으로 사용될 것이다. 안성에 거주하는 사람들을 고용하는 효과도 있을 것이요, 안성의 소비자에게도 저가격으로 인한 금전적 혜택이 일부 돌아갈 테고, 보다 질 좋은 제품을 소비하는 혜택도 있을 것이다. 잘 정비된 주차 시설, 매장의 쾌적한 환경과 문화공간의 조성으로 쇼핑하는 고객에게도 물질적, 정신적 행복을 안겨줄 것이다. 맞벌이 부부, 직장인, 심야 쇼핑을 즐기는 소비층에게도 SSM 진출은 보다 나은 경제적 후생을 제공할 것이다.

피해보는 쪽도 살펴봐야 한다. 재래시장과 골목시장 상인들은 매출 부진에 시달리고 적자 누적으로 폐업하는 곳도 다수 발생할 것이다. 이들 중 일부는 SSM의 비정규직 근로자로 채용되기도 하겠지만 대개 비자발적 실업자로 남을 것이다. 실업자 가족은 경제적으로 타격을 입을 수밖에 없을 것이요, 당장 아이들의 교육비와 생계비 마련이 막막해 자칫 가정 해체로 이어질 위험도 다분히 존재할 것이다. 빈곤층이 늘면 여러 사회문제가 야기될 터요, 사회적 비용은 그만큼 증가할 것이다. 소득 감소로 젊은이들의 결혼에도 지장을 초래할 것이고 출산에도 영향을 끼치게 된다. 심지어 키우던 동물과 식물에도 많은 피해가 예상된다. 경제적 타격으로 이들을 돌볼 여유가 줄어들기 때문이나. 또 아무리 대기업이라 하더라도 저가 정책을 무한정 펼 수도 없는 노릇이다. 안성에 재래시장이나 골목시장, 중소기업 등 자신의 경쟁 상대가 제거되었다고 판단되면 제품의 저가 성책은 폐지될 확률이 높다. 그로 인한 소비자의 피해도 고려되어야 한다.

칸트는 인간의 위대함은 도덕법을 외부 강요가 아니라 스스로 만들고 자신이 그 법에 복종한다는 점임을 강조한다. 정언명령이라고 불리는 이 법을 따르도록 자신의 의지를 지배하는 순수이성이 있기 때문이다. 도덕법은 개개인의 차이를 넘어 보편적, 객관적, 필연적, 종합적인 속성을 띠게 된다. 대기업은 자율적으로 안성에 SSM 입점을 결정했을 것이다. 그 행위의 동기에 인간의 탐욕이나 고통, 쾌락 같은 감각의 세계가 작용했는지도 살펴볼 대목이다. 대기업의 탐욕이나 욕심의 결과로 인한 결정이라면 그 선택의 주체에 의문이 생긴다. 인간의 이성이 욕망에 지배되면 그 선택은 자율적 의지라고 보기가 어렵다. 그러한 경우라면 SSM 입점 선택이 애초부터 올바른 판단에 의한 결정이라 볼 수 없는 것이다.

레비나스는 칸트가 말한 바 있는 도덕성이 과연 주체적 이성에서만 발원되는 것인지 반문한다. 자신의 의지와는 무관하지만 타인의 고통을 주체적으로 인식해야 하는, 윤리의 시각의 대전환을 요청한다. SSM 입점으로 피해를 볼 많은 타인들의 고통에 대한 인식이 대기업에서 드러나고 있는지도 살핀다. 그리고 타인의 고통을 이해하기 위해 대기업과 안성의 중소기업, 자영업자들 간 진실한 대화가 반드시 필요하다는 점도 빠뜨리지 않는다. 그리하였을 때 쌍방 간 상생의 길도 열릴 수 있을 것이기 때문이다.

리처드 도킨스는 이기적 유전자가 생존 기계인 우리 몸의 행동을 제어한다는 주장으로부터 출발한다. 이 유전자는 생존 기계의 체제를 미리 만들고 개체로 독립시킨 후 그 행동을 조종한다. 심지어 인간의 이타적인 모습은 자기의 수를 최대한 증식시키기 위한 고도의 이기적 행동의 다른 형태로 본다. 이기적 세포들 세계에서는 생존경쟁에서 살아남는 자만이 미래가 약속된다.

인간의 행동이나 기업의 투자 활동을 이끄는 주체는 분명히 이기적 유전자이다. 인간이든 기업이든 태생적으로 자신의 이득을 최대화하는 방향으로 행동을 할 수밖에 없는 존재라는 사실은 어느 누구도 부인할 수 없다. 또 그것은 지극히 자연스러운 현상이기도 하다. 이제 대기업에 대한 부정적인 시각은 재고되어야 마땅하다. 중소기업이나 자영업을 보호한다는 명목으로 중소기업 적합업종을 선정하는 행위 역시 올바른지도 고민해봐야 한다. 대기업의 SSM 진출은 지극히 자연스러운 경제현상이 아닐 수 없다.

독과점은 반드시 시장 실패를 부를 것이라고 다산은 확신한다. 시장 기능의 실패로 발생한 사회적 손실에 대해서는 정부가 적극적으로 개입할 것을 권면한다. 그렇지 않으면 그 사회적 손실을 떠안을 대상은 주로 사회적 약자들일 것이기 때문이다.

그런데 서민경제 활성화라는 국가 정책적 철학이 아무리 근사해 보여도, 시장경제를 국가경제 시스템으로 채택하는 한, 시장 기능을 외면한 처방을 선택하면 오히려 서민경제를 더 피폐하게 만들 수 있다는 점을 다산은 강조한다. 양질의 보약을 처방한다고 하더라도 그 약이 오히려 서민경제에 독이 될 수 있다고 염려한다. 시장경제에서 처방(약)은 반드시 혈액(수요 공급 시장 시스템)을 거쳐 아픈 곳으로 향하기 때문이다. 혈액은 단순히 물건을 나르는 화물차가 아니다. 거기엔 수많은 불특정 다수인의 이해가 얽혀 있을 뿐 아니라 그 힘을 바탕으로 시스템이 작동되고 있으므로 정부가 처방한 의도대로 그 약물이 제대로 운반될지는 예측하기가 매우 어렵다. 심지어 그 약이 혈액(수요 공급)을 만나 엉뚱하게도 정부가 의도하지 않는, 의외의 화학적 반응을 일으켜 독성을 가진 약으로 변질될 가능성도 얼마든지 존재한다.

시장의 당사자들끼리 해결해보는 방법은 또 어떻게 생각되는가. 대기업과 중소상인들 간 상생할 수 있는 방안이 그 안에 있을 수 있다는 점을 간과해선 안 된다. 역지사지易地思之라는 언어가 필요한 시점이다. SSM 입장에서나 전통시장 입장에서 모두 만족스럽지 않더라도 차선의 방법을 모색해보는 것도 현명한 일이다. 영업하는 시간을 징검다리로 하여 서로 한 발씩 양보한다거나 업종, 품목, 가격 등 여러 방면에서 경쟁적 관계를 보완적 관계로 바꾸는 지혜를 찾는다면 서로 상생할 수 있는 길이 열릴 것이다. 업종 경쟁과 업무시간 중복을 피하는 정책도 좋은 방안이다. 다만 이러한 상생 협약도 무한정 기간으로 둘 수는 없을 것이다. 시장도 그렇게 호락호락 긴 시간을 용인하지 않을 것이다. 이 기간은 전통시장이 체질 개선을 할 시간적 여력이라 보면 될 것이다. 대기업에서도 전통시장이 경쟁력을 갖출 수 있도록 유효 시간을 주어야 한다. 그렇지 않으면 SSM은 이 지역에서 독과점 기업으로 전락하여 시장 실패가 일어날 게 뻔하기 때문이다.

문화를 빚어낸 절구통,
한지

숭고한 우리 민족의 유산, 장인 경영학

한지韓紙는 문명의 빛을 흡수해 인간의 문화를 빚어낸 절구통이다. 문명의 햇빛은 인간 세상을 밝게 비추어 계림지鷄林紙, 고대 중국에서 우리 종이 한지를 일컫던 명칭를 고안해냈고, 이 한지는 문명의 바람을 타고 인간 세속에 깊이 들어와 백의민족의 심미적 물질문화를 일구어냈다.

쌍지골에서 고삼호수를 왼쪽으로 끼고 돌아 안성 시내 방향으로 한 시간여쯤 걸어나오니 보개면 기좌마을이 보였다. 마을을 감싸안고 있는 구포산 자락에 이르렀다. 울창한 산림이 앞을 가려 계곡에서 흐르는 잔잔한 물결을 자칫 놓칠 수 있었다. 이곳이 옛 한지 고장이라고 하는 역사적 사실에 더불어 그 편린이나마 더듬어보고자 나는 지통紙桶, 한지 생산을 위해 소나무로 만든 통과 우물의 흔적을 탐문해보았으나 결국 찾지 못했다. 그 오래되고 융성했던 이 한지 마을의 자존감은 당시 여러 문화의 층위를 이끌어내며 조선팔도로 흘려보냈을 것이나, 지금은 아무런 흔적이 없어 지레 씁쓸했다.

그러함에도 역사적 사실은 분명하다. 『비변사등록備邊司謄錄』에 따르면, 정조 시대에 수원에 화성華城을 축조한 후 안성의 지장紙匠을 불러 이주비를 지급하며 새 도시에 정착하게 했다고 기록되어 있다. 당시 안성군 보개면 기좌마을에 한지로 생업을 영위하는 장인들이 상당수 존재했다는 증언에 다름 아니다. 일제 강점기 시절인 1920년대로 넘어오면 왜지倭紙, 양지洋紙에 밀려 한지산업은 종이 시장에서 급속히 잠식당해간다. 1907년에 2천만 장가량 생산했는데 1928년에 4백만 장가량으로 줄었고, 총 판매대금도 십만 원에서 일만 원 내외로 줄어들었다. 이를 지켜본 『안성기략』의 기자 김태영은 절박한 심정으로 1924년 기사를 써나갔다.

"지류紙類는 보개면에서 생산되나 제조방법에 개량을 가할 필요가 다多함으로 수년 전부터 보개면 제지조합을 설립하고 개량 장려에 노력하여야 하며……"

몇 해 전, 한지학회 연구원으로 활동하고 있는 친구를 만나 한지의 역사와 더불어 한지가 우리 조상의 삶과 불가분의 관계였다는 이야기를 듣고 나는 문화적 충격을 받았다. 우리 한민족에게 물질적 양식은 쌀, 보리, 김치, 된장 등이었을지 몰라도 문화적 양식은 한지가 그 절정을 이루고 있었다.

한지는 나무, 돌, 흙, 짚과 더불어 집을 짓는 주요 재료였다. 나

| 장인 경영학의 완성품 지승바구니 |

옛 선조들은 지승, 즉 한지를 일일이 꼬아 바구니 형태를 만들고 그 위에 기름을 입혀 물건을 담는 바구니로 사용했다. 재료인 한지는 견오백지천년이란 말이 나올 정도로 그 제조과정이 치밀하고 세밀하여 비단옷감보다 더욱 견고했다. 아흔아홉 번에 이르는 장인에 손길을 거쳐야 비로소 하얀 종이인 백지가 탄생할 수 있었다.

무는 기둥과 문, 대청 바닥을 까는 데 사용되었고, 돌을 넣어 기단과 담을 단단하게 세웠다. 흙과 짚을 알맞게 섞어 벽을 쌓았다. 그리고 마지막으로 가옥의 마감 소재로 한지를 사용했다. 창에 한지를 바르고 바닥과 천장에 한지를 깐 뒤 콩기름을 발라 윤기 있게 하여 방수를 할 수 있게 했다. 방문 밖 한지 너머 들려오는 사람들의 소리는 바깥과의 소통을 고요하게 이루게 했고, 한지에 스미는 달빛과 별빛은 자연의 정취를 방 안으로 들여보내 사람들의 정신을 아늑하게 만들어주었다.

뿐만 아니었다. 서책의 재료는 거의 한지였고 사람들은 한지에 기름을 먹여 옷[紙衣]을 지어 입기도 하고 그릇과 함을 만들어 생활용품으로 사용하기도 했다. 혼인할 때 신부의 신혼용품이었던 채롱(궤, 옷장)도 한지를 사용해 만들었고, 심지어 비올 때 사용하는 우산도, 얼굴을 씻을 때 사용하던 대야도, 곡식이나 마른 음식을 담아놓던 지승항아리도, 생필품을 담아두던 지승바구니도 기름을 입힌 한지였다. 그러한 데다 태어날 때 집 밖에 걸어두었던 고추와 숯을 엮는 금줄 역시 한지로 만들었고, 죽어서 장의를 치를 적에 죽은 영혼에게 저세상 가는 데 여비로 쓰라고 관에 넣어두는 노잣돈도 한지로 만들었다. 이렇듯 우리 민족은 태어나면서부터 일생을 한지와 같이하고, 생을 마감할 때마저 한지와 함께했다.

한지 제조과정을 보더라도 독일과 스위스, 일본의 정밀기계산업의 장인匠人 경영학에 견주지 못할 것도 없거니와, 필경 우리 민족이 일구어낸 장인정신의 유구한 유산이기도 하다. 한지는 두껍고 질겨 '견오백지천년絹五百紙千年, 비단은 오백년이요, 한지는 천년이다.'라는 말이 나올 정도로 그 내구성이 비단옷감에 비할 바 아니었다. 한지가 옷감보다 질길 수 있던 것은 그 제조과정이 치밀하고 세밀하기 때문이었다. 한지를 백지白紙라고 부르는 것은 한지가 무수한 공정을 통해 하얀 종이로 재탄생하기 때문이다. 일백 번의 공정에서 한 번을 뺀 아흔아홉 번의 공정을 거쳐야 하얗게 되는 고된 제조과정, 말하자면 아흔아홉 번 장인들의 손길(공정)을 거친 후에야 비로소 하얀 종이로 완성되었던 한지를 이름하야 백지라고 했던 것도 장인의 정성과 땀과 숨결이 한지 생산에 한 올 한 올 배어 있다는 것을 보여주는, 우리 고유 장인 경영학의 일례이다.

역사적으로 우리 민족은 종이(한지)와 글(인쇄)이라는 두 수레바퀴로 문화의 영속성을 이끌어왔다. 한지가 문화 문명의 밭이었다면 글은 그 밭에서 가꾸어낸 정신 문명의 결정체였다. 기좌마을에서 한지 제조가 활발했던 까닭에 이 지역에서 인쇄 문화, 즉 서울, 전주와 더불어 방각본坊刻本, 민간인이 영리를 목적으로 발간한 책 출판 문화의 꽃도 활짝 피워낼 수 있었다. 그리하여 안성판 방각본 출판사업은 초호황을 누릴 수 있었으며, 이 지역 방각본 사업자들은 거금을 거머쥐게 되었다. 한마디로 당시 방각본 사업은 지역의 부호가 되는 지름길이었다. 사족을 달자면, 1917년 안성 지역의 박성칠서점에서 거래된 안성판 방각본 『츈향전』 한 권 값은 10전이었다.

구포산 자락에서 내려와 기좌마을을 지나칠 때 흔적도 없이 사라진 장인 경영학의 역사와 한지 문화를 돌이켜보며 시쁜 마음이 밀려왔다. 근현대 100여 년 동안 겪어왔던 질곡의 우리 역사와 관계가 깊을 것이다. 전통으로 내려온 우리의 것을 부정해야만 근대화, 산업화를 이루는 첩경이라고 믿어왔던 우리의 콤플렉스의 방증에 다름 아니다. 이제라도 우리의 기억에서 완전히 잊히기 전에 전통 유산을 발굴하고 복원하는 작업이 빨리 이루어졌으면 좋겠다. 그런 절실한 마음을 안고 나는 기좌마을을 기웃거리다 동네 어귀를 돌아 터벅터벅 걸어나왔다.

오백 년 전의 숨결을
느낄 수 있다니

책 한 권이 1조 원이 된 까닭

찌듦과 가난의 상징, 골동품

지금과 달리 먹고살기가 퍽 고달팠던 시절, 우리가 골동품이
나 고서적의 소중함을 깨우치기란 그리 쉬운 일이 아니었다. 구한
말 서구 열강의 침략, 일제 강점기, 해방 후 미국과 소련의 한반도
군정, 한국전쟁, 전쟁 후 보릿고개로 불리는 궁핍과의 사투……
근현대 100여 년 동안 우리 민족은 숨을 제대로 쉬고 사는 나날
이 흔치 않았다. 그러다 보니 조상 대대로 물려온 전통 유물이나
고서적의 가치를 제대로 인식할 만한 여유나 형편이 없었던 것도
사실이다. 심지어 이 유물들이 찌듦과 가난의 상징, 혁파되어야
할 대상으로 인식되던 웃지 못할 시절도 있었다.

일제 강점기에 안성 고을에서 있었던 일이다. 파란 눈의 외국

인이 시골 동네 골목을 지나치다 백자그릇에 강아지밥을 주는 모습을 보았던 모양이었다. 그 외국인은 강아지가 있는 집으로 들어가 주인을 불렀다. 외국인은 강아지가 귀엽고 예뻐 구입하고 싶으니 자신에게 강아지를 팔 수 있느냐고 물었다. 값은 주인이 생각한 값보다 훨씬 후했다. 당연히 주인은 매매에 동의를 했고 외국인이 건넨 돈을 들고 흡족해했다. 그런데 강아지를 끌고 동네를 나서려던 외국인이 깜빡 잊은 게 있다며 그 집에 다시 들어왔다. 강아지를 샀으니 강아지에게 익숙한 그 밥그릇을 주면 어떻겠느냐며 주인을 재촉하는 것이 아닌가. 주인은 별생각 없이 그 그릇을 외국인에게 건네주었다. 그릇을 헐값에 사들이려는 고도의 매수 전략을 시골 농부가 알아차릴 턱이 없던 시절의 얘기다.

세월이 조금 흐른 1960년대에도 여전히 우리는 굶주렸고 골동품에 대한 인식은 예전 그대로였다. 안성판 방각본 연구가인 서울 소재 대학의 고전문학 K교수가 안성판 방각본 원본을 구하기 위해 방각본의 고장인 안성 기좌마을을 가가호호 방문하며 고서적을 구하러 다녔던 모양이었다. 마침 구한말과 일제 강점기 초기에 안성에서 방각본 출판업을 가장 활발하게 영위했던 P씨의 종가를 찾아내 P씨의 손자와 얘기를 나눌 기회가 있었다고 한다. 물론 P씨의 후손들은 조부가 사망한 뒤로 방각본 출판 사업을 가업으로 잇지 않았다. 아마 목판에 글씨를 새기는 것이 여간 어려운 일이 아닐뿐더러, 한지에 그것도 목판으로 한 장씩 찍어내야 하는 방각본 사업이 원가, 판매 가격, 유통 면에서 효율성에 뒤처져 현대식 출판사업에 모두 밀려났기 때문이다. 혹 남아 있는 방각본 서책들이 있는지 K교수가 물으니 P씨의 손자가 대답하길, 창고에 쌓여 있던 방각본 고서적은 모두 부엌 아궁이에 장작불을 태울 때 사용해버렸고 문자를 새긴 목판 역시 불을 태우는 데 사용했거니와 비오는 날이면 진흙탕이 되던 집 안 마당에 목판을 깔아놓고 징검다리 삼아 건너다녔다고도 했다. 그런 일이 해방되던 해와 6·25 전후 그리고 1960년대까지 이어졌다고 했다.

돈의 위세에 놀란 상주본 『훈민정음 해례본』

이제는 전통 유물이나 고서적에 대한 사람들의 인식이 예전과 판이하게 달라졌다. 이제 사람들은 골동품을 통해 옛사람의 흔적을 느끼게 되었고 전통문화를 체험하며 감동을 받는, 소중한 민족 자산으로 인식하기에 이르렀다. 그런데 여기에서 너무 앞서 나간 걸까. 한 시골에 고서적이 사람들의 인심을 흉흉하게 만든 사건이 발생했다.

"뭐냐, 억(億)으로 나간다고 하더라고요. 상주시 전부를 사도 돈이 남는다는데 무슨 책이 그런 책이 있어?"

무심코 켠 TV 화면에서 흘러나온, 밭일을 보고 있던 시골 할머니의 말이 예사롭지 않게 들렸다. 방송 리포터가 할머니에게 마이크를 들이대며 그게 무슨 책이냐고 물었다.

"몰라, 소문이 그래, 여기 동네 할머니들이 말하는 게 그래요.

상주시를 다 산대요, 돈이 하도 많아서……"

그러고는 말끝을 흐리며 하다만 괭이질을 계속했다. 무슨 책일까, 호기심이 일었다. 사건의 내막도 궁금했다. 자세히 알아보니 사건의 발단은 몇 년 전으로 한참 거슬러 올라갔다.

그해 어느 날, 상주시의 허름한 한 농가에서 K라는 사람이 지방 언론과 시청 직원, 고서 전문가를 불러놓고 기자회견을 열었다. 마당 앞 울타리엔 '본 가옥은 국보 70호와 동일한 물건이 발견, 소장되었다고 보도된 곳으로, 무단 침입 시 즉각 법적 조치를 취할 것임'이라고 적힌 플래카드가 걸려 있어 시청자들의 긴장감을 불러일으켰다. 국보 70호는 한글의 창제 원리를 담고 있는 33장으로 된 『훈민정음 해례본』이었다. 이 국보는 국내 유일하게 한 권만 있을 뿐이다. 그것도 국가가 아닌 사설 박물관 간송미술관에.

"아마 적게 쳐도 300억은 갈 겁니다"라는 고서 전문가의 말이 뒤따랐고, "간송미술관에 보관되어 있는 해례본보다 값진 겁니다. 책에 주석까지 달려 있어요. 당시 한글 창제 원리를 보다 구체적으로 연구할 수 있어 학술적인 가치는 더 합니다. 이런 상징적인 의미를 감안한다면 이 해례본은 1조 원 이상이라고 해도 무방할 겁니다"라는 자극적인 말도 곁들였다. 책 한 권의 값이 1조 원이라…… 아까 밭일을 보던 할머니의 말이 틀린 얘기가 아니었다. 그 돈에 어느 정도의 은행 융자를 끼면 상주시 전체를 구입하고도 남을 만한 액수가 분명했다. 이 사건은 이제 '천문학적인 1조 원이라는 돈의 발견'이라고 이름 붙여져 세간을 깜짝 놀라게 하는 뉴스로 마감을 한 듯했다.

국보급 해례본 사건이 보도된 이후 얼마 지났을까, M이라는 사람이 불현듯 나타나 그 해례본이 조상 대대로 물려받은 자신의 가보라고 주장하고 나섰다. M은 K와 고서를 거래한 사이였는데, 얼마 전 몇 권의 고서를 K와 거래하던 중 K가 자신 몰래 문제의 해례본을 슬쩍 가져갔다는 것이다. 그것이 사실이라면 K는 형사상 책임을 면할 길이 없었다. 결국 이 사건은 재판에 회부되었고 법원은 M의 손을 들어주었다. 당연히 K는 감옥신세를 질 수밖에 없었다. 사건은 이쯤해서 마무리된다 싶었다.

그런데 이 사건에 한 사람이 더 있었다. R이라는 사람이 새롭게 등장해 사건의 진실을 발칵 뒤집어놓았다. 그 해례본이 M의 가보가 아니고 장물贓物이라고 주장한 것이다. R의 말인즉슨, 자신이 모 사찰에 있는 불상에서 도굴해 여러 고서와 함께 상당한 금액을 받고 M에게 넘겼다고 털어놓았다. 자신의 범죄 행위를 인정하는 발언이라 R의 주장에 신빙성이 실릴 수밖에 없었다(M은 후에 이 말이 허위라고 다시 번복함).

그럼 해례본의 진짜 주인은 누구란 말인가. 이렇게 우리의 시선이 사건의 형사법정 공방과 시시비비에 매몰된 사이 어찌 된 영문인지 1446년 발간, 33장으로 엮인 목판본『훈민정음 해례본』이 감쪽같이 사라져버렸다. 우리 민족의 보물이 유괴를 당한 것이다. 해례본의 행방을 유일하게 알고 있는 사람은 K인데 그는 굳게 입을 다물고 있다. 감옥에 있는 K는 여전히 1조 원이라는 천문학적인 돈을 틀어쥐어 있고 또 몇백 년 된 우리 역사적 자랑도 쥐락펴락하고 있다.

K가 품은 돈 욕심이 아무리 크다 한들, K의 형량이 아무리 무겁다 한들 이 해례본의 무게와 비교가 되지 않을 터이다. 역사성만 보더라도 이 해례본에는 오백여 년의 장엄한 시간이 묵어 있다. 사료적 가치로 봐도 해저 깊은 곳의 용암을 바다 밖으로 끌어올릴 정도의 중량감이 실려 있다. 일개 한 사람의 형사처분으로 감내할 수 있는 무게가 아니다. 형사처분에만 몰두해서도 곤란하다는 얘기다. 우리의 보물이 딱한 처지에 몰려 있기 때문이다. 가치와 역사의 경중으로 보더라도 비교될 수 없이 뚜렷하지만 이마저도 한가롭게 따질 만한 여유가 없다. 이 해례본이 손상되거나 소실된다면 오백여 년의 우리 언어 뿌리의 발자취가 많은 부분 사라지고 말기 때문이다.

역사가 돈으로 환산될 때 나타나는 어려움이 이다지도 크다는 말인가. 우리의 전통과 역사마저도 인간 탐욕의 중압에서 자유롭지 못해야 하는가. 우리 공공의 보물인 『훈민정음 해례본』을 귀환시킬 수 있는 방법은 정녕 없는 것일까. 안타깝다. 유감스럽고 시쁜 마음도 지울 수 없다.

돈과 화해한 간송본 『훈민정음 해례본』

이제 간송본 『훈민정음 해례본』으로 넘어가보자. 간송미술관에 소장되어 있는 우리의 국보, 또 한 권의 『훈민정음 해례본』은 어떻게 이 세상으로 흘러나왔을까.

일제 강점기 시절, 발악을 하며 태평양전쟁을 일으킨 일제는 미국과의 전쟁에서 전세가 불리하게 돌아가자 식민지 조선을 더욱 핍박하기 시작했다. 곤궁한 처지에 처한 식민지 조선인들은 가보로 내려오는 귀한 물건이라도 헐값에 내놓아 궁핍과 가난을 해결하려 몸부림을 쳤던 시절이었다.

마침 골동품은 물론이거니와 각종 고서적을 거래하던 간송 전형필 선생은 인사동에 위치한 한남서림을 인수해 이곳으로 몰려드는 책 중 진서珍書, 희본稀本, 호본好本을 학자나 전문가들과 함께 살피러 다녔다. 그때 간송이 여러 국문학자들에게 귀동냥으로 전해 들은 이야기가 하나 있었다. 세종실록에 따르면, 훈민정음의 사용을 알리는 책이 조선팔도 어딘가에 분명히 존재할 것이라는 말이었다.

한남서림에 자주 왕래한 사람 중에는 경성제국대학(현 서울대 전신)과 명륜전문학원(현 성균관대 전신)에서 조선문학을 강의하던 김태준 교수가 있었다. 필명을 천태산인天台山人이라 쓰던 김태준은 1931년 이희승, 조윤제 선생과 더불어 조선어문학회를 결성하고, 그해에 『조선문학사』를 발간해 우리 전통의 한문학과 국문학을 접목해 한국문학사의 토대를 이룰 만큼 우리 어문학과 고서 분야의 최고 전문가였고 사회주의자이기도 했다. 김태준 역시 간송을 볼 때마다 어딘가에 분명 훈민정음 사용 설명서, 즉 『훈민정음 해례본』이 있을 것이라고 농담 삼아 얘기하곤 했다.

스승 김태준을 유난히 잘 따르던, 명륜전문학원 제자이자 안동 출신이며 서예가인 이용준이라는 사람이 있었다. 그가 김태준을 만날 때 집안 내력에 관해 소소한 얘기를 가끔 했던 모양이었다. 그즈음 『매월당집』과 『훈민정음 해례본』이 자신의 집에 있다는 말이 이용준의 입에서 흘러나왔다. 김태준의 귀가 번쩍 뜨였다. 김태준은 『훈민정음 해례본』에 대해 꼬치꼬치 파고들며 물었다. 제자에게 자세한 이야기를 전해들은 김태준은 다음날 한걸음에 한남서림으로 달려가 간송을 찾았다.

　　"간송, 『훈민정음 해례본』이……"

　　간송 역시 놀란 기색을 보이며 자신의 귀를 의심했다. 다른 사람도 아니고 어문학 전문가인 김태준의 입에서 나온 소리가 아닌가. 그는 김태준을 쳐다보며 물었다.

　　"그게 사실이오?"

　　김태준의 진중한 눈빛을 확인한 간송은 흥분에 휩싸이며 물었다.

　　"어디에 있습니까?"

　　"아직 확인은 못했소만, 진본으로 판명되면 구입할 의사가 있소?"

　　"천태산인! 그것을 말이라고 제게 물으시는 겝니까?"

　　상기된 간송의 표정을 확인한 김태준은 그 길로 이용준과 함께 안동으로 바로 내려갔다. 자신의 눈으로 직접 확인한 해례본은 진본이 틀림없었다. 경성제대 도서관에서 익히 보았던 세종실록에 실린 훈민정음 관련 부분의 내용과 일치하는 구석이 대부분이었다. 진본임을 확인한 김태준이나 이용준의 얼굴에는 마뜩한 미소가 어렸다. 그러나 그것도 잠시, 이용준은 고민에 빠졌다. 실은 자신의 가보가 아니라 처갓집인 광산김씨 종가 긍구당肯構堂의 소장품에서 빌려온 것이었기 때문이다. 이와 달리, 이용준이 긍구당에서 장인 김응수의 허락 없이 김시습의 『매월당집』과 함께 『훈민정음 해례본』을 빼내갔다는 건국대 박종덕 교수의 상반된 주장도 있다. 지금까지는 이용준이 스승 김태준에게 만일의 사태 시 처갓집을 보호하려는 목적으로 거짓말을 했다고 전해 내려왔다. 일제 강점기에 『훈민정음』과 같은 언문諺文서적은 불온서적으로서 일제의 엄격한 감시를 받고 있었기 때문이다. 물론 이용준이 보관하고 있던 해례본의 첫 두 장이 찢겨 있는 것을 두고, 과거 연산군 시절 처가의 선대가 언문 탄압을 피하기 위해 책 표지를 찢어 없앴다는 설도 있고, 처갓집인 긍구당의 소장임을 숨기려고 장서인藏書印, 일종의 도서관 직인이 찍힌 책 표지 부분을 이용준이 찢어 없애버렸다는 이야기도 전해져 이 대목의 의견은 현재까지 분분한 상태다. 이 사실을 알고 있는 당사자 이용준은 6·25 전쟁 때 월북했고, 김태준은 1949년에 생을 마감했다. 어쨌든 찢겨 없어진 표지두 장, 서문序文과 발문跋文 부분은 서예에 능한 이용준이 안평대군 글씨체로 보완을 했다는 사실에는 이론이 없는 듯하다.

당시 김태준은 박헌영, 이현상, 김삼룡과 함께 경성콤그룹이라는 사회주의 지하조직을 이끌고 있었고, 이용준은 스승을 돕고자 그 조직에 새내기로 가입해 있었다. 해례본과 관련된 수익금은 지하조직의 활동 경비로 사용하기로 이용준이 적극 동의한 상태였다. 그 무렵, 일제는 사회주의자를 대대적으로 검거하러 다녔다. 그 와중에 이현상, 김삼룡과 함께 김태준도 일제 경찰에 붙잡히고 말았다. 이용준은 가입한 지 얼마 되지 않아 검거 대상에 포함되지 않았다. 서울에서 해례본 소식을 꼬박꼬박 기다리던 간송은 진본이 아님을 알아차린 김태준이 말하기 거북해 나타나지 않는다고 생각하며 단념하고 있었다.

그로부터 2년여 시간이 지나 출소한 후 절망의 늪에 빠져 있던 김태준에게 이용준이 찾아와 『훈민정음 해례본』으로 자금을 만들어 조직 재건에 힘쓰자는 얘기를 해왔다. 제자의 간곡한 설득에 기운을 차린 김태준은 간송에게 편지를 써 보냈다. 그러나 김태준의 고민은 깊어갔다. 자신이 사회주의자라는 사실이 세상에 밝혀져 간송이 모를 리 없다는 생각에서였다. 김태준의 편지를 건네받은 간송 역시 고심하지 않을 수 없었다. 사회주의자인데다 언문학자였던 김태준이 다시 검거되어 자신과 고서적을 거래한 사실이 밝혀지면 성북동 '간송문고'에 있는 자신의 골동품과 고서적 등의 소장품까지 문제가 될 수 있기 때문이었다. 더욱이 당시엔 일제가 사회주의자뿐만 아니라 한글말살 정책의 일환으로 조선어학회 학자들까지 잡아가던 시절이었다. 간송은 자신이 직접 나서면 안 되겠다 싶어 궁리 끝에 제삼자를 내세워 거래를 하기로 마음먹었다.

드디어 김태준이 『훈민정음 해례본』을 들고 오기로 한 날이 밝아왔다. 그날 새벽부터 간송은 초조함에 목이 타들어가는 듯했다. 연거푸 물을 들이켠 간송은 돈 보따리 두 개를 준비해 인사동에 있는 한남서림으로 일찌감치 건너가 있었다. 한나절이 저물무렵이었다. 학수고대하며 기다리고 있던 간송의 눈에 마침내 안국동 방향에서 걸어오는 김태준의 모습이 잡혔다.

"오, 천태산인, 그간 고생 많으셨소. 면회도 못 가보고 미안합니다."

"간송께서 이렇게 후히 대해주시니 감사합니다."

"천태산인께서 확인한 것이라면 진본이 분명할 테니…… 주인은 얼마를 원하십니까?"

자금이 긴히 필요했던 김태준은 금액을 높여야겠다는 심산으로 주인이 거래대금으로 1천 원을 요구했노라고 말했다. 당시 1천 원은 양반가의 기와집 한 채 값이었는데, 중개인들이 지방에서 올라온 고서 중 아무리 귀한 책이라고 하더라도 쌀 한 가마니 값 이상을 쳐주지 않던 시절이었다. 간송은 1만 원이 담긴 돈 보따리와 1천 원이 담긴 돈 보따리 두 개를 김태준에게 건네며 말했다.

"이렇게 귀한 보물이 1천 원이라니요, 내가 『훈민정음 해례본』 값으로 1만 원을 쳐드리겠습니다. 사실 이렇게 진귀한 보물은 1만 원도 부족하다고 생각합니다. 선생께는 사례비로 1천 원을 따로 더 드리지요."

김태준은 예상치 못했던 간송의 말에 흠칫 놀랐다. 간송의 말은 계속되었다.

"선생께서 거래하는 계약 당사자는 제가 아니라 제삼의 인물입니다. 넓은 마음으로 양해해주십시오."

"그럼요, 당연하지요. 혹여 제가 검거되더라도 염려하지 마세요. 간송 얘기는 절대 발설하지 않으리다. 지금은 이『훈민정음 해례본』이 불온서적이오만, 우리나라가 해방되는 날엔 틀림없이 국보급으로 칭송을 받을 것이오. 돈은 염치없지만 사정이 사정인지라 감사히 받겠습니다."

간송과 김태준은 서로 두 손을 붙잡았다. 그리고 두 사람은 오랫동안 감격의 눈물을 옷 적삼에 흘려보냈다.

목판본 표지 2장에 본문 33장, 가로 20cm, 세로 32.3cm인『훈민정음 해례본』을 들고 집에 돌아온 간송은 그날 밤을 뜬눈으로 지새웠다. 33장을 보고 또 보고 세종, 정인지, 신숙주, 성삼문, 최항, 박팽년, 강희안, 이개, 이선로 등 한글학자들의 숨소리를 들으며 흥분의 시간을 보내야 했기 때문이다. 마침내 새벽녘, 가슴이 뭉클해진 간송의 일성이 나지막하게 창문 밖으로 새어나왔다.

"오백 년 전 이분들의 생생한 숨결을 내가 느낄 수 있다니!"

신성을 파괴해버린
〈풀밭 위의 점심식사〉

돈과 자존심 사이

안성은 유달리 호수를 많이 품고 있다. 홍수 방지와 농업용수 저장을 목적으로 만들어졌다지만, 반세기가량 지난 지금의 여러 호수는 그 지역의 땅과 숲을 포근히 보듬고 있다. 방대히 펼쳐져 있는 호수로 인하여 주변 생태계도 자연스레 풍요로워졌다. 각종 곤충과 식물과 동물들에겐 이곳이 선험적 고향이요 포근한 서식처로 안착된 지 오래다. 그런데 호수 주변으로 몰려온 또 하나의 부류가 있다. 예술가들이다. 다방면의 예술가들이 모여 사는 예술인 마을은 안성에 있는 호수 주변에 많이 형성되어 있다.

호수 물결이 잔잔히 드리워진 곳에 가끔 내가 들르는 벗 T화가의 작업실이 있다. 그의 작업실에는 자신이 그린 그림은 물론이고 유명 화가 작품으로 가득 차 있다. 그의 작업실 한쪽에 걸려 있는 액자 속 그림이 눈에 들어왔다. 그 벗이 그린 여성의 나체 그림이겠거니, 하며 다가가보았다. 아니었다. 에두아르 마네^{Edouard Manet, 1832~1883}의 그림이었다. 물론 값비싼 실물은 아니었고.

"돈은 자존심이다."

이 말은 내가 경영학원론 수업시간에 학생들에게 "돈이란 무엇인가"라고 물었을 때 가장 많이 나온 대답이다. 기성세대를 넘어 요즈음 청춘들에게도 돈은 자존심이 흔들릴 정도로 필요 불가결한 장치가 되어버린 듯하다. 자신의 자존심을 지켜내려고 돈 벌수 있는 기회를 물리친다면 세상 살아가기가 꽤 고달프다는 현실을 솔직히 드러낸 말이었다. 자신의 신념과 가치를 지키기 위해 평생 돈과 멀리해야 한다면 돈을 버리고 자신의 철학과 신념을 지켜내기가 녹록지 않은 게 또 현실 아닌가. 그 누가 이 사실을 부인할 수 있으랴. 그런데 액자 속 여성 나체 그림의 화가 마네는 달랐다. 돈과 자존심 사이에서 그는 미련 없이 돈줄을 놓아버렸다.

마네가 한창 활동 중이던 1863년 어느 날, 미술 낙선전이 열리고 있던 프랑스 파리의 한 살롱에서 한바탕 소동이 벌어졌다. 모여든 미술 심사위원들의 욕설이 살롱 밖으로 새어나왔다. 실내에서는 고성이 오가며 어떤 이는 손을 부들부들 떨었고 어떤 이는 심사 작품 〈풀밭 위의 점심식사〉를 내동댕이쳐버렸다.

"어이쿠, 망측해라!"

"이걸 그림이라고 내놓다니……"

"교양이라곤 하나도 찾아볼 수 없구나. 무식한 자로고!"

| 풀밭 위의 점심식사 |

"이거 정신병자 아냐? 벌건 대낮부터 창녀하고 놀아나는 그림이나 그리고 앉아 있고."

그림에는 실오라기 하나 걸치지 않은 여인이 손으로 턱을 괸채 당당하게 정면을 뚫어지도록 응시하고 있었다. 그 여인은 수줍음과 두려움은 고사하고 저돌적인 자세로 앞을 어엿하게 바라보고 있었다. 게다가 옆에 앉아 있는 두 남자의 모습은 또 어떤가. 신분이 꽤나 높은 귀족 아니면 신흥 부자 정도로 보이는 귀한 신사임에 틀림없다. 오른쪽에 앉아 있는 신사는 왼손에 지팡이를 쥐고 있는 걸로 보아 이들이 귀족이 아니라고 부인할 방도가 없다. 끓어오르는 울화를 참고 있던 한 심사위원이 그림을 내동댕이치며 급기야 욕설을 퍼붓고 말았다.

"이런 미친 자식이로고, 우리 귀족들을 욕보인 것까지 참았는데…… 이것 봐! 벌건 대낮에 창녀하고 놀아난 저 신사 왼쪽 어깨 좀 보게나. 넵튠$^{Neptune, 포세이돈}$ 자세를 취하고 있는 게 아닌가! 이건 신성모독이자 도발이야, 신성모독! 저자는 화가의 자질이 아예 없는 무식한 놈이야! 저런 작자는 우리 파리의 화단에서 생매장시켜버려야 해!"

마네가 화가로 활동하던 19세기 중엽까지만 하더라도 그림의 수요자는 교양 있고 돈 많은 귀족이거나 갑부 혹은 종교계 인사들이 대부분이었다. 오늘날 미술 갤러리에 해당하는 당시의 살롱은 파리의 사교계층인 귀족이나 갑부들이 애용하는 문화공간이었다. 심지어 귀족의 정치적 지지를 끌어내고자 했던 황제 나폴레

옹 3세도 살롱에 직접 참석해 작품 심사를 하면서 살롱을 적극 장려하는 정책을 펴던 참이었다.

오늘날과 달리 당시 그림은 화가가 자유롭게 그리는 예술활동이라기보다 특정 목적을 두고 그리는 경우가 대부분이었다. 작가는 자신의 철학이나 의도에 따라 그림을 그리기보다 수요자의 요구에 부응하는 그림을 그려야 했다. 화가의 그림[모상, 模像, Abbild]은 종교계나 귀족의 생각과 가치관[원상, 原像, Urbild]에 부합해야 했다. 당시 그림 수요층은 화가가 그림을 제작하긴 하지만 그림에서 이상적인 실체를 보는 능력, 즉 테오리아theoria, 관조, 경험, 인지가 아닌 사유를 통해 파악된 세계를 볼 능력은 없다고 생각했으며 그 능력은 성직자나 귀족에게 있다고 보았다. 또한 그림은 수요층인 귀족과 갑부, 성직자들의 품위와 교양에 어긋나지 말아야 했다. 여성의 나체에서도 요염하거나 세속적인 느낌이 흘러나오면 곤란했다. 굳이 나체 여성을 표현하려면 그리스 신화나 신성神性에 기초한 도상학적인 해석이 가능해야 했다. 화가는 점잖은 귀족들이 요구하는 수준의 일정한 법칙에 따른 그림을 그려야지, 눈앞에 보이는 대로 그리다가는 수준 미달 화가로 낙인찍히던 시절이었다. 점심을 들며 풀밭에서 창녀와 놀아나고 있는 이 그림은 귀족들에게 충격을 안겨주기에 충분했다. 그러니 자연히 이들 눈밖에 나버린 마네, 쿠르베, 시슬리 등 초기 인상파 화가들은 그림을 팔 판로가 막히는 바람에 평생 가난하고 빈곤한 삶을 이어가야만 했다.

마네는 골똘히 생각에 잠겼다.

"어떻게 하면 지금과 같은 전통적인 형식과 묘사를 깨부숴버릴 수 있을까. 이제 더 이상 귀족들의 부속품 놀이는 싫다. 그렇지 않아도 콩트Auguste Comte라는 철학자가 실증주의를 내세우는 바람에 미세하게나마 사회적 분위기에 변화가 일고 있고, 문학에서는 보들레르Charles Baudelaire가 파리 뒷골목 창녀촌에서 놀아나는 귀족들의 행태에 일갈을 가하고 있던 참이다. 우리 화가는 왜 보는 대로, 있는 그대로 그리지 못하고 저 귀족과 성직자들이 지시하는 대로만 그려야 한단 말인가. 우리가 왜 그들의 부속품 역할만을 지속해야 하는가. 진정 예술을 위한 예술art for art's sake을 표현할 길은 없단 말인가."

마네는 지금까지의 전통적 틀을 완전히 바꾸어버리기로 작심하고 다시 깊은 생각에 잠겼다. 그리고 이내 독백을 이어갔다.

"지금부턴 내가 알아서 그리겠다. 지금까지 해온 대상성과 재현을 파괴해버리겠다. 현실에 존재하지도 않을뿐더러 현실과 동떨어진 우아하고 신적인 여성 나체를 왜 그려야 하는지 모르겠다. 오히려 주색잡기에 여념 없는 귀족들과 창녀를 그림에 담는 것이 훨씬 현실적이고 더 가치 있는 일 아닌가."

"그래, 겉으로는 교양 있는 체하지만 속이 엉큼한 이 귀족들을 그림에 담아내야지. 아니야, 그걸로는 부족해. 가만 보자, 르네상스의 거장 라파엘로Raffaello Sanzio나 뒤러Albrecht Dürer가 그린 넵튠의 도상학적 전형인 신성을 파괴하면 그 효과가 훨씬 클 거야. 그리스나 로마 신화의 특성과 분위기에 걸맞은 자세를 이용해 현실성

있게 패러디해보는 거야."

"그래 흥미롭겠다. 창녀와 신사의 속닥거림, 그 세속적인 신사는 그들이 신성하게 모시는 신의 포즈를 취하는 거야. 귀족들이 신의 가면을 쓴, 그런 세속화를 그림으로 담는 거지."

"지금까지 권력자가 원하고 지시하는 획일성, 일원적 가치의 지배로부터 해방되는 거야. 이제 거대한 민주적 가치로 나아가야 해."

"우리 미술계만 시대에 뒤떨어져선 곤란하지 않나. 당대 인류 지식이 발견해낸 가치를 따라 나는 붓끝으로 기존의 상식을 완전히 바꾸어 나아가리라."

현대미술contemporary art의 출발을 알리는 마네의 고백이었다. 마네의 붓끝으로 인해 마침내 당시 미술 패러다임 변화의 씨앗은 분명히 잉태되고 있었다.

"뭘 그렇게 물끄러미 쳐다봐? 여성 나체 그림 처음 봐?"

T화가의 음성에 깜짝 놀라며 나의 상상은 끝이 나버렸다. 그러나 아직 나 스스로에게 물어야 할 질문이 하나 남아 있었다.

"돈과 자존심 중 하나를 고르라면 나는 어떤 선택을 할 것인가."

선뜻 대답을 하지 못한 채 나는 작업실 밖으로 보이는 호숫가로 시선을 옮겼다. 마침 거룻배가 횟감을 낚으러 호수 한가운데로 서둘러 가는 모습이 보였다. 뱃길 따라 물결은 세차게 파열음을 울리며 출렁거리고 있었다.

휘어짐의
미감

신적인 도형이 돈을 만났을 때

굽이굽이 휘돌아 감은 쌍령산의 등줄기가 산 중턱으로 내려오다 구불텅하게 내민 산모퉁이를 거쳐 산기슭에 잠시 멈추어 섰다. 산기슭은 휘어진 산모롱이를 따라 돌고 경사가 완만하게 내려온 자드락 땅에 내려와 비로소 뱀처럼 구부러진 산골 다랑논과 만난 후 고삼호수를 품는다.

굽은 산세를 본뜬 쌍지골의 시골길 역시 휘어져 있다. 에둘러 돌아가야 한다. 그래서 예부터 사람들은 돌음길, 에움길, 엔길, 돌길, 돌림길, 두름길이라 불러왔던가. 논두렁에 꼬불꼬불 난 푸서릿길, 호젓한 오솔길, 울퉁불퉁한 비탈길, 후미진 후밋길, 나무꾼이 자주 밟던 자욱길, 벼랑 위 험한 벼룻길 역시 모두 휘어져 있다.

이 마을의 물길도 구부러진 것은 매한가지다. 도랑을 따라 흐르는 개울물은 휘어진 시냇물을 타고 에둘러 돌아가야 한다. 이

| 굽이굽이 휘어진 한천 |

이곳 시골에는 직선이 없다. 자연은 직선을 빚어낸 바 없는 까닭이다. 그래서 이곳의 휘어짐은 있음이요 직선은 무다. 휘어짐은 현실세계요 직선은 추상의 세계이다. 아래 사진은 안성천을 향해 유유히 흘러가는 한천의 물줄기가 굽이굽이 곡선 형태를 띠고 있는 모습을 담았다. 자연이 낳은 휘어짐의 미감은 이 물길에도 스며 있다.

내 냇물은 꼬부라진 실개천으로 흐르고 굽은 한천으로 두른 후 구불구불 휘어져 돌아가는 안성천에 머물다 서해로 쉬엄쉬엄 빠져나간다.

자연이 낳은 이 휘어짐의 미학은 이곳 사람들의 삶 속에도 그대로 투영되어 있다. 사람들은 더디고 느려도 별로 걱정하지 않는다. 좀체 조급해하지 않는다. 우직하다. 우회로써 그들 삶의 발자국은 더 깊이 쌓인다.

휘어짐의 언어 역시 에둘러간다. 그 언어는 일종의 심벌이다. 다양한 생각을 품는다. 이 언어에는 이야기와 서사가 녹아 있다. 겸손하다. 어지간해선 나서지 않는다. 직설을 피한다. 참고 기다릴 줄 안다. 은유적이다. 의미를 되새기게 하며 깊은 생각에 머물게 한다. 메타포를 사용해 사람들에게 뜻을 헤아릴 여유를 준다.

쌍지골에는 직선이 없다. 아직까지 직선이 존재한 역사가 없다. 이곳 사람들에게 직선은 생소하고 뜬금없는 형태다. 자연이 직선을 빚어낸 바 없는 까닭이다. 그래서 이곳의 휘어짐은 있음이요 직선은 무無다. 휘어짐은 현실세계요 직선은 추상抽象의 세계다. 휘어짐은 자연의 도道요 직선은 신의 영역이다.

그래서 문명이 발달하지 못했던 고대, 직선은 상상의 나래를 펼치는 보고이자 신의 비밀을 푸는 유용한 도구라 여겼다. 그리스의 피타고라스는 수數를 추출해 직선을 그려냈다. 직선에서 그는 신의 세계를 훔쳐보려 했다. 플라톤의 추상의 궁극은 이데아 세계였고 이데아는 피타고라스의 직선을 참작해 천착되었다. 자연에서 황금비율을 뽑아내고자 했던 레오나르도 다빈치에게 직선은 신적인 도형이었다. 그는 직선에서 신의 계획을 읽으려 했다.

그러던 어느 날, 신적인 도형이 돈을 만났다. 때는 바야흐로 르네상스 이후이고 서세동점西勢東漸의 격랑이 거세게 일던 시기였다. 직선은 추상의 세계에서 인간이 사는 세속의 땅으로 내려와 삶의 터전을 마련하기 시작했다. 이제 직선은 상상, 추상, 그리고 신의 영역에서도 더 이상 볼 수 없게 되었다. 직선은 현실이고 실용과학이고 상품이고 자본으로 발전에 발전을 거듭해갔다.

직선은 인간의 모든 분야를 자신의 형태로 채워나갔다. 따라서 인간은 직선을 단순, 편리, 발전, 자본, 행복으로 인식하기에 이르렀다. 심지어 미술에서조차 구성을 포기함으로써 단순성의 극치를 이룬 미니멀리즘Minimalism이 현대미학의 주류로 환영받고 있다.

이제 휘어짐은 애물단지가 되어버렸다. 한국에서는 문맹, 미개발, 찌듦, 가난, 답답함, 불행 등으로 인식되어 도회지에서부터 인간에게 외면당하기 시작했다.

안성 시내 역시 예외는 아니다. 여타 도회지처럼 온통 편리, 세련, 행복의 상징으로 인식되는 직선으로 온 도시가 채워져 있다. 컴퓨터, 핸드폰, 도로, 표지판, 관공서, 학교, 아파트, 운동장, 창문,

버스, 플래카드 모두가 직선으로 이루어져 있다. 도로 역시 곧게 뻗은 직선이다. 빨리 가야 한다. 조급하다. 더디게 운행하면 불안해 차량들은 경적을 곧바로 울린다. 에둘러 돌아가면 심기 불편해 한다.

직선의 언어는 이제 더 이상 스토리도 심벌도 의미도 아니다. 일종의 사인이다. 단도직입적이다. 사무적이다. 의미를 두면 헛갈려 한다. 귀찮아한다. 간결하고 명료해야 한다. 에둘러 돌리면 곧바로 되묻는다. 스펙 쌓기, 선행학습, 법대로스쿨, 의대의학전문대 줄세우기, 획일한 입시 경쟁 등 교육마저도 휘어짐의 미학을 끝내 외면했다.

직선의 세속화는 언제까지 지속될 것인가. 휘어짐형 삶은 언제쯤 회복될까. 휘어져 있는 산골을 돌아보며 다시 중얼거려본다.

"그래도 모든 진리는 휘어져 있거늘……"

인간과 돈의
화해 공간, 낙원

낙원은 아무런 괴로움이나 고통 없이 안락하게 살 수 있기에 참 행복한 곳이다. 현실세계에서는 도달할 수 없는, 꿈속에서나마 느껴봄 직한 무릉도원인 셈인데, 그만큼 낙원은 인간의 행복이 최고조로 도달한 곳이 분명하다. 그런데 행복이란 무엇이던가. 너무도 주관적인 웰빙well-being이 아닌가. 자칫 인간 개개인의 주관적인 산물을 붙잡으려다 뜬구름 잡는, 분간 없는 이야기로 넘어갈 수 있겠다. 그러나 그런 근심은 하지 않아도 좋을 듯하다. 복잡하고 난해하기 짝이 없는 수리경제학mathematical economics이 인간의 경제행위를 수치화해 증명하고 있는 마당에 행복을 객관화, 수치화, 개념화하지 못하겠는가.

행복 = 소비 ÷ 욕망

노벨경제학상을 수상한 바 있는 폴 새뮤얼슨 교수가 정의한 행복 방정식을 차용해 낙원을 다시 음미해보겠다. 새뮤얼슨 교수에 따르면, 돈을 마련해 소비가 늘면 행복도가 증가하지만, 이러한 일련의 생활 과정에서 욕망이 소비보다 더 커지게 된다면 돈을 벌어 부유한 삶을 살더라도 행복은 고사하고 오히려 불행해지기 일쑤라는 것이다. 단순하고 쉬운 행복 방정식 같은데 소비와 욕망이 서로 반비례 관계를 형성하고 있으니, 행복을 최고로 꿈꾸는 낙원 건설은 요컨대 무척 어렵게 다가온다.

전통 시대에 낙원은 과연 존재했을까. 지명으로만 보자면, 편안[安]한 고장[城]을 뜻하는 안성이란 고을에서 옛사람들이 꿈꾸던 지상낙원을 어림해볼 수 있겠다. 시름을 덜고 인간의 마음을 편히 할 수 있는 낙원을 뜻하는 안성, 그 지명의 유래를 잠깐 추적해 들어가보자.

옛 안성장터를 지나고 안성천 지류에 놓여 있는 징검다리를 건너 올라와 남서 방향으로 고개를 돌려보면 도구머리마을(현 도기동) 입구에 우뚝 선 석탑이 보인다. 도기동 3층 석탑이라 불리는 이 탑에 올라서서 안성 시내를 바라보노라면 안성천의 물줄기와 안성 시내(구읍)는 물론이고 시내를 포근히 감싸안고 있는 비봉산까지도 오롯이 한눈에 들어온다.

| 도기동 3층 석탑 |

안성은 읍성을 두지 않는 고을이었다. 그러한 연유로 안성 고을과 비봉산 그리고 안성천 일체를 고스란히 보호
해주는 정신적 울타리가 필요했다. 그리하여 자연과 고을과 사람을 적절히 바라볼 수 있는 공간에 석탑을 쌓았고
그런 연후에야 고을 사람들은 마침내 심리적 안정을 취할 수 있었으리라.

안성은 삼국시대부터 서울과 더불어 삼국 모두가 눈독을 들이던 군사 요새 지역이었다. 고구려 지배하에 있을 땐 내혜홀奈兮忽이라 불렸고 백제 지배하에서는 백성군白城郡이라 칭했으며 고려시대에 가서야 비로소 안성이라는 고을 이름으로 정착되기에 이른다. 안성은 지리적 위치의 중요성에 걸맞지 않게 읍성邑城을 두지 않는 고을이었다. 굳이 읍성을 쌓지 않더라도 외부의 공격에 방어할 수 있는 이곳의 자연지형 때문일 것이다. 그렇다고 하더라도 이 고을 사람들에게 심리적 안정을 주기엔 역부족이었다. 그리하여 안성 고을과 비봉산 그리고 안성천 일체를 고스란히 보호해주는 정신적 울타리가 필요했다. 그러한 까닭에 자연과 고을과 사람을 적절히 바라볼 수 있는 공간에 석탑을 쌓았고 그런 연후에야 고을 사람들은 마침내 심리적 안정을 취할 수 있었으리라. 이 3층 석탑을 쌓은 시기가 고려시대였고 이 고을이 안성이라 불리던 것도 고려시대부터였으니 그렇게 짐작해도 큰 무리는 아닐 것이다.

현대에 들어와서도 안성은 여전히 서울과 더불어 인간의 낙원을 꿈꾸는 고장이다. 그러나 이 두 도시의 욕망은 서로 비켜서 있다. 서울은 돈의 욕망을 채우려는 사람들로 만원을 이룬다. 괜찮은 학벌, 타인이 선망하는 직업, 거대 자본, 인공적인 문화시설, 고급화된 의료시설이라는 욕망과 꿈을 실현시키기 위해 사람들은 서울로 모인다. 이런 현상을 지켜본 정신분석학자 라캉은 인간에게 고유한 욕망은 없다고 단정해버렸다. 우리가 바라는 대개의 꿈과 욕망은 국가나 사회 혹은 타인이 꿈꾸거나 희망하는 것 중 하나라는 것이다. 라캉의 말대로 타자욕망^{the desire of the other}을 채우기 위해 현대인들은 그토록 바쁘게 생활하고 도회지로 수없이 모여드는지 모른다.

안성은 다르다. 타자의 꿈과 욕망을 채울 만한 인공물이나 사회적 제도나 장치가 흔하지 않다. 안성은 타자욕망을 내려놓지 않으면 버티기 힘든 곳이다. 돈의 욕망의 분출구인 대도시로 떠나야 한다. 이러한 사실은 안성 지역의 의료 부문에서 더욱 도드라진다. 안성에서는 의사가 자신의 기득권과 엘리트 의식을 완전히 내려놓고 환자를 주인으로 섬기는, 돈과 인간이 화해하는 현상이 자주 목격된다.

안성에 있는 많은 병원이 이처럼 각별하다. 그중에서도 병원 조직형태가 독특하고 동네 사랑방같이 살가운 한 곳을 찾아 들어가본다. 도구머리길에서 안성천을 건너 10여 분 시내 방향을 향해 걸어나오면 인지사거리 왼편에 안성 의료생활협동조합 간판을 볼 수 있다. 이 병원에 들어서는 계단에는 환자가 자세히 읽을 수 있도록 큰 글씨로 '환자권리장전'이 마련되어 있다. 이 고을 사람들에게 심리적 안정감을 주었던 도기동 3층 석탑과 그 기능이 매우 흡사하다. 이 '환자권리장전'을 읽어본 사람은 마음 놓고 가족 같은 편안함을 느끼게 된다. 환자는 이곳이 병원 의료진이나 관리인의 병원이 아니라 환자 자신을 위한 병원이라는 사실을 깨닫게 되기 때문이다.

"환자는 투병의 주체자이며 의료인은 환자를 치유의 길로 이끄는 안내자이다.

환자는 이윤 추구나 지도의 대상이 아니라 존엄한 인간으로 존중받으면서 치료받을 권리가 있다.

이에 우리는 환자의 다음과 같은 권리를 존중한다.

모든 환자는 어떠한 경우에서라도 최선의 치료를 받을 권리가 있다……"

1980년대 후반, 방학 기간 동안 농활을 위해 안성 지역을 찾았던 의대, 간호대 학생들의 순수한 정신과 열정이 25여 년이 흐른 지금까지 변함없이 이 병원의 정신적 모태가 되고 있다(대한민국 1호 의료생협). 이제 이 병원은 비영리 사회적 협동조합이라는 정신과 옷을 걸쳐 입어 자영업자, 근로자, 농민뿐 아니라 저소득층 서민들과 외국인 노동자에게도 병원의 주인이 될 수 있는 터전을 마련하고 있다.

이 병원을 이용하는 환자들의 인터뷰에서도 돈과 거대 자본이 맥을 못 추며, 환자가 주인이요 의료진과 관리직원은 봉사자라고 여기는 범상치 않은 현상을 쉽게 목도할 수 있다.

큰아들과 함께 농사를 짓고 있는 80세를 갓 넘은 P씨는 서운면 신능리에서 살고 있다. 30여 년 전 남편을 잃은 후 홀로 40여 마지기 소작농으로 7남매를 키워냈다. 지금은 큰아들이 도와 논농사를 하고 P씨는 밭농사만을 맡아 하고 있다. 다른 자녀들은 모두 외지로 나가 각각의 가정을 꾸리며 잘 살고 있다.

P씨가 악성 고혈압에 당뇨를 심하게 앓은 지 20여 년째가 된다. 그런데 그가 이 병원을 찾아간 계기는 당뇨나 고혈압 때문이 아니었다. 어렵사리 7남매를 키우던 시절, 농한기인 겨울철이면 식량을 대신하여 사용될 고구마를 창고에 자주 쌓아놓곤 하였다. 겨울 동안 자식들에게 점심 대용이나 혹은 밤참으로 주기 위해서였다. 그런데 쥐들이 창고에 쌓아둔 포대자루를 뚫고 들어가 고구마를 훔쳐 먹기 일쑤였다. 안 되겠다 싶어 쥐를 잡을 요량으로 포대자루 안에 끈끈이 테이프를 붙여놓았다. 마침내 자루 안에 많은 쥐들이 걸려들었다. 이 모습을 포착한 그는 잘됐다 싶어 죽은 쥐를 꺼내려고 손을 포대 속으로 집어넣었다. 막다른 길목에서는 쥐가 고양이를 문다고, 그 순간 그는 그만 허우적거리던 쥐들에게 물리고 말았다. 손가락이 퉁퉁 부어올랐고 농사일을 할 수 없을 정도로 통증이 심했다. 소식을 전해 들은 딸이 부산히 집으로 달려와 부랴부랴 어머니 P씨를 시내에 있는 의료생협병원으로 옮겨 진료를 받게 했다. 혈당과 혈압 수치를 체크한 의료진은 깜짝 놀랐다고 한다. P씨의 혈당이 무려 $550\,mg/dl$까지 올라가 있었다. 혈압도 고혈압으로 판정되었다. 그런 사실을 알고도 손가락 치료를 마친 P씨는 농사일이 바빠 그만 밭으로 일하러 나가려고 했다고 한다. 그러자 담당 의사, 간호사, 심지어 관리직원까지 나서서 P씨의 밭일을 만류했고 그들은 P씨와 딸을 설득하기 시작했다.

"지금 손가락 상처가 문제가 아닙니다. 할머니 혈당 수치는 550mg/dl까지 오르고 있습니다. 통상 350mg/dl에 이르면 생명을 위협할 정도로 대단히 위험한데 할머니는 그보다 한참 위에 있어요."

그제야 비로소 P씨는 딸과 의료진에게 당신이 겪었던 육체적 고통의 경험담을 늘어놓았다고 한다.

"밭에서 일할라치면 자주 땀범벅이 되고 배가 고프듯이 아파 오고 숨도 쉬지 못할 정도로 차오르고 마침내 힘이 빠져 아무 일도 못하고 밭에 마냥 쓰러지곤 했어요. 정신을 차리고 집에 들어가 사탕 몇 개를 입에 넣으면 좀 나아지곤 했습니다. 여태까지 심한 빈혈 정도로만 생각했습니다……"

당뇨병과 고혈압 치료를 받고자 마음을 먹었던 계기엔 이 병원의 직원들 덕분이라고 P씨는 회고했다.

"세상에 이런 곳이 있나 싶을 정도로 의료진의 태도는 달라도 너무 달랐습니다. 병원 입장에서 환자를 대하는 게 아니라 환자의 입장에서 나를 진료해주었기 때문에 처음부터 이 병원에 의지할 마음이 생겼던 것 같습니다."

15여 년 넘게 병원에서 처방해준 약을 먹고 병원에서 권고한 채식 위주로 식사를 하고 이틀에 한 번꼴로 병원에서 예방 치료 목적으로 개설한 건강체조교실(포크댄스, 도예교실 등 월 1만 원)에서 운동을 한 결과 고혈압도 고치고 혈당 수치도 높아봐야 82mg/dl를 기록할 정도로 P씨의 건강은 매우 양호한 상태를 유지하고 있었다.

"고혈압과 당뇨 치료도 치료지만 이 병원에 오면 원장님, 간호사님, 직원들 모두 한 식구처럼 편안해서 좋아요. 내 아들딸, 손주들처럼 나를 대해줍니다. 병원 치료비도 무척 싸고요."

농사일을 하다 허리를 다친 농부 K씨는 병원에서 꼬리뼈를 째고 허리 수술을 받았다고 한다. K씨는 영리만을 추구하는 의료기관에 대해 불만이 가득했다.

"병원의 실수로 수술이 잘못되었고 악성 세균에도 감염되었지만 병원은 내게 아무런 말도 해주지 않았어요. 이 병원에 오면 우선 내 가족을 만나는 것 같아 마음이 편합니다. 진료받을 때도 병의 원인과 경과 그리고 진료 후의 주의사항을 꼼꼼히 이야기해주었어요. 약도 독한 약은 가급적 처방해주지 않더라고요. 하더라도 독성이 강한 이유와 그에 따른 부작용을 말해줍니다. 더디더라도 양심적인 처방을 하는 것 같아 안심됩니다."

서울과 달리 이곳 안성이 욕망의 분출을 억압하는 곳이지 탐욕을 지향하고 정당화하는 곳이 아니라는 사실이 입증된 셈이다. 뿐만 아니다. 안성에는 어느 곳에 가든지 자연풍광이 빼어나 시취詩趣를 어렵지 않게 느끼게 된다. 더군다나 비봉산飛鳳山은 봉황이 비상을 하기 위해 날개를 펼치는 형상답게 살가운 서정이 물씬 풍겨나오는 곳이다. 돈의 욕망을 내려놓고 마음을 비봉산에 기대노라면 인간세 낙원이 여기요 낙토樂土가 따로 없다는 생각이 절로 난다. 마침내 인간과 돈과 자연은 화해하고 벗이 된다. 인간 속에 내재되어 있는 욕망과 탐욕은 더 이상 버틸 재간이 없다. 슬그머니 도주한다.

돈에 대한 욕망과 탐욕이 달아나니 새뮤얼슨 교수의 말마따나 행복은 거듭하여 쫓아온다. 이곳에서의 소비 역시 큰돈 들이지 않고도 사람들에게 효용^{utility, 인간의 욕망을 만족시킬 수 있는 재화의 효능}을 완성시켜주니 이 또한 행복도의 상승을 견인해주고 있다. 그러하므로 아직도 안성은 편안[安]한 고장[城]이요, 인간세의 낙원이 아니라고 부인할 방도가 없는 것이다.

풍경 속 돈의 민낯

ⓒ 정재흠 2014

초판 인쇄 2014년 4월 21일
초판 발행 2014년 4월 28일

지은이 정재흠
펴낸이 강병선
편집인 황상욱

기획 황상욱 **편집** 황상욱 윤해승
디자인 최정윤 **마케팅** 방미연 이지현 함유지
온라인 마케팅 김희숙 김상만 이원주 한수진
제작 강신은 김동욱 임현식
제작처 영신사

펴낸곳 (주)문학동네
출판등록 1993년 10월 22일 제406-2003-000045호
임프린트 휴먼큐브

주소 413-120 경기도 파주시 회동길 210 1층
문의전화 031-955-1902(편집) 031-955-3578(마케팅) 031-955-8855(팩스)
전자우편 forviya@munhak.com **트위터** @humancube44 **페이스북** fb.com/humancube44

ISBN 978-89-546-2462-6 03810

- 휴먼큐브는 문학동네 출판그룹의 임프린트입니다. 이 책의 판권은 지은이와 휴먼큐브에 있습니다.
- 이 책 내용의 전부 또는 일부를 재사용하려면 반드시 양측의 서면동의를 받아야 합니다.

- 「이 도서의 국립중앙도서관 출판시도서목록(CIP)은 서지정보유통지원시스템 홈페이지(http://seoji.nl.go. kr)와 국가자료공동목록시스템(http://www.nl.go.kr/kolisnet)에서 이용하실 수 있습니다.(CIP제어번호: CIP2014011540)」

www.munhak.com